我就想蹭
你的氣運
明桂載酒 著
下

目錄
CONTENTS

第二十二章　抱住他

明溪這邊，打電話來的是董慧。

張玉芬和趙媛可能有血緣關係這件事鬧很大，畢竟是醜聞，傳得比任何消息都快。圈子裡很多公司都知道了，更別說一直對趙家諸多關注的董家。

董家聽說這件事時都快氣瘋了，假設那個保姆就是趙媛的生母，那麼當年的孩子互換，明溪成為棄嬰，豈不是一樁有預謀的案件？！

董慧急著想和明溪一起去趙家找個說法。

但是明溪顧慮著她身體也不大好，便勸阻了她。畢竟現在剛找到人，重新調取DNA進行鑑定，再快也要幾小時才會有結果，一直等下去恐怕深夜了。

但是明溪打算親自去一趟。

她不想再踏進趙家的門，可是這件事，她必須為自己等一個結果。

車子在趙家別墅附近停下來。

天色已經黑了。

明溪看了眼熟悉又陌生的趙家別墅大門，猶豫了下，對傅陽曦和柯成文道：「你們能不能就在這裡等我？」

趙家的這些事情，是一灘渾水，趙家的人對明溪而言也面目可憎。上一次在警察局外，她是抱著盡量由自己解決一切的想法，不想讓別人知道太多自己以前可悲的細節。

現在她雖然不再將傅陽曦劃分在「別人」的行列，但因為那點自尊心，仍不想自己喜歡的人見到那種拉拉扯扯、痛哭流涕的場景。

她不知道傅陽曦能否理解。

但顯然，傅陽曦這個人看起來鋒利囂張，偏偏能在這些小事上察覺到她的心情，並做出讓步。

有時候明溪都想不到他怎麼會出乎意料地比任何人都能理解她。

知道此時此刻的她覺得丟臉，知道集訓時蒲霜她們把她的書包扔掉，第一反應就是想要報復回去。

「別怕。」傅陽曦跟著她下了車，呵出一口寒氣，抬手揉亂了她的頭髮：「那我就在外面等妳。」

明溪道：「你上車等吧，外面冷。」

傅陽曦催促她：「快進去吧，早點解決，早點了卻一樁心事不是？」

想了想，傅陽曦又覺得把她頭髮弄亂不太好，還是漂漂亮亮地進去比較好。

他又連忙笨拙地幫她梳理了下，並把自己圍巾摘下來戴在明溪脖子上，繫了個漂亮的結，道：「上次做得很棒，忍住沒哭，這次就更沒必要有情緒起伏了，妳就當看一場戲，去看看這場戲怎麼收場。」

「嗯。」明溪看著他，心裡那些洶湧的情緒竟然就這麼平靜了下來。

她有他了。

明溪心裡滿滿當當的。

她轉身抬腳進了趙家。

此時此刻的趙家客廳一片狼藉。

張玉芬被強硬地按壓在茶几旁邊，她是乘坐長途客運抵達其他城市時被找到的，被找到的時候她還試圖逃脫，還咬傷了一個保全公司的員工。

她正跌坐在地上撒潑，頭髮凌亂，身上散發著一股兩天沒洗澡的惡臭味，哭著對趙父罵道：「你們這是非法囚禁！我都說了我和趙媛小姐半點關係也沒有，你們怎麼能胡亂揣測？」

趙父臉色發青：「妳閉嘴！那妳跑什麼？」

張玉芬哭著道：「我只不過想回一趟老家省親，就被你們像逮捕犯人一樣逮捕！還有沒有公道了？！」

趙湛懷冷冷道：「反正DNA已經重新送去檢測了，這次拜託了熟人，資料四小時之內就會出來，到底怎麼回事，四小時之後就知道了。」

張玉芬整個臉色一片慘白。

客廳裡所有人陷入焦灼而惶恐的等待當中。

明溪走進來時，坐在沙發上的趙母見了，迅速站起來，臉上可以說是出現了那麼點喜出望外：「明溪妳回來了？」

一旁的趙宇寧更是趕緊走到廚房，小心翼翼地倒水給她。

趙媛已經顧不上去管趙母和趙宇寧對趙明溪的熱情了，她坐在沙發一角，死死盯著地上的張玉芬，感覺每一分鐘都是煎熬。

已經讓她逃走了，為什麼這麼輕易地就被抓回來？！

即將到來的到底是死刑，還是誤會一場？

明溪什麼也沒說，走到角落等待結果出來。

趙宇寧張了張嘴，又把那杯水放在了茶几上。

所有人的神經都如同弦一般緊繃著。

時間一分一秒地過去。

客廳裡掛鐘滴滴答答的聲音切割著每個人的心神。

趙父忍不住站起來抽菸，焦躁地在客廳裡走來走去。

這四個小時無疑非常非常漫長。

天色由灰黑到了深夜。

直到趙湛懷的手機忽然震動起來，猶如催命符一般，在場所有人都抖了一下。趙湛懷定了定神，迅速接通了那通電話。

大家聽不到電話那邊對他說了什麼，只見他臉色越來越難看，平時很少發火的一個人盯著張玉芬的神情簡直陰沉得可以擰出水來。

他對電話那邊道：「把報告一式兩份複印過來。」

趙父沉沉地問：「到底是不是。」

趙湛懷看了眼趙媛，又看了眼地上的張玉芬，眼裡已經帶上了各種複雜的神色。

「是。」

聽到這個字，所有人表情都徹底變了。如果說之前還維持著最後一絲理智和平靜的話，那麼現在理智的弦已經徹底斷裂。

趙母臉色唰地一下全白。

整個客廳死寂了足足有十秒鐘左右。

接著，趙母尖叫著衝過去猛地搧了跌坐在地上的張玉芬一巴掌。

這一巴掌「啪」一聲用力凶猛，外面都聽得見。

張玉芬的臉直接被搧得飛了出去，在短短幾秒內慘不忍睹地青紫腫脹起來。

她被這一巴掌打得眼淚都流出來了，吐出一口含著血絲的牙齒，眼冒金星，徹底跌坐在地上。

趙母呼吸急促，雙手鉗制著她的衣領，歇斯底里地質問：「到底為什麼？我們家和妳有什麼仇什麼恨？！妳要幹出這種事情？！」

趙母簡直無法相信，也無法接受。

所以一切的錯位都是人為導致的？所以十八年前是眼前這個面目可憎的女人蓄意幹出來的勾當？

這個女人調換了孩子，把她自己的孩子送進他們趙家來享福，成為他們趙家備受寵愛的小公主！

而她真正十月懷胎呱呱墜地的那個孩子，卻被眼前這個女人拋棄在了鄉下，拋棄在了最冷的冬天！

若不是趙明溪福大命大，可能根本就活不到現在！

趙母心臟揪著疼，整個人都顫抖了起來。

她看向站在角落裡的趙明溪，嘴唇哆嗦，眼淚模糊了視線。

如果這一切都只是一場意外，那麼趙母還能告訴自己，她們一家也是受害者，一切都是天意弄人。可現在，卻發現一切都不是一場意外，只是她和趙家人過於愚蠢，從來沒找到真相！

這十八年來，他們不僅在幫凶手養孩子，還把凶手僱傭在身邊——甚至還為了凶手的孩子將他們的孩子排擠出家門！

趙母死死揪著自己的衣服，上氣不接下氣，直到這一刻她才明白，她都幹出了怎樣荒唐而愚蠢的事情！她幫凶手的孩子挑裙子，她指責自己的孩子對凶手的孩子不夠友善！她甚至還讓自己的孩子幫凶手的孩子做晚餐！

胃裡一陣翻攪。

憤怒、痛苦、噁心和追悔莫及擰成一團。

趙母眼睛裡全是紅血絲，她突然迸發出力氣，揪起地上捂著臉的張玉芬，又一巴掌搧了過去。

張玉芬驚恐地看著她。

彷彿意識到她瘋了一般，張玉芬本能地往後退。

「妳瘋了！你們全家都瘋了！這是動用私刑！」

「賤人，我要殺了妳！」趙母頭髮凌亂，目眥欲裂，徹底失去理智，心裡的痛楚讓她此時此刻恨不得和張玉芬同歸於盡。

她脫下腳上的鞋，狠狠朝張玉芬臉上搧去。

張玉芬拚命瑟縮，鉗制住她肩膀的人差點控制不住。

「啪！」

又一巴掌狠狠搧在張玉芬臉上。

原本剛進來時儘管狼狽但還能看出個人形的婦女，此時此刻已經涕泗橫流，高高腫起的臉上全是混著淚水的鮮血，嘴角在流血，眼眶周圍也一片青紫。

再打下去，恐怕就要被毀容了。

儘管趙家的每一個人都在死死咬著牙，心中恨不得將地上的張玉芬千刀萬剮，然而這畢竟是法治社會。不能讓趙母再打下去！

趙湛懷試圖叫醒趙母。

趙湛懷走過去掰著趙母的肩膀，用力把她往自己這邊帶：「好了，好了，媽！」

趙母滿臉都在流淌著神經質的淚水，被趙湛懷竭盡全力帶離張玉芬身邊後。她忽然掙脫趙湛懷的束縛，猛地衝向廁所。

嘔吐和沖水的聲音從廁所傳了過來。

噁心，這是在場的每一個趙家人的反應。

不只是對地上痛苦嚎叫的保姆感到噁心，對一邊坐著的淚如雨下的凶手的女兒感到噁心，還是對過去十八年做出那些行為的他們自己本身感到噁心和厭惡。

他們到底都做了些什麼！

張玉芬被打得幾近昏厥，捂著臉上的血水，癱在地上，猶如一隻瀕死掙扎的惡臭的魚。

被搧得頭暈眼花的症狀稍稍褪去，她清醒了一點，常年勞作滿是皺紋的臉上開始擠出淚水。

她爬坐起來，衝著趙家的每一個人哭得聲嘶力竭：「是，我是趙媛小姐親生母親又怎樣？我也是現在這一刻才知道的啊！我也是無辜的，趙媛也是無辜的，當年肯定是醫院弄錯了，我當時只是一個虛弱的產婦，我怎麼可能幹得出這種事？！你們該去怪罪醫院，為什麼要怪我！」

「無辜？！都到了這個時候，DNA報告二次檢驗結果都出來了，妳竟然還敢說妳是無辜的！」趙父憤怒得臉色鐵青，要不是眼前的是個手無縛雞之力的女人，只怕他都要掄起拳頭親自上場。

「醫院的罪責我們自然會追究，但是妳才是凶手！」

趙湛懷詰問：「妳不知道趙媛是妳親生女兒，妳怎麼來我們家應聘？」

「巧合！都是巧合！」張玉芬拚命爬起來：「真的都是巧合！」

哪怕是趙湛懷也要被地上這個撒潑的女人氣得青筋暴起了：「天底下哪來那麼多的巧合？！所以妳這麼多年來對趙媛好也是巧合，對明溪惡劣也是巧合？！妳分明早就知道趙媛是妳親生的！調換孩子的也是妳！」

明溪都不想聽下去了，直截了當地問趙湛懷：「所以她最後會得到什麼懲罰？你們有請律師嗎？」

趙湛懷一面對明溪，愧疚就爬上來了，語氣情不自禁地軟了幾分：「妳放心，這件事大哥一定會給妳一個交代，量刑我們一定竭盡可能要求從重。」

張玉芬聽了，嚇得面無血色。

她跪在地上，朝向明溪，開始瘋狂的哀求：「為什麼一定要逼人到絕路？退一萬步講，當年是我換的孩子，可是趙明溪，我也沒有淹死妳，也不曾虐待過妳啊，我還將妳放在孤兒院門口——」

「閉嘴！」角落裡的趙宇寧再也聽不下去了，一個杯子摔在她面前，四分五裂。

他長這麼大還沒見識過居然還有這樣的人。要不是她，可能後來根本沒有那一連串的事情！都這樣了她還不承認自己的罪過，還在瘋狂為她自己開脫。

玻璃碎片險些劃過張玉芬的脖子，張玉芬嚇得魂飛魄散，再也不敢開口了。

她絕望之際，又看向坐在沙發上的趙媛。

「媛媛，媛媛，妳幫我求求情，求求妳，我才四十二歲，不能下半輩子都在監獄裡度過。妳看在我生妳一場的份上，妳幫幫我吧。要不是為了妳，我當年又怎麼會鬼迷心竅幹出那種事情。我一個人養不活妳，也沒辦法提供給妳最好的教育，我帶著妳只能住出租屋，吃泡麵，妳會營養不良的，妳當時還那麼小……」

「別說了！」趙媛渾身發抖地站起來。

這一切簡直像是一場惡夢一般，張玉芬那張滿是溝壑的臉尤其是夢魘中最恐怖的景象。為什麼她才四十二，看起來卻比趙母老了整整十歲？她會是自己的以後嗎——

趙媛忽然「撲通」一下朝趙父跪下了。

這個舉動將在場所有人驚了一下，大家紛紛朝她看去。

張玉芬充斥著渾濁淚水的眼裡終於出現了點希望，她悲傷地痛哭起來。

然而趙媛哭著說的卻是——「爸，大哥，你們有沒有想過，就算張玉芬罪有應得，但我是無辜的呀，我在這件事情裡從頭到尾都是無辜的，當年被調換，我也才剛出生不久，一個嬰兒能有什麼決定的權利？」

「我在當了你們十五年的女兒之後，你們忽然告訴我，我不是親生的，我只是一個鳩占鵲巢的傢伙，我能怎麼辦？」

「我必須得以命償還給趙明溪那十五年嗎？！」

張玉芬驚呆了，張大嘴巴看著趙媛，眼淚可笑地從法令紋旁砸在地毯上。

「我為妳，付出了那麼多……媛媛妳……」

她付出了那麼多的女兒說她是罪有應得。

張玉芬忽然彷彿一瞬間被抽乾了所有的力氣，也不再掙扎了，只是呆呆地看著趙媛。

明溪在張玉芬認罪，確認張玉芬會得到最重的懲罰後，就不想繼續待在這裡聽這一場鬧劇了。

現在聽到趙媛的這句話，她木然道：「所以張玉芬是無辜的，趙媛也是無辜的，你們一家人還是無辜的，那麼有罪的是誰？是我嗎？」

趙父和趙湛懷原本就不為趙媛的話所動。

而趙母差點就被趙媛的可憐樣子激得不忍心時，又被趙明溪這一句話拉了回來。

是啊，整件事情中所有人都喊著自己是無辜的，諷刺不諷刺？他們有什麼資格在趙明溪面前去提「無辜」這兩個字？

「妳也閉嘴！」趙父銜著趙媛忍無可忍道：「妳怎麼還有臉叫我爸？妳記好了，妳是凶手的女兒，不是我們趙家的人！」

趙媛渾身一抖，臉色蒼白。

趙父強硬道：「我們家也算是仁至義盡了，以前為妳付出的一切，付出了也就付出了，懶得去和妳算那一筆帳，但從今以後，希望妳不要再出現在我們視線裡面！三年學費也交齊了，妳滾出趙家，好自為之吧！」

趙媛的眼淚頓時一顆顆砸了下來。

就這麼輕易地被趕出去？她無法相信，不提趙明溪來後的這兩年，以前那十幾年的感情，難道趙家人都不要了嗎？

她不敢置信地去看趙宇寧和趙母，趙宇寧和趙母都撇開了臉。

她又看向趙湛懷——從小最疼愛她的大哥。

然而趙湛懷臉色也鐵青冷硬。

的確，無論怎樣，他們都不可能讓趙媛再繼續留在趙家了。

沒有因為張玉芬的事情遷怒趙媛，已經是他們一家最後的仁慈和理智，畢竟接受過教育，知道罪不及下一代。

然而想讓他們繼續把趙媛當成家裡人，為趙媛付出金錢、時間、精力和愛，那也不可能了。

已經知道了她是凶手的女兒，他們一家胃裡一陣翻攪還來不及，怎麼可能不計前嫌？！

趙媛雙腿一軟，終於跌坐在地上。

客廳裡的氣氛一片僵硬。

趙媛渾身發抖，回憶著這短短三個月以來，自己人生發生的重大變化……原本屬於自己的哥哥弟弟、父母全被搶走，朋友和自己分道揚鑣……校花競選、考試名次，都輸給趙明溪。她彷彿一個失敗者一樣，一點點滑向人生的最深淵，甚至現在全校都知道了她是個鳩占鵲巢的傢伙，她的生母是個調換孩子的保姆——這一切是誰造成的？全是趙明溪！

趙媛害怕極了，也恨極了，她心中積攢起來的失望與恨意讓她終於忍不住爆發出來。

她忽然咬著牙，對趙母一家人狠狠道：「你們說我是凶手的女兒，不配喊你們爸媽，你們以為你們又配到哪裡去？」

趙家人全驚愕地看著突然說出這句話的她。

趙媛崩潰了一般，不管不顧地道：「你們都是張玉芬的幫凶！別在這個時候裝完美受害人，將一切都推給張玉芬和我了！趙明溪剛回家的時候，讓她別碰我東西的是妳，讓她別弄髒地上的地毯的是妳，讓她跟著我學學禮儀的也是妳——」

趙媛雙眼瘋狂地盯向趙母，一字一頓道：「是妳！是妳說的話誅她的心，不是我！」

趙母呼吸急促，氣急敗壞，怒道：「要不是妳露出委屈的表情，我怎麼會一次又一次地維護妳？！」

趙媛從地上爬起來：「那也怪妳自己愚蠢！」

趙母整張臉都漲紅了，衝過來一巴掌搧在趙媛的臉上：「妳和妳媽一個模樣，狼心狗肺！」

趙媛憤恨地抹掉臉上的淚水，還要說什麼，卻被臉色發青的趙父揮了揮手，兩個人將她拉著拖出了趙家。

趙母死死盯著趙媛被趕走的方向，喘著粗氣，一屁股在沙發上坐下來，看起來快要瘋了。

這一晚，趙家客廳一片狼藉。

每個人都像是經歷了一場地震一般，搖搖欲墜。

張玉芬和證據一起被提交去了警察局，正式開始被拘留，直到開庭。趙媛也被趕出了趙家，趙湛懷讓兩個人去收拾了趙媛房間裡的東西，打算全部清空扔掉。

深夜。

趙明溪不知道什麼時候離開的，說都沒說一聲，客廳裡就只剩下了趙家幾個人。

趙父與趙母惶然環顧，只莫名覺得整個家裡空蕩蕩的，沒有腳步聲，沒有歡聲笑語，死寂的氣氛猶如一個又一個巴掌，搧在他們自己臉上。

他們好像什麼都失去了。

又好像面臨了一場毀滅性的災難，一切都再也回不到從前了。

因這場災難，他們內心深處終於認識到，可能真的如趙媛所說，一部分原因是他們自己造成的，是他們自己犯下的錯誤。

他們，為了一個凶手的孩子，而永遠地失去了自己的親生孩子。

這恐怕是全天下最大的懲罰。

他們為人父母，失敗至極。

煎熬所有人幾天的事情，在這一晚，終於有了個結果。

趙家雖然公開闢了謠，將張玉芬這個保姆推出去，然而趙氏還是大傷元氣，連帶著趙湛懷的公司都折損不少客戶。

於是趙父與趙湛懷心力交瘁的同時，還是不得不打起精神收拾這些爛攤子。

趙墨那邊也沒好到哪裡去，越來越多關於他的家庭資訊被扒出來，開始有人對他進行「沒想到長得還行，但是對妹妹那麼爛」的嘲諷，他的經紀人正焦頭爛額地做著危機公關。

趙母則魂不守舍地待在家裡，精神狀態肉眼可見地比先前都還差。

趙家看起來尚且還能維持著表面上的鎮定，但實際上已經支離破碎。

而學校裡也都傳遍了。

最近的流言蜚語終於水落石出，原來文章說的都是真的。趙媛並非趙家真千金，趙媛的母親正是當年調換兩個孩子的凶手！

可想而知，這個消息一旦確定，在學校範圍內，會掀起多大的軒然大波。

先前大家都不敢亂說話，怕是謠言，會對趙媛產生不好的影響。然而現在，大家只覺得心情複雜，和她們同學三年的趙媛，高高在上的千金身分原來是這麼得來的——所有的良好教育、名牌包、身分全是偷來的？連人生都是偷來的人生？！

這種情況下，大家很難不用有色眼鏡看待趙媛。

學校裡的議論聲終於收不住，一發不可收拾。

不過趙媛被趙家趕出去之後，並沒來上學，不知道是出於畏懼還是什麼，她直接和校方請了半個月的病假。於是這些議論聲暫時並未傳到她耳朵裡，倒是都落在了過去和她玩在一起的蒲霜等人的耳朵裡。

牆倒眾人推。

如今蒲霜和另外幾個趙媛的跟班處境也很艱難。

她們幾個以前總是在班上有意無意地諷刺趙明溪成績不好、並暗示趙明溪有可能是私生女，這下臉都被打腫了。

常青班以前就不是所有人都維護趙媛，現在更是。光常青班裡就有人對蒲霜等人過去的行為看不下去，指責她們「什麼都不知道還在那裡亂說話，全是趙媛的幫凶」、「幸好趙明溪本人爭氣，並沒有被她們那些惡意的言論打壓」。

蒲霜臉上火辣辣的，然而卻沒辦法反駁，畢竟她在集訓時公然幹出來扔趙明溪書包的事情，班上都傳遍了。

現在她彷彿變成了罪人一般。

蒲霜恨不得趙媛早點來學校，好分擔她身上的壓力——因為這原因，蒲霜對趙媛的厭惡又深了一個層次。

趙媛因為懼怕學校的人的目光，乾脆不來上學了，可有沒有想過，那些目光便都落在了她的身上！

她無比後悔以前自己把趙媛當成最好的朋友，凡事都不顧三七二十一替朋友出頭。更後悔自己發現得太晚，趙媛根本不值得。

蒲霜聽說了趙明溪的事情，其實心中也生出了一些愧疚。

她十分煎熬。她能想像出，趙明溪時隔十五年被認回家裡、卻眼睜睜地看著那個家裡已經有了「另一個自己」時的心情。而不僅如此，自己和鄂小夏還暗自揣測她是私生女，對她冷嘲熱諷。

跟趙明溪道歉的念頭其實在蒲霜心裡轉了一百次。

她好幾次都衝動地想衝去樓上國際班，坦坦蕩蕩地為以前所做的事情跟趙明溪道個歉。

但是人犯錯容易，要想勇敢地彌補，卻沒那麼容易——光是衝到國際班的一路上、道歉的時候會頂著多少目光，會有多恨不得鑽進地洞裡，她都不敢去想像。

蒲霜沒那個勇氣，於是只能繼續煎熬。

中午時，她單獨出了學校，找到了之前被她扔進垃圾桶裡的趙明溪的同款書包。

她買下來，但是又不大敢讓班上的人看到，於是用黑色塑膠袋包了起來，遮掩得嚴嚴實實才帶回學校。

而明溪這邊。

董慧差點為此氣得乳腺增生，但是張玉芬被拘留，等待提審，這已經算是比較好的結果了，董慧也無可奈何。

董慧又把明溪叫過去吃了一頓飯，按照老家的習俗，讓明溪跨了個火盆，意味著「去掉那家人帶來的晦氣」。

相比起董慧和很多為自己義憤填膺的人，明溪心裡對於這一件事並沒有泛起那麼大的波瀾——心情難以描述自然是有，但並不至於那麼憤怒。

大約是因為，以前她還在乎趙家人時，得知這個真相，她會感到難過，因為覺得自己被奪走了很多東西。

但是當她不再在乎趙家人時，張玉芬和趙媛從她手裡搶走的，好像也只是一個象徵「家人」的符號，並沒有那麼重要。

因此，反而是明溪去安慰了下董家人。

在流言蜚語中，天氣一天比一天冷。

這日，趙湛懷忽然收到了傅氏那邊發過來的郵件，裡面清晰呈列了張玉芬逃走當日，手機裡通過的電話和收到的訊息。趙家人這才得知那日給張玉芬通風報信、讓張玉芬逃走的竟然是趙媛！

趙父氣得又在家裡一陣怒罵，白眼狼，簡直是白眼狼。

至此，趙家人對趙媛失望至極。

此事暫且不提。

對明溪而言，這件事算是告一段落，她又恢復到緊張而有秩序的念書當中。

集訓之後入圍決賽的名單一般都會很快出來，今年是因為參加競賽人數前所未有的多，以至於公布名單的時間往後推遲了一日。

但是這天上午九點開始，就可以查詢入圍決賽的名單了。

全省共有三百多所高校，其中只有排名在前的百來所學校派出了人參加。參加的人數總共兩千人左右，全是全省名列前茅的菁英。

可以說這一場聯賽，選手考出來的名額，就代表了選手在全省的排名！

因此儘管是初賽，但對於參賽的人來說也十分重要。

畢竟能入圍決賽的是全省選手的前百分之二十，大多數人都只是陪跑，但是能透過一場初賽知道自己的位置，也十分令人激動了。

因而，這場成績出來之前，三個班對於趙媛和趙明溪的話題討論量就顯而易見地變少了，都將注意力轉移到了入圍決賽名單上。

明溪早早地吃完了早飯，來教室裡等著，把手機網頁打開，輸入好查詢帳號，只等著九點鐘的查詢網站一開，就迅速搶占網路登上去看看自己有沒有入圍。

除了她之外，國際班也就兩個人參加，以前國際班也沒人在意這些競賽不競賽的，但是今年因為有了趙明溪的緣故。整個國際班都莫名熱血沸騰，盯著牆上的掛鐘幫她倒數，大家一起等著九點鐘到來。

傅陽曦也不睡覺了，雙眼緊盯明溪的手機螢幕。

柯成文坐在兩人後面，看著傅陽曦緊張，莫名想起了妻子進產房時焦灼等待的丈夫。當然，這話他可不敢說出來，一說肯定又要挨揍。

在眾人的期待之下，九點這個激動人心的時刻終於到來了！

明溪聚精會神，手指一抖，俐落地點了進去。

結果——

四〇三錯誤。網頁一下子變成了一片空白。

「我來。」傅陽曦用自己的手機試了下。

仍是一樣的結果。網頁全面崩潰。

「……」

傅陽曦都要暴跳如雷地站起來了：「這網站用哪裡的伺服器？稍微登錄一下就崩潰了，這還怎麼查成績？！」

「曦哥，盧老師好像過來了。」一個小弟叫道。

傅陽曦朝外面一看，只見盧張偉正大步流星地朝這邊衝過來，滿面紅光，看向趙明溪的眼神猶如看親閨女。

等等，這場景怎麼這麼熟悉？

傅陽曦眼皮子頓時直跳。

他看著盧張偉已經衝進了教室，臉色一變，連連催促身邊的趙明溪：「趕緊的，小口罩，換個位子，妳坐裡面靠牆。」

「怎麼了？」明溪一頭霧水。

「快！妳坐我這邊來！」傅陽曦急道。

他有種不好的預感，盧張偉等下又要抱趙明溪！

然而就在這時，明溪低頭看了眼自己的手機，

只見手機一瞬間登錄上去。

她屏住呼吸用兩根手指頭看清楚名單之後，頓時猛然跳了起來，激動地道：「我登錄上去了，我入圍了！」

她沒看錯嗎，這是全校第三，全省第三十五的意思嗎？！

名單上沒有排序號，趙明溪也不知道是不是從上往下排。

但是她確認了一遍又再確認了一遍，她的名字的確在上面沒錯！

准考證號也是她的，不會是同名同姓！

啊啊啊她通過了？！

這在以前被女主氣運壓時，是完全不可能的事情，而現在竟然實現了？

明溪心跳如擂鼓，興奮地看了眼自己的盆栽——三百九十棵了！

傅陽曦：「啊？入圍了？」

「對啊，我入圍了！」

傅陽曦還沒反應過來，只是見身邊的趙明溪高興，下意識嘴角揚起。

可沒想到下一秒，趙明溪就一下子撲進了他懷裡，激動地將他抱住了。

「…………」

？？？

！！！

傅陽曦一隻手還拿著手機，另一隻手還在試圖把趙明溪拉起來和他換座位，就這麼猝不及防地被趙明溪抱住。

還是當著全班人的面。

「啪嗒」一聲，傅陽曦手裡手機掉了。

傅陽曦瞪大了眼睛，臉色一點點染上了紅暈。

少女的髮香撲鼻，懷裡滿滿當當。

知、知道她激動，但也不能直接就抱住身邊的人吧？！萬一身邊的不是他呢？萬一是別人，豈不是被別人占便宜了？！

傅陽曦心跳一下子都快跳出來了。

盧張偉已經從教室門口衝過來了。

傅陽曦神色一變，趕緊抱著趙明溪轉了一圈。

他把趙明溪放在裡面的座位，迅速對盧張偉伸出一隻無比嫌棄拒絕的手：「你去抱柯成文，別抱我。」

滿臉興奮的盧王偉老師：「……」

雖然在別人眼裡，趙明溪的進步快到令人不敢置信，短短三四個月就從普通班中游爬到了這棟樓前二十，而這次更誇張，直接是全校第三，全省第三十五了！

但是可能也只有明溪自己知道自己為之付出了多少。

沒來到這座城市之前，從小到大十幾年的努力就不說了，反正那些努力從自己一踏進趙媛的光環範圍開始，就直接被清空為了零。光是前兩年在普通班，為了轉班而沒日沒夜的努力，挑燈刷題，就不知道比這些人辛苦多少。而轉班之後，她在拿命蹭傅陽曦氣運的同時，對念書的專注也從未鬆懈下來過。

正因為一直在努力，一直在奔跑，所以當這一刻終於看到了明顯的回報，明溪才像是衝出了一條暗不見天日的狹巷，興奮與委屈齊齊爬上心頭，最終化成了難言的激動。

一開始她接受系統的綁定，是想著死馬當成活馬醫，她也沒有別的選擇，如果不綁定，她最後既定的結局肯定就和上輩子一樣落得個慘死。

但原來，系統沒有騙她，只要去努力，一切都會有回報，命運也是可以改變的。

剛才那一瞬間，明溪的眼眶其實在發熱，所以她及時轉身抱住傅陽曦，將眼角那點溼意暗自地在他衣服上揩掉了。

等再抬起頭時，明溪又是「從不哭泣」瀟灑脫脫的一條好明溪。

系統在明溪的腦子裡對明溪道：『我沒有騙妳吧，妳還可以繼續努力啊，等盆栽積攢到五百點以後，再積攢起來的就都是女主氣運了，到時候妳也可以擁有女主光環。』

明溪還沒想那麼長遠，心也沒那麼大，她現在就想先積攢到五百，徹底擺脫負面氣運再說。

畢竟這次初賽考試時她還是能隱隱約約感覺到一些負面氣運的桎梏。雖然比以前已經好太多，但是她仍未能發揮百分百的實力。

入圍決賽的名單只要登錄網站，就都能查到。

因此才十幾分鐘的時間，整棟樓都傳遍了。

一共有九個人入圍。

其中國際班的趙明溪居然排在這九個人當中的第三，全省第三十五！

別說三個班的學生都驚呆了，就是辦公室的葉冰老師和姜老師等人也萬分震驚！

從他們的視角，就是一個普通班轉來的學生，在三個月內過五關斬六將，直接從平庸之輩的中游一口氣衝上雲霄，攀爬到了全省的頂峰！

連攀爬的過程都沒有？！直接就衝上去了？！

太匪夷所思了吧？

但是再怎麼匪夷所思卻又就這麼呈現在了眼前！

難道是高教授的功勞？

比起一直毫無懸念肯定會入圍的沈厲堯等選手，趙明溪這種黑馬直接吸引了所有人的視線。

本來這段時間真假千金的事情就傳得沸沸揚揚，再加上她又考了個全校第三，與沈厲堯僅僅五分之差，大家的話題想不集中在她身上都難！

「這是學霸吧？」常青班的一個女生震驚地道：「集訓的時候蒲霜她們還和她吵一架，可破壞心情了，結果反而半點都沒影響到她？只影響到了蒲霜她們？」

蒲霜沒有入圍，趙媛沒有入圍。常青班只有一個男生入圍，面上無光。

但是沒有入圍的人也出了另一張全省排名。

以往趙媛和蒲霜分別能排到全省一百三十和三百名左右，但是這次趙媛的成績卻掉到一百八十名，蒲霜成績波動更大，直接下跌到了全省第八百多名。

因為趙媛不在，班導師葉冰已經非常嚴肅地把蒲霜和另外兩個成績下滑太厲害的學生叫到辦公室去分析原因了。

「何止是學霸，是學神了吧，你看她和沈厲堯分數只相差五分！搞不好再來一年，她都要超過沈厲堯了。」

「超過堯神倒不至於吧，堯神都參加過那麼多次全國競賽了……」

「反正比你我都強。」

「怪不得當時高教授為特意為她申請名額了，我當時還不服，現在是心服口服了。」

一行二十一個人前去參加集訓時，除了沈厲堯之外，幾乎所有人都覺得趙明溪出現在他們的集訓隊伍裡，非常違和。

都覺得她只不過是月考考得好了點，靠著走後門得到的名額，根本沒多少實力。

然而，現在入圍決賽的名單出來了，事實就擺在眼前，趙明溪入圍了，嘲諷過她的人卻沒有入圍。

鐵錚錚的事實擺在眼前，還能再強詞奪理什麼呢？

所有人不得不收回之前的成見，心服口服。

葉柏也入圍了，他這次發揮正常，排全校第九，恰好是第九個入圍的，排全省第八十三。

對於他而言，這成績已經夠讓他激動了。

但是再抬頭看一眼遠在他之上的趙明溪，他的激動便立刻猶如被一座山「啪」地重重壓下來一般，只覺得壓力山大。

「太意外了。」葉柏看著名單，無法緩過神，對越騰道：「趙明溪怎麼天天讓人意外？！」

不再喜歡沈厲堯是意外。

漂亮是意外。

在趙家那些不為人知的悲慘過去也是意外。

這還不夠，她成績居然也一飛沖天了，強勢地壓過了他們校競隊除了沈厲堯和柯川之外的所有人。

過去一年葉柏調侃趙明溪，大多是站在一種居高臨下的心理。他們和沈厲堯一樣，全是一群「別人家的孩子」，身世、品貌、成績樣樣皆優，從小到大順風順水，從沒遇到過挫折。

追沈厲堯的人當中，趙明溪是最讓沈厲堯介意的。

於是他們都愛拿她打賭。

在這過程中，葉柏不否認自己一直以一種優越的眼光來對趙明溪品頭論足。

然而現在，他猛然發現，自己到底有什麼好優越的？

趙明溪很漂亮，漂亮到沒辦法否認，大家都承認驚豔的程度。

趙明溪家世也很好，就算從小並非在趙家長大，但那也不是她所願。

趙明溪的成績和聰明程度更是得到了驗證，已然超越他了。

這個女生比他優秀太多了。

他有什麼資格去評價她？

他之前的那些開玩笑的行為、輕浮的言語，在現在看來，都無知且膚淺。像是一個迷之自信且不要臉的油膩男生。

葉柏臉上莫名火辣辣的。

越騰看了眼不遠處的沈厲堯，推了一下葉柏的手臂，示意他小聲點：「別說了。」

另外一個校競隊的男生湊過來低語：「不知道堯神現在什麼心情，趙明溪和他只有五分之差……我現在心情都很複雜，我他媽居然沒有入圍？」

說著他朝隔壁國際班那邊看了眼，道：「趙明溪考得這麼好，她好像也沒有要過來與堯神分享的意思。他們是不是徹底殊途了？」

葉柏壓低聲音道：「主要是，當時誰也不知道趙明溪好看成績又好啊，而且堯神可能——我是說可能、也許、其實當時就是喜歡她的，只是他自己本人不知道。要是早知道，我們不就慫恿他和她在一起了？也就不至於到了現在這一步。」

葉柏說這話心裡其實很虛，他最近都不知道該怎麼面對沈厲堯了。

總感覺沈厲堯情路遇挫有百分之八十的原因是因為他……

沈厲堯恰巧抬頭。

葉柏一個激靈，趕緊扭開頭，摸了摸鼻子，心裡很慌。

「你還說。」越騰道：「你集訓的時候還在說趙明溪只是傲嬌了，堯神追妻火葬場就能追回來，現在他媽的怎麼事情越來越糟糕了，還能追得上嗎？」

葉柏：「……」

當時集訓時葉柏確實認定趙明溪可以追回來，但是籃球場那件事過後，葉柏卻不確定了。

再加上現在趙明溪成績一飛沖天，所有人都看到了她的優秀——她和沈厲堯相比，好像也沒比沈厲堯差到哪裡。

那麼為什麼認定沈厲堯想追她就一定追得到呢？

於是葉柏就更加不確定了。

正在這時，沈厲堯不知道是不是聽見了他們在說趙明溪的名字，臉色看起來無比冷硬，抬步朝這邊走過來。

葉柏頓時慌成狗，抓起試卷，對越騰說自己去趙老師辦公室，就趕緊溜了。

留下來面對沈厲堯一張冷臉的越騰和另外一個男生：「……」

趙明溪入圍決賽，常青班還面臨著另外一件事情。

那就是蒲霜和趙明溪的打賭——當時集訓教室至少有七個人親眼見證那場打賭，那事都傳遍了，乃至於整棟樓都知道了！

現在趙明溪還真的強力擠進了決賽，還是以第三名的強者姿態！而蒲霜卻根本榜上無名！那是不是到了兌現賭約的時候了？？？

常青班的人心情都很複雜，雖然蒲霜是趙媛身邊的跟班，很多人非常討厭蒲霜，但是蒲霜好歹是他們常青班的人，就這樣被打腫了臉、灰溜溜地退學，那豈不是整個常青班都遭受了羞辱？

蒲霜本人則更加崩潰。

她從葉冰的辦公室出來，心情就像是被抓著脖子，壓進水裡，無法自控地溺水窒息一樣。所經之處，大家都在調侃這件事，每一句無論是否帶有嘲諷意義的調侃，都彷彿一記搧在她臉上火辣辣的耳光。

——她打賭的時候根本就沒想過趙明溪能入圍！！！

蒲霜一路走回教室，腳步都有點軟，滿腦子都是：現在怎麼辦？！

她一屁股在座位上坐下，她總不能真的因為一句賭約，就主動退學！

而且她當時幹那件事也是因為趙媛！

如果有時光機，蒲霜穿回去的第一件事就是想搧醒當時的自己，到底為什麼要為了趙媛這種不值得的「朋友」，把自己害成這樣？

現在好了，她完蛋了。

退學的話，家裡肯定會罵死她，而且根本不可能輕易允許她在高三最後一年從A中退學。可不退學的話，接下來半年，她肯定會面臨所有人嘲笑的目光。

現在班上也沒什麼人和蒲霜玩了。

蒲霜的男朋友也對她躲躲閃閃，怕被班上的人孤立。

不遠處的鄂小夏看著蒲霜臉上一陣紅一陣白，故意笑出聲來：「九月二十四號，是誰說我故意害趙媛過敏，不要臉的？」

蒲霜：「……」

煎熬地在座位上坐了一上午，蒲霜一句課也沒聽進去。

她渾渾噩噩，只覺得周圍說悄悄話的同學是在議論自己，傳小紙條的同學也是在說自己厚臉皮假裝事情沒發生不肯退學的事。

下課她去廁所，彷彿也能聽到「退學」兩個字。

這樣下去，別說順利度過高中，只怕她人都要瘋了。

蒲霜也不知道哪裡來的衝動，下午第一節課下課，老師剛從教室離開，她就猛然拎起書包，朝樓上國際班衝去。

一群八卦的人紛紛激動了，以為她要去和趙明溪公開解決這件事，連忙都跟過去看熱鬧。

這件事鬧得還挺大。

大家都想看看怎麼解決——蒲霜真的會履行承諾退學嗎？

明溪在進教室門口時被蒲霜叫住。

離她幾步之遙，蒲霜滿頭大汗，臉色蒼白，像是大病了一場。

蒲霜叫住了她，但是又死死咬著唇，半天不發一言。

所有人都看著。

明溪本來已經忘了集訓時打賭退學的事了，但是周圍有人小聲說「蒲霜這次有骨氣就退學，不然真的丟人現眼」，明溪便猛然記起來了。

「怎麼？」她問。

蒲霜臉色漲得通紅，甚至渾身輕輕發抖。

明溪足足等了三分鐘左右，聽到她喉嚨裡猛然蹦出一句。

「對、對不起。」

走廊上很靜，都在看著兩人。

這句話是個開端，說完這句話，蒲霜整個人像是卸了力一樣，抖得沒那麼厲害了，只是臉色仍發白。她不敢再看趙明溪，一口氣說完：「之前做的很多事情，都對不起。」

蒲霜其實認知到自己做錯了。

趙媛鳩占鵲巢的事情出來之後，她設身處地的代入到趙明溪的身分去想了一下，假如她是趙明溪，被趙媛身邊這麼多人針對，只怕早就有手撕「蒲霜」的心情了。

正是因為代入了一下，蒲霜才意識到自己有多過分。

她極其矛盾，一面覺得自己過分，可一面又覺得道歉很沒面子。

而且，她害怕真的因為這件事，就要退學。

所有人都看著，她想請求趙明溪原諒她，這樣她就不必離開A中。

「趙明溪，我錯了，之前詆毀妳的那些言論都是我的問題，我不想退學，我爸會打死我的。」說著說著蒲霜眼淚就砸了下來，她難堪地抬手抹了下。

蒲霜哭著道：「我——」

「那就不退了唄。」

「……」

蒲霜聽到趙明溪接著說道：「那妳就別退了，老老實實過完最後半年，好好念書，別再鬧什麼事了。」

蒲霜不敢置信地抬起頭：「妳這算是原諒我了？」

趙明溪沒有回答，直接轉身進了教室。

周圍看熱鬧的同學看著，略微有些失望，還以為能看到一場精彩的大戲，或者看到兩人真的不死不休，趙明溪真的讓蒲霜退學呢。

結果，就這樣？

在吵鬧聲中，同學們都大失所望地離開了。

蒲霜卻站在原地，眼淚大顆大顆往下掉，臉上仍火辣辣的。

趙明溪的意思其實很明顯，她沒有要原諒的意思，但是她也懶得為之前那些事逼著蒲霜退學。對於趙明溪而言，人生也不是只有十七八歲的女生們互相明踩暗諷、爭強好勝這點狹小天地，她在往前走。

蒲霜因為意識到這一點，更加自慚形穢。

她可以不用退學了，但是之後很久，她都會記住這件事帶來的教訓。

傅陽曦在窗邊看著，見沒起什麼衝突，才坐下。

第二十三章 男主角

這件事過後，蒲霜在學校一下子安靜了很多。

明溪進了決賽之後，董慧一家人和賀漾一家人都傳來祝賀，紛紛邀請明溪去家裡吃飯。

明溪最想感謝的還是高教授，她諮詢了下盧老師，讓盧老師幫忙問問姜老師，高教授平時都喜歡喝什麼酒，打算週末買一些禮物登門感謝。

而傅陽曦這邊危機感越來越重。

他眼睜睜地看著明溪決賽榜上有名之後，每天一來教室，桌子抽屜裡掏出來的情書以幾何倍數增長，他心裡就抓心撓肺，可偏偏表面上還得裝作若無其事，只餘光瞥一眼就收回視線。

以至於接連三日，他凌晨五點就爬起來，翻窗戶進來，先把趙明溪桌子裡的情書搜刮一番，又再翻窗戶出去。

等八點鐘了人來得差不多了，再頂著一臉的寒氣進來。

明溪不知道這幾天傅陽曦都會先來一趟教室，再假裝遲到，一臉「誰比我酷」地來，更不知道很多情書自己還沒看見，就已經被傅陽曦辣手摧花。

她只覺得傅陽曦這兩三天氣壓又有點低。

——又是吃醋？

但是這幾天自己和沈厲堯連在走廊上擦肩而過都沒有。

明溪信心十足地覺得肯定不是自己的原因，可能就是他單純沒睡好。

傅陽曦都搞不清楚那些男生怎麼那麼不要臉！

懂不懂矜持是什麼啊？

怎麼動不動就寫情書給趙明溪！

他一連三天放學後在飲料店和柯成文一個一個閱讀那些花花綠綠的情書，只覺得受氣都受飽了！氣急敗壞地罵道：「一群不學無術的戀愛腦！」

柯成文覺得他在罵他自己，但沒有證據。

沒了一個沈厲堯，但這個世界仍危機四伏，到處都是想撬牆角的白骨精！

而現在最關鍵的問題是，趙明溪還沒有喜歡上他，被撬走的機率就更大了！

論壇上現在嗑趙明溪和沈厲堯的CP的人倒是少了，但是嗑他和趙明溪的CP的人也完全沒有多起來！大家都說他和趙明溪完全不搭！

傅陽曦的自信心已經低落到了極點，猶豫了很久之後，在群裡問了一個問題：『我難道毫無人格魅力？』

姜修秋：『噗。』

傅陽曦：「……」

柯成文生怕傅陽曦暴走，連忙替他挽回尊嚴：『不是不是，不是你沒有人格魅力的問題。主要是，曦哥，趙明溪和我們在一起都是兄弟似的相處。我覺得你在她心裡還是很重要的，要不然她也不會各種問題都選擇先救你，那天籃球場也更在意你了。』

『現在你得讓她明白你是個——嗯，怎麼說呢，偶像劇裡的男主角。你得讓她明白你可以當男主角，讓她心態轉變過來。』

傅陽曦咆哮道：『『可以當男主角』是什麼意思，你解釋一下，小爺我怎麼就不是男主角了？！』

姜修秋：『意思是說，你可以製造一些名場面。學習一下人家電視劇裡的男主角。』

傅陽曦儘管心裡很不滿，但還是冷哼：『比如說？』

姜修秋開始傳語音訊息現場教學。

『你找塊場地，購物軟體上那種燈飾品知道嗎，掛在樹上像繁星一樣，帶她去這種浪漫的地方，然後『啪』地打開開關，對她說『咦，怎麼妳一來星星都亮了』。』

柯成文：『……這，是不是有點太土了？』

姜修秋誠懇地道：『不知道，反正我用這一招百試百靈，傅陽曦不靈的話，不是我的問題。』

悄悄支起耳朵打算聽祕笈，結果就聽到這的傅陽曦：「…………」

就這樣？

柯成文則出主意：『要不然讓幾個兄弟扮成劫匪去搶劫，然後曦哥你再英雄救美。你知道這叫吊橋效應嗎？女生很容易在最危險的時候喜歡上救她的人。』

『你們都出什麼亂七八糟的主意？？？』傅陽曦惱羞成怒：『沒一個能用的！』

話雖如此，但翌日傅陽曦就偷偷在購物軟體下單了。

搶劫這種事會嚇到小口罩，柯成文太沒腦子了。姜修秋戀愛經驗多，或許值得一試。

明溪也正想叫上傅陽曦和她一起去高教授家。

這樣週末也有藉口在一起啦。

傅陽曦臉上一副「怎麼什麼都離不開我，女人真是麻煩」的臭臉，卻非常口嫌體正直地答應了，並且週六時，頂著寒風假裝只是路過，去宿舍樓下接趙明溪。

他幫趙明溪帶了一副手套，白色羊毛絨的，他則戴上了黑色。兩人拎著明溪提前買好的禮物，讓小李驅車，去了高教授家的那條巷子。

因為提前和高教授說過，會帶一個男生過來做飯時打下手，因此高教授倒也並不意外。

高教授雖然沒教過傅陽曦，但也聽說過傅陽曦的大名——那可真是鼎鼎大名，這位太子爺一度讓整個學校的老師都談之色變。

高教授做好了傅陽曦這種二世祖一來，就什麼也不懂，把場面攪渾的心理準備。

但萬萬沒想到他和自己想像的完全不同。

男生高挑的個子，長相俊美逼人，一進來就讓本就不寬闊的院子變得更加狹窄擁擠，但是他什麼也沒說，也沒犯臭少爺的毛病，自己找張椅子擦乾淨了坐下。

還陪他孫子玩起了飛行棋。

居然還有點討喜？

明溪脫了外套進廚房，把買過來的東西塞進冰箱，高教授進來和她說話。

熟悉了之後，高教授的脾氣早就不像一開始那樣難以接近，古怪的時候當然有，偶爾也會冷嘲熱諷兩句，但是大多數時候都是站在長輩的身分給明溪指點迷津。

「才全省第三十五，有什麼可高興的？還專門上門一趟來找我炫耀。」高教授雖然這麼說，但滿是皺紋的鬢角還是流露出了笑意。

明溪忍不住笑：「我愚笨嘛，入圍決賽就已經很高興了。」

高教授道：「不能鬆懈，繼續努力，趁著還年輕。」

明溪重重點頭：「嗯！」

高教授和她說完話，傅陽曦低頭進來幫忙洗菜。

廚房本來就小，他個子太高，一進來明溪就轉不了身。而且兩人擠在一起，空氣裡全是冬日裡彼此之間熱烈的味道。

傅陽曦慢吞吞地幫明溪繫圍裙。

他臉紅，明溪臉也發燙。

狹小的空間裡，熱氣騰騰升起的飯菜香味中，呼吸、眼神與細微的動作彷彿都被放慢，氤氳成緩慢而又讓人心臟不受控制跳動的電影畫面。

「繫好了嗎？到底。」

沒聽見傅陽曦說話，明溪扭頭，一轉身，直接撞到他懷裡。

傅陽曦胸腔被明溪的額頭撞了一下，他揉著胸，胸腔裡的心臟胡亂跳起來，頓時就結巴了起來，先發制人地道：「妳、妳轉身幹什麼，還沒繫好呢。」

明溪整個人有點不自在，把他往外推，道：「我洗就行，幾顆菜而已，你能不能出去？」

傅陽曦還沒來得及說什麼，就被明溪一把推了出去，還關上了廚房的紗門。

「……」

傅陽曦只能在沙發上坐下。

高教授的孫子默默倒了一杯茶給他，他揉了揉孫子的腦袋，拿著茶。

傅陽曦忽然想到一個問題，猛然扭頭，看向旁邊的高教授：「教授，之前趙明溪——」

沈厲堯成績也那麼好，不會和小口罩一起來過吧。

高教授看一眼就知道這小子什麼心思，冷哼一聲，道：「不用問了，她之前沒帶別人來過，你是第一個。」

傅陽曦竭力想繃住，但是還是因為這點小事，心裡的小鳥就得意洋洋地抖了抖羽毛。

沈厲堯和小口罩一起在西餐廳裡見董家人，但是自己是第一個和小口罩一起見高教授的，那自己也沒輸！

這樣想著，傅陽曦翹起嘴唇，抿了口茶，朝著廚房看去。

高教授家裡地方小，廚房是開放式廚房。

趙明溪把頭髮紮起來，露出了白皙的脖頸。

昏昏斜斜的黃昏傍晚，夕陽斜斜地從小窗戶照進來，落在趙明溪的側臉上。

真的很奇怪，為什麼小口罩做什麼都好看、都可愛？

「好看嗎？」高教授冷不丁問。

傅陽曦耳根子一片羞赧，想也沒想，有幾分得意道：「當然好看。」

高教授陰陽怪氣道：「好看到你把茶水都潑到了我地板上了？」

傅陽曦一個激靈，這才猛然意識到自己虎口一燙。

灼燙的感覺傳來，他連忙跳了起來，手忙腳亂地扯茶几上的紙巾，去擦高教授的地板。

廚房裡的明溪：「……」

她咬了下唇，臉色一片紅。

第二則答案，他好像也……

吃完飯後，兩人從高教授屋子裡出來。

外面的天有些暗沉，雲層裹著一層灰色的邊。

空氣寒冷，呼吸之間呵出的全是白氣。

傅陽曦手插口袋走在前面，見院子裡破敗無比的雜草乾枯，覺得看著扎眼，隨口對高教授道：「您這雜草遍地，也不拔一下嗎？要不要我僱人來清理一下？」

話沒說完就被高教授瞪了一眼：「你這小子怎麼廢話那麼多？吃完飯就趕緊回去，還不走，還想在我家睡覺不成？」

高教授說著就趕兩人出去。

明溪趕緊拉著傅陽曦出院子。

兩人出了院子，明溪對傅陽曦無奈道：「高教授很忌諱別人幫助他。否則每週來陪他孫子玩這種事，他直接找個教過的學生來就行了。就不會繞著圈子，在網上不熟練地發文了。我們要是想幫他點忙，不能這樣大大咧咧地直說，老頭自尊心會受不了的。」

「這不死鴨子嘴硬嗎？」傅陽曦回頭看了眼，「嘖」了一聲，道：「我看我們來看望他，他挺高興的，酒都喝了好幾杯，還非得裝出一臉不情願的樣子。這老頭真是。」

明溪心裡吐槽，你還好意思一本正經地說別人，你自己不也一樣。

傅陽曦一臉震驚地停住腳步：「我什麼時候和他一樣了？」

我靠。

明溪這才發現自己把內心吐槽嘀咕出來了。

傅陽曦警告性地看她：「我怎麼覺得妳一天背著我腹誹我幾百次？」

「什麼腹誹？我這叫不懼強權、實話實說。」明溪乾脆破罐子破摔：「你那天感冒，我過去送藥給你，你明明就期望我過去，可結果我過去了你還趕我走，還一副冷漠的樣子，說什麼『妳怎麼來了』、『我病沒病，和妳有什麼關係嗎，妳難道在意嗎』。」

明溪那天還真的以為傅陽曦不想見到她呢，但是現在回想起來，怎麼想都覺得連空氣都是酸溜溜的。

那天傅陽曦怕不是又在吃什麼陳年老醋。

「你說你那不是口是心非是什麼？」

傅陽曦被明溪惟妙惟肖地模仿，整張臉都漲成了番茄的紅色。

開什麼玩笑？！

他那天說話的語氣是這樣的？！

怎麼神情悲戚得像個待在冷宮的怨婦？！

傅陽曦惱羞成怒道：「那是妳的錯覺！小爺我那天就是很不耐煩！很不想見人！就是在趕妳走！小口罩，妳最近一天比一天膽大包天了啊！」

明溪：「你不想見我你洗頭幹什麼？」

傅陽曦氣急敗壞：「巧合！巧合懂不懂，剛好洗了頭。」

「哦——」明溪一副原來如此的表情。

傅陽曦：「……」

見她還在笑，傅陽曦羞憤欲絕，恨不得找個地洞鑽進去，他抬腳就往前走。

明溪在他身後笑得肚子疼。

傅陽曦走出幾步，臭著臉回頭看她，見她還在原地笑，他：「……」

有那麼好笑嗎？！

傅陽曦又大步流星地走回去，拽起她羽絨外套帽子往巷子外走：「別笑了！天都黑了！回去了！」

就在兩人深一腳淺一腳往外走時，一片雪花忽然落下來了，落在明溪揚起的嘴角，吻上一片柔軟的冰涼，接著，毫無徵兆地，天上下起了雪。

這是今年的初雪。

紛紛揚揚瑩白的雪花從空中飄落。

兩人不由自主頓住腳步，抬頭看去。

漆黑深長的巷子，橙黃昏暗的路燈，飛舞的雪花宛如透明的精靈，輕盈地落在他們身上，兩人的影子在地上被路燈拉得一長一短。

倏然之間，整個世界都安靜空靈了起來。

「下雪了。」明溪伸出手。

她和傅陽曦在秋天認識，現在到了冬天。

傅陽曦把她烏黑髮絲上的一片雪花摘下來，又順手幫她攏了攏圍巾。

明溪仰頭看向傅陽曦。

傅陽曦頓了下，努力按捺住耳根的紅。

傅陽曦忽然別開臉，竭力若無其事道：「帶妳去個地方。」

「什麼地方？」明溪問。

雖然還沒去，也不知道什麼地方，但明溪心跳已然開始擂鼓了。

「手套戴好，去了就知道了。」傅陽曦將手收了回去，重新插回口袋裡。

他冷酷地道：「不是專門帶妳去啊，只是順便。這不是現在回學校還早嗎，免得妳太早回到學校一個人孤零零的無聊，老大順便關懷妳一下。」

明溪忍住笑：「嗯。」

二十分鐘後，車子在距離學校大約二點五公里的石園北路的一片樹林附近的空地停下來。

「……」

明溪一臉木然地看著眼前的傅陽曦所說的「去了就知道的地方」。

什麼東西都沒有，禿頂了的樹被風吹得狂甩頭，上面還纏著不知道什麼東西，可能是電線，總之烏漆墨黑一片什麼也看不清。

就只能感覺到雪越下越大，開始落在肩上了。

明溪快冷死了，傅陽曦站在風吹來的那邊替她擋風。

她扭頭看向身邊的傅陽曦：「這就是你說的帶我來的地方？」

傅陽曦的手在口袋裡瘋狂地按著滿天星小電燈的開關，可死活就是沒有一盞燈亮。

他睜大眼睛震驚地看著樹上完全啞火的幾百盞燈泡，深深地懷疑人生。

都說便宜沒好貨，可他是直接將價格由高挑到低，挑選了最貴的、幾萬塊的那種！

這都能有問題？！

老天是不是在玩他？！

「……對。」傅陽曦強裝鎮定，竭力裝作若無其事，道：「飯後散步，免得長胖。不過妳冷，還是趕緊送妳回去。」

「……」

明溪就這麼風中凌亂地跟著傅陽曦來了一趟小樹林，然後又被傅陽曦送回了宿舍。

萬萬沒想到他說的順便去個地方，還真的就只是「順便去個地方」！

把明溪送回去之後，傅陽曦又讓小李開車返回那個他熬了整整一宿才親手布置好的地方。

傅陽曦胸腔蹭蹭冒著火，衝過去把無良商家揪出來打一頓的心思都有了。

他掏出大衣口袋裡的開關，怒著臉按了一下，打算不行的話先修一下，隔天再帶小口罩來看。

結果。

「啪」地一下，開關只是輕輕一碰，成百上千盞細小的燈泡全亮起來了，點綴在樹梢之間，映著輕盈飛舞白淨的雪花，美得不似人間。

傅陽曦：「……」

什麼鬼？

他媽的這時候就好了？？？

一對情侶經過這條路，從車子上下來，互相依偎著駐足。

那男的看見傅陽曦拿著開關，對傅陽曦一笑：「兄弟，謝謝你啊。」

傅陽曦：「¥&&@$＊¥$&……」

傅陽曦氣得腦子裡全是亂碼。

明溪回到宿舍之後，也不知道傅陽曦去了哪裡，總之大約半小時後，樓下的宿管阿姨上樓來敲門，遞給了她一杯熱氣騰騰的薑糖奶茶和一個盒子。

說是送她回來的男孩子剛剛折返了一下。

明溪打開看了下，盒子裡是一個充電式熱水袋。

「他人呢？」

宿管阿姨道：「已經走了。」

明溪關上門，坐在桌邊，將熱奶茶捧在手上。

她將吸管插進去，吸了一口，嘴裡甜了起來，胃裡也暖了起來。

明溪走到陽臺上，看向窗外，大雪紛紛揚揚，寒冷的空氣在玻璃窗上凝結成白色的霧氣，而裡面卻一片溫暖。

她伸出手指，將窗子擦了擦，能看見夜裡雪花落下去的光景。

明溪忽然伸出手，摸了摸自己的髮頂。

然而完全是不同的感覺。

傅陽曦揉亂她的髮頂時，力道會帶著一些男生的粗暴親暱。

傅陽曦從她髮梢上將雪花摘下來時，指尖溫熱，稍縱即逝的觸感，會讓她頭皮發麻。

明溪垂下眸，低眼看著手中的奶茶。

奶茶的溫度從手心傳遞到指尖和心臟，讓她感受到冬日裡屬於傅陽曦的溫度。

一些衝動和渴望漸漸滋生出來。

她心裡酸酸癢癢的，彷彿有什麼在輕輕地撓。

這一晚傅陽曦沒睡好，明溪同樣沒睡好。

她感覺自己恍惚之間都變成了那棵盆栽，尖尖的嫩芽悄然生長出來，心裡又酥又麻。

閉上眼睛之後，全是傅陽曦。

明溪只能深呼吸，拚命控制自己的思緒，竭力讓自己多想想白天遇到的課本上的難題。

不知道過了多久。

昏昏沉沉的。

她的心神終於一點點從傅陽曦身上抽離，開始去解那幾道題了。

然而這樣的後果是，明溪晚上做夢夢了一整晚的奧數題，夢裡還在瘋狂地找計算紙。

翌日，她雙眼無神地醒來，低低嘆了口氣。

昨夜剛下過雪，萬籟俱寂，明溪往窗子那邊看了眼，天色甚至還沒亮起來，還是灰濛濛的飄著些小雪。

她把手機開機，看了眼時間——才凌晨六點。

睡眠時間第一次不足五小時，明溪整個人都頭重腳輕。

然而接著睡也根本睡不著了，她打算先去教室自習。

明溪抱著書，腦子輕飄飄地懸在空中，撐著傘走到教室。

週日學校沒什麼人，十分安靜。她找國際班的圖書股長要了鑰匙，直接開了前門就進去。

到了座位上放下書，明溪就發現自己桌子抽屜裡居然多了一大堆情書。

她一拉開椅子就劈裡啪啦掉下好幾封。

明溪嚇了一跳。

這種情書堆成堆的狀況她只在沈厲堯那裡見到過。

什麼情況？

之前每天早上過來一封都沒有的啊。

都是專門挑週五放學後送的嗎？

但是琢磨著可能最近自己剛剛入圍決賽，在全校露了一次臉，知名度變高，開始有人送情書倒也正常。於是明溪沒有多看。

她徑直把地上的情書撿了起來。

其中有一封署名還是常青班的李海洋，他居然還沒死心。

明溪找了個袋子，把情書全部丟了進去。

她蹲下去看了眼桌子裡面，忍不住皺了下眉，看來以後得上鎖了，塞情書的人把她的書都擠成一團了，裡面的一塊糖被擠得從包裝裡漏了出來，黏在課本上。

明溪頭疼無比，索性藉著這個機會把桌子徹底收拾一下。

她將傅陽曦的椅子搬下來，將自己的書都拿出來先放在他椅子上。

然而就在這時，她忽然發現自己其中一本不常用、被壓在最底下的書裡好像夾著什麼東西。比A4還小一些，大約B5大小，紅色硬紙殼封面，金色燙金字。

明溪抽了出來。

當反應過來那是什麼之後，她的呼吸一下子窒住。

不動產權證書？？？

明溪迅速翻開，坐落的地址正是桐城那兩間小破院子。她視線上移，瞳孔頓時猛縮，產權人那一欄竟然是自己的名字？？而下一面一欄共有情況，是自己單獨所有。

後面是一張白色的房產權和土地權證附圖。

明溪心臟怦怦直跳，整個人都處於恍惚之中。

那兩間院子是李嬸的，奶奶在世時帶著她租在那裡。但是為什麼現在這張產權證書上會寫著自己的名字？

明溪低頭看了眼日期，發現登記日期是十月十三。

也就是傅陽曦感冒，有一天沒來學校的那天。

是不是搞錯了？

明溪血液飛竄。

她飛快地掏出手機，顧不得現在還是清晨，打電話給李嬸。

鄉下人起得早，電話很快就被接通了。

李嬸以為她是特產吃完了，要再寄一點過去，道：『明溪妳想吃什麼儘管跟嬸說。』

明溪顧不上這些，問了她那兩間院子的產權的事情，為什麼產權人會是自己。

『啊？』電話那頭的李嬸茫然了一下，半天才反應過來：『我還以為妳知道呢，就是你們走之後沒幾天，妳同學又來了一趟，說覺得風景不錯，想買下來，有開發價值什麼什麼的我也不懂。他開的價格很高，事實上兩間小破院子哪裡賣得了那麼多錢啊，瓦片好幾年沒修都快塌了。村裡也沒那麼多繁瑣的手續，和他一起過來的人去辦理的。我只簽了個名，收了錢，具體的步驟也不曉得。是不是現在哪裡有問題啊？』

「是哪個同學？」

李嬸道：『紅頭髮最帥的那個。』

傅陽曦買了這兩間瓦房。但是產權人卻登記了自己？

換句話說，他把自己以前和奶奶住過的地方買下來送給自己？

然而他卻沒說。

已經過了快兩個月了，他居然隻字未提。

要不是自己收拾桌子裡的東西，可能還不會發現。

明溪大腦一片空白。

她不知道什麼時候掛了電話，手裡拿著房產證，整個人都在發愣。

她很難形容自己此時此刻的心情。

她被傅陽曦用私人飛機帶回去的那天，心裡覺得那一切都像是一場夢。等到拜祭完奶奶，眷戀完過去的親情，再回到這個地方，夢就醒了。以後那個地方可能會拆遷、可能會變得面目全非，但是她也無可奈何……

可是，傅陽曦就這麼毫無徵兆地把這個夢延續了下來，他把院子買下來送給她，她從小生長的一小片天地就這樣在十八歲這一年徹底屬於她自己了，從今以後由她決定，是否改變一草一木。

辦手續的那天傅陽曦在發燒。

應當是自己去過他家的第二天。

自己去他家時，他明明很冷淡，可第二天他就飛去了桐城。

在這個時候教室窗外的雪下得越來越大，洋洋灑灑席捲著寒風而來，整個世界都被一片白色純淨包裹。

明溪眼眶一紅，攥著手裡的紅色本子，在椅子上一屁股坐下來。

萬籟俱寂當中，有些衝動猶如潮水一般，在她心裡瘋狂地湧來。

她腦子裡全是傅陽曦的那張臉。

生動的喜怒哀樂的眉眼，帶著肆意張揚的少年氣，野蠻而溫柔地衝撞進她心裡。

明溪舔了舔乾燥的唇，心裡慢慢地翻湧起一些渴望的情感。

想和傅陽曦談戀愛。

想和傅陽曦牽手。

想和傅陽曦肌膚觸碰，在乾燥的冬日裡擁抱。

每個人都有自己的事，都待在自己獨立的世界，兩個靈魂靠近在一起，是那麼難的事。

明溪從沒想過，有一天會遇到一個人，讓她這麼強烈地想要待在他身邊，想要讓他也待在她身邊。最好是綁起來，十指交纏不要分開。

她想得到他的過去、現在、未來。

明溪的衝動湧上頭頂，她盯著旁邊傅陽曦的座位，視線落在傅陽曦留下來的一些痕跡上。

無數情緒在心裡翻湧。

她忽然鼓足勇氣，腦袋一熱的瞬間，打了一通電話給傅陽曦。

嘟嘟聲響起，明溪腦袋嗡嗡響。

現在是——

她看了眼牆上的掛鐘，居然才凌晨六點二十。

糟糕，她這麼早打電話，他肯定還沒醒。

明溪心裡一慌，下意識就要掛掉，然而在她掛掉之前，那邊已經接起來了。

『嗯？』傅陽曦的聲音帶著一些啞，殘存著明溪熟悉的剛醒時的低氣壓。

「是我。」明溪清晰地聽見了自己的心跳聲。

那邊靜了幾秒，彷彿是一瞬間就清醒了，頓時從床上爬起來：『怎麼了？是不是出了什麼事？妳在哪，我馬上過來。』

在這一瞬，明溪眼眶有點熱。

「沒事。」她道：「不是什麼大事。」

『真沒事？』電話那頭的傅陽曦狐疑道，他聽著趙明溪的聲音好像不太對勁，還是火速頂著炸毛的頭髮從床上跳下來，急匆匆套上衣服。

傅陽曦的動作很急，手機緊緊貼在耳朵旁邊有點發燙：『一定有什麼事，妳怎麼會這麼早——』

他話還沒說完，就被明溪打斷。

「傅陽曦，你是不是喜歡我？」

這麼一句。

猝不及防。

趙明溪的聲音從電線裡傳來，夾雜著些許電流的嗡鳴聲。

全世界死寂。

傅陽曦一瞬間消音了。

他整個人的動作都靜止了。

他頓時渾身僵硬緊繃，心臟狂跳，且手腳冰涼。

所以，的確有事，但不是人身安全，而是，她發現了這件事。

其實，不被發現才怪吧。

稍微仔細一點，就能發現他滿眼都是小口罩。

所以這一通凌晨的電話，意味著什麼——

傅陽曦不敢去細想，他心臟直直墜落，拿著手機的修長指骨有些不易察覺地抖。他走到落地窗邊，整個人都茫然無措，視線不知道該放在哪裡。胸腔裡的心臟急促而惶恐地跳動。

她是打電話來拒絕？

把那天對柯成文說的話，再對他重申一遍？

傅陽曦的臉色全白了。

『是。』傅陽曦喉結滾了滾，不知道自己是抱著怎樣的心情說出這句話的。

『我喜歡妳。』

他啞聲道。

事到如今，他沒有辦法不承認。

他好像被趙明溪看透了，逼至無可奈何的角落。

對面趙明溪的呼吸淺淺吸了一下。

傅陽曦血液一下子竄到了頭皮，幾乎想就這樣把電話掛掉，不敢再去聽趙明溪接下來的話。

但他渾身過於僵硬如同一塊石板，以至於他動也不動，像個等待死刑的囚犯。

他站在那裡，無措地垂下眼。

『但是妳——』傅陽曦想說，但是妳不用因此有負擔——

然而他沒說完，就聽到趙明溪的聲音傳來。

「那太巧了，我也喜歡你。」

『……』

傅陽曦瞳孔慢慢放大。

什麼聲音都沒有了。

傅陽曦別的什麼都聽不見。

唯獨這句話和心跳聲，伴隨著電流的聲音落入他的耳中。

傅陽曦有足足十秒鐘都沒反應過來，他呼吸窒住，腦袋一片空白地握著手機，彷彿當機的一塊石頭一樣。

……等等，她剛才說什麼？

傅陽曦懷疑自己在做夢，猛地將手機移開，掐了下自己的臉，痛覺很快傳來。他喉結動了下，心臟在胸腔裡跳得快要蹦出來，他又將手機貼向耳邊。

手機在發燙，再真實不過了。

居然，不是做夢嗎。

「我喜歡你。」

趙明溪索性又重複了一遍。

小口罩說她喜歡他。

這一刻，什麼都像是變慢了。

呼吸變慢了，聲音變慢了，雪花降落的速度變慢了，就連空氣也變慢了。

傅陽曦的呼吸一點一點急促起來，心臟也開始狂跳。麻木的四肢彷彿終於恢復知覺一樣，他眼睫顫了顫。

整個世界都在下雪。

傅陽曦盯著窗外，盯著雪花飄落下來，發麻的手指動了動。

『小口罩，妳確定嗎，我以為——』

那邊明溪的聲音很清晰：「你以為什麼？」

傅陽曦仍覺得自己置身夢中。

他等得太久了。

他眼睛都紅了。

『那天柯成文打電話，妳不記得我生日，妳還親口說，不可能喜歡我。』

傅陽曦無比艱難地說著這話。

說到最後，語氣已經垂落下去。

明溪一個激靈，終於知道為什麼他那陣子非常反常了。原來當時柯成文打電話給自己，他就在旁邊。

——他以為她喜歡沈厲堯。

——他親耳聽到她說不喜歡他。

明溪頓時無比心虛。

明溪心裡一慌，趕緊幫傅陽曦打強心針，道：「那天說的不算數，是我慢半拍，是我當時沒察覺到。但是現在我說的喜歡你，就是——」

『就是把我當老大？』傅陽曦還在反問。

明溪抓狂，趕緊一鼓作氣地解釋道：「就是喜歡你！就是表白！不是把你當朋友，不是把你當老大，而是，想和你談戀愛，想和你吃飯約會看電影，想牽你的手抱住你和你接吻，全世界最喜歡你，全世界只和你一個人好的那種。」

明溪說到後面，耳根都已經紅了。

這話一落，她只能聽到那邊徹底消了音，只有急促的呼吸。

『我去找妳。』傅陽曦道。

明溪看了眼外面下著鋪天蓋地的大雪，心說這時候來恐怕有點麻煩，但是她也想見到傅陽曦。她將發紅的臉埋進了臂彎：「嗯，我在教室。」

電話並未掛斷。

傅陽曦那邊傳來衝下樓的聲音。

明溪聽到他乒乒乓乓，剛想勸他慢點，忽然就聽那邊「砰」地一聲巨響傳來。

明溪：「……………」

二十分鐘後，因過於激動而摔下樓梯的傅陽曦被救護車拉進了醫院。

外面還在下雪。

明溪將傘靠在牆根上，推開ＶＩＰ病房的門進去。

病床上的傅陽曦半靠在床頭，正望眼欲穿、眼巴巴地等著她來。

但是一見到門被推開，走進來的是她，他臉色又迅速地紅了，渾身僵硬，視線趕緊移開。

明溪脫掉外套，掛在門邊，走過去，傅陽曦臉色越來越羞憤欲絕，最後他自暴自棄地把被子往上一拉，把腦袋整個埋了進去：「別過來，趙明溪，妳走錯病房了！」

明溪：「……」

「傅少，那我先出去了。」旁邊的小李視線在兩人身上轉了一圈，基本上猜到了一些事情。

他笑了下，對明溪點了下頭：「你們先聊，有事叫我。」

明溪道：「好。」

小李一出去，病房裡就更安靜了。

窗戶是關著的，整潔的病房內空無一物，沙發上丟著傅陽曦的外套，床邊散亂一些還未收拾的繃帶，空氣裡充斥著一些令人有些尷尬的臉紅氣氛。

明溪俯身將繃帶收拾起來，扔進垃圾桶，然後看了眼他吊起來的左腳腳踝，她剛才進來之前去問了下醫生，醫生說沒什麼大問題，只是輕微骨折，這個年紀的男孩子恢復能力很強，不出四十天應該就可以拆石膏。只是——未免也太不小心了。

明溪視線又落在拱起來的一坨被子上，知道自己這個時候絕對不能笑出來，否則只怕是會被傅陽曦記一輩子。

她努力繃住自己的表情，在床邊的椅子上坐下來，問：「你從哪摔下來的？痛不痛？除了左腳腳踝骨折，還有沒有別的地方摔傷？」

傅陽曦把自己埋在被子裡不說話，露在外面的只有一條綁了石膏的長腿，和一點耳朵尖。

他露出來的一點耳朵尖越來越紅，快要滴出血來。

就算被棉被悶死他也不出來。

實在太丟人了！

他八輩子都沒這麼丟人過！

怎麼會這樣？！

這和他所想像的酷炫狂霸跩的表白場景完全不沾邊！

而且她還笑他！他腿斷了她還笑他！

她前腳才說喜歡他，後腳就笑他！該不會因為他幹出了這麼丟臉的事情她就不喜歡他了吧？！

傅陽曦一張臉埋在被子裡漲成了番茄色，按捺住心頭那點忐忑不安，整個人都有點生無可戀。

明溪問：「嗯？怎麼不說話？拍X光片了嗎？」

「拍了。」傅陽曦試圖搶救一下自己的顏面，竭力讓自己的聲音磁性低沉一點，聽起來就像是那種非常成熟的帥哥的聲音：「不是我的問題，是拖鞋太滑，也不知道昨晚誰拖的地，大冬天的到了早晨還乾不了！」

明溪了然道：「那肯定。」

傅陽曦鬆了一口氣。

明溪笑眼彎彎，拖長了腔調：「那肯定是因為地面太滑，不是因為你聽到我說『喜歡你』太激動。」

傅陽曦：「……」

明溪：「有這麼開心嗎，聽見我說喜歡你？」

傅陽曦：「…………」

明溪低低嘆了口氣：「幸好我沒說太多，不然我真的很擔心你摔得更重。」

傅陽曦：「……………」

傅陽曦攥緊被角，惱羞成怒，在被子裡吼道：「妳哪隻眼睛看見我很開心了？我沒有在開心！我為什麼要開心？不就是被表個白嗎，多大點事！妳當小爺我從小到大都沒有被表白過嗎？我身經百戰好不好？」

「是嗎？」明溪笑道：「你臉也摔傷了嗎？掀開給我看看。」

傅陽曦臉色一紅，雙手抓緊了被子，只能從被子判斷出他腦袋的輪廓。

明溪伸手去掀。

傅陽曦寧死不從。

明溪力氣當然沒有他大，扯半天也沒辦法把被子從他手裡扯出來。

左右都看不到他的臉，只能看見他耳朵紅到快要滴血。

「那我走了啊。」明溪故意道，說著就站起身。

椅子被她膝蓋彎輕輕頂了一下，在地板上發出輕輕地離開的劃痕聲。

明溪剛轉過身，被子裡就伸出了一隻骨節修長的男孩子的手，慌亂地重重抓住她的手腕。

五根手指頭死死扣住。

像是生怕她走掉了。

明溪嘴角情不自禁上揚，回頭看過去。

傅陽曦另一隻手把被子猛地一掀，露出來一頭亂糟糟的髮，和一張壓在枕頭上眼角帶紅的俊臉。

他氣急敗壞：「趙明溪，妳怎麼能這樣，妳前腳剛表白完，後腳說走就走？這不是始亂終棄是什麼？」

他都要懷疑趙明溪說的喜歡是假的了！說什麼全世界最喜歡他，想和他吃飯約會看電影，還想抱他牽他的手，怎麼見到面之後都不算數了？說好的擁抱牽手呢？！

還沒說上幾句話，就要走！

「我不走，我也不始亂終棄。」明溪又重新坐下來，道：「我就是想看看你的臉，誰讓你一直蒙著被子。」

傅陽曦的臉紅了。

——就是想看看他的臉。

這是什麼虎狼之詞。

小口罩開竅之後怎麼這麼、這麼的……

「你昨晚沒睡好嗎？」明溪仔細瞧著傅陽曦的臉。

他臉上沒有擦傷，脖子上也沒有，手上也沒有，她鬆了口氣。

他穿黑色寬肩休閒毛衣，越發襯得他臉色很白，嘴唇沒什麼血色，右眼尾那顆精緻的淚痣看起來都有幾分疲憊。

當然有可能是上夾板時痛的。

但是他眼底下也有一些青黑，看起來並不像是睡眠充足的樣子。

明溪：「曦哥，我早就想問了，你是不是經常睡不著？」

傅陽曦注意力還停留在自己攥住明溪手腕的那隻手上。

他攥住之後就沒放開，趙明溪好像也沒把手抽出去。

傅陽曦感覺自己掌心的手腕冰冰涼涼，觸覺柔軟。是女孩子的手。

他垂著眼睫，心情像是溢出來的溏心蛋，悄悄羞赧地想著現在是不是能牽手了——是她說想和他牽手的。

「我為什麼會經常睡不著？」傅陽曦抬起手輕輕彈了下明溪的額頭：「妳怎麼突然這麼問。」

明溪撥了撥自己被他弄亂的劉海，問：「我一打電話你就接起來了，你睡覺的時候不是開飛航模式嗎？」

凌晨六點，怎麼看都覺得是傅陽曦這種少爺的夢境時間。

傅陽曦以前自然是關機的，但是最近事情一件接一件，趙家找到了張玉芬，張玉芬正在拘留候審，事情沒有塵埃落定之前，傅陽曦總擔心趙明溪那邊會有什麼事，於是也就習慣不關機了。

傅陽曦搪塞道：「沒有，我睡得挺好的。」

「倒是妳，失眠了？」傅陽曦看著趙明溪。

趙明溪如果沒睡好的話，會很明顯，烏黑的長髮都會比平日毛躁一些。

她雖然勤奮努力，但也並不至於雞鳴而起。

她每次出宿舍大樓的時間差不多都是早晨七點鐘。所以今天她忽然早晨六點打電話給他，他第一反應是以為她出了什麼事。

明溪則點了點頭：「對，昨晚一整宿都沒怎麼睡著。」

傅陽曦有點無奈：「說了讓妳先休息幾天，距離決賽還有一陣子，急什麼。」

傅陽曦抬起手要揉明溪的頭髮：「又夢見一直做奧數題了？」

明溪搖頭：「不是。」

傅陽曦手頓住：「？」

明溪看著傅陽曦，坦然道：「是夢見你了。」

傅陽曦：「……………」

傅陽曦猝不及防，耳根猛然紅了。

他竭力想裝作若無其事，告訴自己這都是小意思，但嘴角還是無法克制地上揚。

「是、是嗎？夢、夢見什麼了？」

「就是一些亂七八糟的念頭。」明溪道：「昨晚就想表白。」

但是昨晚差了那麼一絲勇氣。直到今天早上看見夾在書本裡的東西，才腦袋一熱。結果事實證明，有的窗戶紙捅破後好像也沒那麼可怕。

明溪低眸看著傅陽曦攥住自己手腕、正悄悄往自己手指上移的手，忍不住笑起來。

傅陽曦一被她注意到，手指立刻就不敢移動了。

他努力讓自己冷靜，可臉上生理性的紅完全無法控制。

他支起耳朵，等著聽小口罩再說幾句好聽的。

結果趙明溪也不大好意思，匆匆轉移了話題：「曦哥，你悶不悶，室內暖氣還挺足，要不要我去開下窗通通風。」

傅陽曦：「……」

明溪站起身，打算鬆開手去開窗，但是朝窗戶那邊走了一步，沒走動，傅陽曦攥著她的手腕，不鬆開。

明溪看了眼自己的手。

「怎麼了？我開下窗。」

傅陽曦悶著腦袋，不太情願，好不容易握住了手，她去開個窗，再回來，還有什麼藉口牽她的手？

傅陽曦道：「不悶，別開了。」

「那我去幫你削個蘋果，你吃早餐了沒？」明溪說著，看見茶几那邊有小李買來放在那裡的水果，想往沙發旁邊的茶几那邊走：「我來之前吃過了，你要是餓的話，讓你家司機去買點？」

可仍走不動，手腕仍被緊緊攥住。

傅陽曦的指尖溫熱執拗。

力道也不大，但就是讓她掙脫不開。

明溪有些茫然，扭頭看過去。

傅陽曦垂著腦袋，不看她。他渾身看起來有些緊繃，像好不容易得到最珍貴的東西，一秒也不想讓其離開自己視線一般。他憋了憋，忍不住脫口而出：「小口罩，妳能不能，哪裡也不去。」

傅陽曦抬起頭：「妳好好坐著行不行。」

明溪：「……」

明溪的臉突然也燙了起來。

她撓了撓頭，又坐回了椅子上，手放在床邊。

傅陽曦攥住她手腕的手指鬆開。

就在明溪愣了一下時，少年的手很快覆了上來，動作輕而繾綣。

他與她終於牽上手了，十指相握。

冬日，肌膚乾燥，兩人掌心和指腹相貼，能感覺到彼此的溫度、氣息、血液。

傅陽曦牽著她的手，耳朵尖發紅。

明溪看了他一眼，見他低著唇在笑，俊朗的眉眼舒展開來。

明溪的嘴角也一點點小幅度彎了起來。

很古怪又默契的，病房裡一時之間安靜下來。

兩人都沒說話。

空氣裡充斥著若有若無的曖昧和灼熱。

傅陽曦仍覺得有種不真實感。

這個銀裝素裹、下雪的早晨，天才剛亮，整個世界都在沉睡的時候，他腦子不甚清醒地接到了趙明溪的一通電話。

電流伴隨著她的聲音在耳邊嗡鳴。

此時此刻還在傅陽曦腦子裡迴旋。

她問出第一個問題時，他還以為她又要說些將他打進地獄裡的話。

但萬萬沒想到，她說她也喜歡他。

像是被一隻手鬆開太久，久到信心低落到谷底。再次被牽住時，他不敢相信自己一直以來的渴望，就這麼突如其來驚喜地降臨了。

小口罩說——

喜歡他。

全世界最喜歡他。

她終於喜歡上他了。

消失很久的炙熱的火光好像又回來了。

而且比先前還要更加熱烈、真實一點。

他所畏懼的東西，就這麼被沖散了。

傅陽曦忽然慶幸自己一直在等，等得足夠久，他所奢望的，就終於落到了他懷裡。

趙明溪喜歡他，他現在什麼都不怕。

「所以現在——」傅陽曦啞著嗓子開口。

他心裡還是有很多不確定，想說，所以現在她和他是兩情相悅了嗎？以後她不會反悔嗎？不會再次說出把他當老大之類的話了嗎？她不會離開他了嗎？

「現在我已經不記得沈厲堯長什麼樣了。」明溪一聽他開了個頭，就知道他要說什麼，趕緊舉起沒被他握住的那隻手發誓，痛心疾首道：「現在我心裡就只有你。早戀，我只和你早戀！」

等等，都滿十八歲了應該也不算早戀了。

傅陽曦彷彿得到了安撫，嘴角不由自主得意地翹了起來。

但他盯著趙明溪，說出來的話還是酸溜溜的，帶著幾分幽怨：「不記得姓沈的長什麼樣，但還清晰地記得他的名字，還記得和他看過的電影……」

「都忘了！沈什麼？沈冬梅？什麼冬？什麼梅？」明溪道：「天吶，我得了失憶症，怎麼電影也忘光了！下次跟你去看！」

傅陽曦耳根全是紅色：「那妳之前還嫌棄我胖——」

明溪對天發誓她絕對沒嫌棄過傅陽曦胖！

她比竇娥還冤！

「傅陽曦，你自己腦補的不能賴我頭上！」明溪叫道：「你看看你不是很剛好嗎，一百八十八，穿衣顯瘦，脫衣有肉，完全擊中我的審美取向！一分不多一分不少！」

傅陽曦心裡的小鳥尾巴已經翹起來了。

他道：「妳確定完全擊中妳的審美取向嗎？那沈厲堯呢，他長得不符合妳審美妳還追他？妳還每週去廣播室蹲守他，妳還和他有那麼多合照，妳還——」

說著說著傅陽曦就義憤填膺了起來：「妳還知道他喜歡什麼口味，還被拍到和他一起招生，遞飲料給他，你們還去西餐廳吃飯……」

「……………」明溪風中凌亂，她懷疑「沈厲堯」這件事她這輩子都過不去了！

明溪想穿回去暗殺追沈厲堯時期的自己！

年少不知初戀貴，一失足成千古悔！

「等等，你怎麼知道這些事？」明溪腦子瞬間轉過彎來，看著傅陽曦，忽然忍不住笑：「你特意查過？你是不是很早之前就喜歡我了？」

傅陽曦當然打死不承認：「趙明溪，現在談論妳呢，不要試圖轉移話題。」

明溪見他臉色發紅，越想越覺得可能是這樣，忍不住問：「從什麼時候開始？你從什麼時候開始喜歡我的？」

「難道是——帶我回桐城那天？」

「不對。」明溪喜滋滋地猜測道：「說不定在那之前就開始了，不然你對我那麼好幹什麼。」

當時明溪只以為傅陽曦對待兄弟都這麼好，見過他對待告白的女生就是直接捏扁千紙鶴，她完全沒往那方面想過。

「難道是給我手機殼那天？」

「等等。」明溪恍然大悟：「什麼幫派手機殼，你那時候是想弄情侶手機殼，但不好意思說吧？！」

傅陽曦：「……」

傅陽曦臉色越來越紅，偏過頭去。

明溪快笑死了，忍不住一個膝蓋跪到床上，拿手指去戳他的紅成番茄的俊臉：「躲什麼呀。」

「還什麼『我家司機買了一大堆，我吃不完，剩下的讓妳幫忙解決而已』。」明溪惟妙惟肖地模仿著傅陽曦的語氣。

現在想起來，這些事情居然還無比清晰地在她腦海當中。

她震驚地笑道：「所以那天你就是專門幫我買早餐吧？！」

「夠了！小口罩。」傅陽曦被她逼得無路可逃，整個人身體後仰，貼在床頭的牆上，臉色紅欲滴血。

見趙明溪還在笑，傅陽曦恨不得再次掀起被子蓋住腦袋。

第二十四章　談戀愛

明溪笑夠了，也適可而止，不然她怕傅陽曦羞憤欲絕到牽扯到傷口。

他還吊著一條腿，可不是鬧著好玩的。

明溪坐回椅子上，把被傅陽曦拽得亂糟糟的被子扯平，一本正經地往傅陽曦身體兩邊蓋了下。

「好了，我們吃點東西吧，你想吃什麼？我下去買。」

「外面還在下雪呢，妳去幹什麼，小手小腳拎個飯菜回來等下全灑了。叫外送？」傅陽曦還是不願意鬆開趙明溪的手：「要不然就讓小李去。」

他牽著她的手，另一隻手伸長了在床頭櫃上拿到手機，開始翻小李的電話號碼。

「妳想吃什麼？」

明溪報了幾個菜名。

傅陽曦垂眸單手打字。

他打字飛快，把明溪想吃的全輸入進去了。

明溪看著他，覺得好笑，捏了下他的手：「所以小李去外面就不下雪啦？飯菜就不會灑了？」

傅陽曦覺得她是明知故問，又是在故意調笑自己。

傅陽曦傳完訊息，放下手機，屈起一條腿，好整以暇地看著她道：「小李領薪水的，讓他跑一下腿怎麼了？」

明溪道：「你也可以給我薪水。」

傅陽曦：「妳明知道──」

明溪：「明知道什麼？」

「明知道──明知道我把妳當對象！這和小李能一樣嗎？！我心疼小李幹什麼？！我又不把小李當對象！」

傅陽曦面上發燙，破罐子破摔道。見明溪舔了舔唇，眼睛彎彎在笑，他憤恨地抬手捏了下明溪的臉：「以前怎麼沒發現妳這麼能欺負人？」

明溪從善如流飛快道歉：「對不起。」

「但是你現在想退貨呢──」

傅陽曦心頭一堵，瞪向趙明溪，剛想說退什麼貨，怎麼可以隨隨便便讓他退貨？他怎麼可能退貨，她不要反悔才是真的！

就聽明溪道：「已經來不及了。」

傅陽曦臉色一紅，跳到喉嚨的心臟嚥回了肚子裡。

明溪笑著和傅陽曦開玩笑：「傅少又帥又有錢，我賴上你了。」

傅陽曦竭力繃住上揚的嘴角，裝作無奈道：「賴吧賴吧，也只能這樣了。」

真是的——喜歡上他之後的小口罩原來和他想像中並沒什麼差別嘛。就很黏人。

才剛表白就這麼黏人，以後該怎麼辦。

兩人牽著手說話。其實也沒有在說什麼有意義的話，但即便全是一些沒營養的廢話，兩人都還是眉開眼笑。

明溪心說早知道這一天會和傅陽曦在一起，她就早點表白了，也不至於浪費了那麼多時間。傅陽曦心裡也想，早知道兜兜轉轉小口罩最終會喜歡上他，他在見到她的第一天，心裡按捺不住一種酥麻過電的感覺時，他就該強迫她待在自己身邊了。

但是遺憾歸遺憾，幸好，現在也完全不晚。

沒過幾分鐘外面響起敲門聲。兩人還以為是買了飯菜回來的小李。

「我打了十幾個菜名，他這就回來了？」傅陽曦不大敢相信這速度。

明溪道：「我去開門。」

她剛要起身，傅陽曦握緊了她的手還沒放開，病房的門就被從外面推開。門並沒有被反鎖，從外面一擰門把就開了。

「好端端的怎麼進醫院了？」

進來的是姜修秋、柯成文和賀漾三人。他們聽說傅陽曦摔斷了腿，過來看望。

明溪看見跟在最後的賀漾，頓時整個人臉色都火急火燎地燙了起來。

完蛋。

她還沒和賀漾說自己喜歡傅陽曦的事情。

當著這麼多人的面，手牽著手，作為女生，明溪還是有點害羞的。她下意識就趕緊把自己的手縮回來，但是一縮，卻沒能縮回來。

傅陽曦握住她的手握得更緊了。

明溪抬頭看向他，眼裡的含義：現在就要公開嗎？

傅陽曦沒弄懂明溪的眼神，不滿地回視她，眼裡的含義：為什麼突然要放手？

正在兩人眼神劈裡啪啦地交流時，柯成文等三個人就走進來了。

柯成文一臉慘不忍睹地看著傅陽曦打了石膏的左腳踝：「曦哥，你怎麼弄成這樣？接下來上廁所怎麼辦？」

明溪側身對著他們，他們還沒看見兩人握著的手。

明溪掙脫不開傅陽曦的手，她一緊張，直接握著傅陽曦的手，連同自己的手一起塞到了他被子底下。

傅陽曦終於弄懂了她的含義，一臉幽怨地看著她。

然而明溪沒想到，這樣做更能讓人瞬間想像出十萬字。

三人這下都看見了明溪的手放在傅陽曦的被子底下了。

而且她的手還動來動去，被子被鼓起來一小團。

三人：「……」

柯成文和賀漾臉色都精彩紛呈。

病房裡一時之間異常安靜，明溪和傅陽曦還沒意識到什麼。

傅陽曦不耐煩地看了進來的三個人一眼，責怪他們破壞了自己和小口罩獨處的氣氛，問道：「你們怎麼來了？從哪裡聽說的？」

明溪也扭頭看了他們一眼：「坐吧，那邊有沙發。」

這兩人居然還這麼淡定地讓他們坐？！

賀漾：「明溪？？？」

柯成文嚥了下口水，說：「趙明溪，妳手、手伸進曦哥被子裡是在幹嘛？」

姜修秋抱著臂，意味深長道：「你們的進展真是讓人出乎意料啊。」

明溪低頭看了眼，就見——

傅陽曦拽住自己的手不讓自己掙脫，以至於被子突出來一座小山峰。

明溪猛然意識到柯成文在說什麼，她頓時跳起來，臉頰奇燙無比。

「什、你們在說什麼鬼？我就只是，手有點冷，伸進去暖一下。」明溪腦袋嗡嗡響地解釋道。

傅陽曦也後知後覺反應過來了，耳根頓時紅得不行，拿起一個枕頭朝病房門口砸過去：「你們兩個滿腦子裝什麼黃色廢料，能不能閉嘴？！」

柯成文和賀漾驚魂未定，勉強相信趙明溪的手伸進傅陽曦的被子裡只是暖手。只是兩人又看了眼趙明溪和傅陽曦兩個人，總覺得這兩人之間的氣氛已經發生改變了。具體是哪裡也說不上來，但好像比之前的曖昧還要更進了一層。

姜修秋和賀漾在沙發上坐下，柯成文撿起枕頭去泡了幾杯茶。

幾人剛來沒坐多久，水都沒喝到一口，就被吊著石膏腿的傅陽曦催著趕緊滾。

柯成文很傷心：「曦哥，你怎麼能這樣，我聽見你骨折了就趕緊過來了，等等要上廁所肯定還用得到我的啊。」

明溪其實也想讓他們趕緊走，於是想也沒想地道：「沒事，用不上你，傅陽曦一條腿也可以，而且我也可以幫忙。」

傅陽曦看了趙明溪一眼，紅著臉，勾了勾唇。

看，小口罩也想獨處嘛。

他不被承認戀情的不滿就這麼輕而易舉地被化解了。

柯成文：「……………」

總覺得曦哥斷腿前後，這兩人一定發生了什麼！

本來就沒多少位置的他，而今位置又被趙明溪擠掉了一點！

沒過多久，有護士過來幫傅陽曦打消炎針。

柯成文和姜修秋打算去醫生辦公室那邊看看拍的X光片，順便去買點零食，於是和賀漾一起出去了。

明溪留在房間裡。

護士打完針出去之後，明溪起身幫傅陽曦蓋了被子，然後往他身後塞了個枕頭，讓他靠得舒服點。

傅陽曦趁著那幾人不在，幽幽地看著趙明溪：「妳剛才放手幹什麼？」

小口罩什麼意思？

不準備對他負責了嗎？！

表白完了不打算公開，要他做地下男朋友？

明溪一聽他提這件事，就知道他要問什麼，明溪頓時在他露出生無可戀的表情之前，迅速解釋道：「我沒有，我不是不公開的意思，我剛才不是腦子一抽，沒做好準備嗎？」

說著明溪把自己的手給他牽住。

傅陽曦牽了她的手，但仍舊不大信任地看著她。

盯著她看了片刻後，他垂下漆黑眼睫，神情愴然，低低嘆了口氣，淒涼地開口：「小口罩，妳不用解釋了，我都懂，反正妳就是——」

明溪生怕他越扯越遠，趕緊道：「這樣，你決定吧，你想什麼時候什麼場合公開，我都OK。」

「真的？」傅陽曦忍住想要上揚的嘴角，眼眶還是發紅，臉上還是一臉脆弱和受傷。

明溪恨不得搖晃他的肩膀：「真的！」

到底怎樣才可以給他定心丸？！

「那妳幫我拿一下我的圍巾，脖子冷。」傅陽曦忽地說。

他右手打著點滴，左手牽著明溪的手。

明溪看了眼，他的圍巾放在他右邊的床頭櫃上。明溪心說脖子冷把暖氣開高點不就行了，但是見傅陽曦目光幽幽，她還是打算繞過去幫他拿。

然而還沒邁開腳步，就走不動了。

明溪看向傅陽曦：「你不鬆手，我怎麼過去幫你拿？」

「妳想辦法。」

明溪覺得剛才自己慌裡慌張想把兩人牽著的手藏起來，是自己理虧，於是自覺地讓他欺負自己一下。

她右腳單膝跪在床邊，伸長了手，去傅陽曦的右側拿他的圍巾。

然而就在手指剛剛觸碰到圍巾的毛線，還沒抓起來的那一刻，就見傅陽曦忽然抬起了打著點滴的右手。

明溪剛想說你別亂動，小心血液回流！

然後就感覺傅陽曦抬起的手，在自己後脖頸上輕柔地按了一下。

「……」

明溪猝不及防，本身就平衡不穩，脖頸上又一陣觸電般的酥麻。

她頓時支撐不住，俯身砸在傅陽曦身上。

鼻尖擦過他挺拔的鼻梁，嘴唇直接印在了他的嘴角。

柔軟乾燥的觸覺從嘴唇直達心臟。

靈魂都抖了一下。

親、親上了？

就這麼——

明溪呆呆睜大了眼睛，近距離地盯著眼睛下方的傅陽曦，腦子一片空白。

忽然聽見背後有開門聲。

然後是進來的腳步聲。

接著是三人倒吸一口氣的聲音。

傅陽曦好整以暇地掀起眼皮，他紅著耳根，忍住羞澀，大著膽子勾起唇道：「是妳說可以公開的，不如就現在？就這個場合？」

「……」

「就是你們看到的這樣。」

二十分鐘後，傅陽曦挑著眉，得意洋洋道。

他在三人面前囂張地牽起趙明溪的手，故意晃來晃去，讓三人看清楚。

要不是腿斷了，他簡直能把兩人十指緊扣的手指伸到姜修秋和柯成文瞳孔前面。

趙明溪一喜歡他，他就又得意起來了，肩膀上的小鳥意氣風發，完全忘了之前哭著洗頭的是誰。

柯成文和賀漾雖然震驚，但是倒也有種早該如此的感覺。

兩人的心情一時之間都非常的複雜。

賀漾是覺得自己最好的朋友就這麼有伴了，以後是不是要拋棄自己了，於是憂傷地看了趙明溪一眼。

明溪臉上發燙。

柯成文則是不大信任地看了趙明溪一眼，心裡還是對她有點不放心——她確定她真的喜歡上曦哥了嗎？該不會到時候又要讓曦哥來第二輪失戀吧？

不過這種場合下，柯成文和賀漾兩人都不方便說什麼掃興的話。

賀漾嘟囔道：「我早就該猜到了，之前趙明溪和我聊天，三句話離不開傅陽曦——」

話沒說完就被明溪衝過去捂住了她的嘴。

明溪也是要面子的好嗎？！

她用眼神瘋狂對賀漾示意：當著這麼多人的面，說這個，合適嗎？！

「嘖，我就知道。」傅陽曦耳根紅著，嘴角上翹到了天上去。

他恨不得賀漾再多說兩句。

他都不知道小口罩是什麼時候喜歡上他的，反正住進他家的那段時間肯定是不喜歡他的，和沈厲堯還有董家人去西餐廳吃飯的時候肯定是不喜歡他的。

那到底是什麼時候喜歡上他的？？

難道就是某個瞬間？

傅陽曦一旦得知這個瞬間是什麼時候，可能會在趙明溪面前重複千遍萬遍！

他表面裝作根本不在意，但實際上眼巴巴地看著趙明溪，就指望賀漾多透露兩句，結果賀漾話還沒說完就被趙明溪制止了。

他心裡百爪撓心，偏偏不好直接表現出來說他想聽。

被柯成文、賀漾、姜修秋三個人分別用「曦哥你居然真的泡上了趙明溪」、「趙明溪妳居然真的泡上了傅陽曦」、「你們兩個拖拖拉拉好久我都嫌煩」的眼神直勾勾盯著，明溪也有些不大自在起來。

她臉色發燙地轉移話題：「你們別站在這裡盯著我們，吃點水果？葡萄可以嗎，我去洗點。」

傅陽曦看著她要走開，不大樂意，眼神緊緊盯著她，手也緊抓著她的手不放開：「不要洗給他們吃。」

三人：「……」

傅陽曦滿臉的不爽，繼續道：「大冬天的用冷水洗水果冷死了。」

柯成文忍不住道：「曦哥，這是ＶＩＰ病房！」

拜託，ＶＩＰ病房洗手間怎麼可能沒熱水？！

傅陽曦瞪了柯成文和姜修秋一眼：「你們兩個大老爺們幹什麼要人家女孩子洗水果給你們吃？自己不知道洗？！和我一樣骨折了？」

柯成文無語流淚：「算了算了，我去洗，趙明溪妳好好待著。」

柯成文拎著水果袋子去了洗手間，傅陽曦看著他進去，扭頭問趙明溪：「妳想吃什麼，讓他多洗一點。」

明溪：「……」

柯成文和另外兩人：「……」

告辭！

眼睛被閃瞎了！

一分鐘都不想多待！

柯成文三人在小李買好飯菜上來之前，又被傅陽曦催促了一次讓他們快走。理由是沒有買他們的午飯。他們如果不想餓著，就只能自己解決。

三人本來也只是打算來探望一下，除了柯成文，都沒打算久待，於是便收拾掉吃完的零食袋子，打算離開。

結果推開病房門離開時看見小李氣喘吁吁拎上來的一箱子十幾個餐盒。

三人：「……………」

這他媽叫沒買他們的午飯？

這吃十個人都夠了！

告辭！

三人踹翻眼前的狗糧，徹底告辭。

吃完午飯後，明溪打開書包，拿出習題集，就在茶几上寫作業。

反正在這裡寫和在圖書館寫是一樣的，這裡暖氣還更充足。

傅陽曦裝模作樣地拿了本書，但是心思完全不在故事書上，他想和趙明溪距離近一點，這病房是誰布置的格局，為什麼茶几距離病床好幾公尺？！

隔著四五公尺的距離，明溪感覺他在悄悄看著自己，於是抬頭，卻見傅陽曦立刻收回視線，臉色通紅地繼續死死盯著故事書。

明溪忍不住笑：「想看就看。」

而且現在可以大大方方看了，何必偷偷摸摸？

傅陽曦打死不承認，眼神繼續落在故事書上，看起來專心致志極了。

他鼻子裡哼哼了一聲，沒將漲紅的俊臉抬起：「當然是想看就看，人都是我的了，我何必偷看。我沒有在偷看——倒是妳，小口罩，別打擾我看書。」

明溪問：「那你看的書裡面講了什麼？」

傅陽曦：「……」

傅陽曦語塞，一目十行地瘋狂瀏覽起面前的內容：「講了——」

話還沒說完，明溪把小板凳搬到了床邊，又把她的筆袋和習題集、計算機一起拿了過來，把傅陽曦病床上的被子掀起一角：「我在這裡做作業好了。」

傅陽曦：「不在茶几上寫？」

明溪看了他一眼，忍住臉燙：「太遠了。」

傅陽曦：「……」

傅陽曦耳根默默紅了起來。

翌日就要上課，這天傍晚，明溪只能先被小李送回學校。

不過好在傅陽曦的骨折並不嚴重，沒有明顯的移位，用石膏固定之後，三天後就可以出院了。接下來的四十幾天恢復期拄拐杖或者坐輪椅就行，不影響去上學。

明溪覺得傅陽曦這人真的很有意思，她離開時，他明明欲言又止、眼巴巴地盯著她，明明臉上寫滿了「妳什麼時候來看我，再來的時候還喜歡我嗎」，明明就想要她第二天和第三天放學後都去看他。

但他說的話卻是各種「不然小口罩妳就別來了，反正三天後我就去學校了，妳放學後來就只能待那麼一下子，多耽誤妳念書」。

明溪不想聽他繼續叭叭叭下去，直接道：「閉嘴吧，我就是要來。」

傅陽曦扭開頭，羞赧地揚了揚唇角，看起來倒是心滿意足了。

正經地談起了戀愛，明溪一時之間其實也感覺有點不真實，那個清晨腦袋一熱的餘韻並未在她腦子裡散去。

她見到傅陽曦的每一分每一秒，心中都酸酸癢癢的，有細小的渴望在破土。

她的話說得倒是大膽，什麼「想和你親吻」，但是實際上，趙明溪在這方面就是個行動上的矮子。

兩人因為過於害羞，目前只親了一下嘴角。

淺嘗輒止，蜻蜓點水，還沒摸出是什麼滋味，僅僅觸了一下電就分開了。

明溪有點懊惱。

不過這個輕輕的吻對於她的盆栽而言卻意義重大——畢竟是她和傅陽曦兩人的初吻。

盆栽一下子就長了一棵樹。

直接飆到了四百二十五棵嫩芽。

四個月前還在戰戰兢兢吸傅陽曦身上的氣運，怕紅髮校霸打她的明溪，絕對沒想到自己的進展能夠這麼順利。

甚至不用過完這個冬天，就能徹底擺脫自己的女配命運。

翌日是週一，整棟樓都得知了傅陽曦骨折這件事。

國際班的小弟們商量著要不要買點花送過去。另外兩個班的人則喜大普奔[1]，骨折了，就這麼骨折了？

常青班有的人奔走相告，甚至忍不住笑出聲來。

要知道傅陽曦在學校作威作福久了，大家見到他基本上就是繞道走，根本不敢碰掉他一根頭髮，即便是打架，也是別人受傷。他就沒受過什麼傷！而現在，他自己把自己的腿弄斷

1 喜大普奔，網路用語，是「喜聞樂見」、「大快人心」、「普天同慶」、「奔走相告」的縮寫。表示一件讓大家歡樂的事情，大家要分享出去，相互告知，含有幸災樂禍的性質。

了。

常青班立刻就囂張了起來。

而傅陽曦不在，國際班的小弟們說話也沒什麼底氣，宛如霜打了的茄子，盡量避開常青班的人走。

下午第二節課。

蒲霜也是趁著傅陽曦不在，不用被他虎視眈眈地盯著，又過來找了趙明溪一次。

短短幾天，蒲霜臉色明顯比之前差很多，整個人看起來都有點沉默。

雖然和趙明溪打賭退學的事情，趙明溪並沒真的讓她退學，這件事也就這麼翻篇了。但是因為受到趙媛連累，她在班上難免會遭到一些背後議論。

這些議論落入她耳朵裡，扎心一樣難受。她可沒有鄂小夏那麼厚臉皮，私底下哭過好幾次。

週一升旗時看見站在前排的趙明溪，她才想起來自己買了一模一樣的新書包給趙明溪，但是上次道歉時情緒太激動，忘了給她。

於是蒲霜又來了一趟。

「妳拿回去吧。」明溪仍沒接受她買的新書包。

倒並不是因為想故意給她難堪，而是被蒲霜扔進垃圾桶的書包，集訓那晚明溪及時洗乾淨以後，就沒什麼油漬了，和新的一樣。

再加上，高中還剩下半年，這書包還是傅陽曦送的，明溪覺得沒必要再換。

明溪道：「我的洗乾淨了，不需要換。」

蒲霜臉色一陣青一陣白，只好又把書包拿回去了。

這之後，她就沒再來找過趙明溪了。

與此同時，趙家那邊，趙湛懷也讓人查出了是誰發的文章。

這事要想查出來並不難，只是前陣子趙家所有人都在震驚張玉芬的事情當中，完全無暇顧及這件事。現在這爛攤子稍微收拾了點，趙湛懷才有精力處理這件事。

查出來，發現竟然是鄂家的鄂小夏！

趙父和趙湛懷都臉色鐵青。

要說，鄂家和趙家還算是世交，關係匪淺，不然趙媛和鄂小夏也不會從小就認識，鄂小夏小時候還叫趙父伯伯。

這件事居然是出自鄂小夏之手，趙家人全都非常震驚，但是仔細想想，卻又在預料當中。

鄂小夏長期做著趙媛跟班一樣的角色，與其說她最討厭明溪，倒不如說她從一開始就對趙媛有某種妒忌。當時害趙媛過敏也是一樣。而這不太明顯的妒忌在趙媛在學校公開對她落井下石之後，就直接轉化成了仇恨。

有的時候，女孩子之間的微妙敵意真的很可怕。

得知此事的趙宇寧倒吸一口氣。

然而現在的問題是，張玉芬真的是趙媛的親生母親，鄂小夏把這件事散布出去，也構不成造謠——

趙家能拿她一個高中女生怎麼辦？

何況鄂家和趙家還有生意上的往來，難道要鬧上法庭嗎？！何況這還不得怪趙媛自己，惹上這麼一條毒蛇？

經歷了這麼多事之後，趙家人都很疲憊，還得將更多精力放在生意損失上。

於是雖然查出來了是鄂小夏幹的，但是趙家卻沒有再追究，只當不小心被咬了一口。

只是在各種宴會場合再遇見鄂家人時，趙父和趙湛懷眼神都很微妙，心裡不舒服，盡量避而遠之。

週三傍晚，天氣越來越冷，但是下了幾天的雪終於停了。

傅陽曦終於即將出院。

明溪想去接，但是一般出院這種事情，傅陽曦家裡人也一定會去的吧，自己如果碰見他家裡人，豈不是就被發現早戀了？

這樣合適嗎？

明溪下意識就要問傅陽曦，可是感覺以傅陽曦隨心所欲的性格，等下為了讓她去接他出院，他就直接不讓他家裡人去了。

那麼還沒見過面，自己就已經給傅陽曦的家人留下了「禍水」的不好印象。

明溪有點糾結。

於是還沒下課，她悄悄將腦袋埋在桌子底下，沒問傅陽曦，而是傳訊息給小李：『今天傅陽曦出院，他家裡人去嗎？要是他家裡人去，我就不去了，免得碰見。』

這兩天她去醫院，傅陽曦都是讓小李接送，於是她索性和小李交換了電話號碼。

傅陽曦在中間還一臉幽怨地哼哼過，再次跟她強調小李已經結婚了。

過了一下，小李回覆：『昨日老爺子已經來探望過少爺了，今天老爺子在國外有點事，應該是不會過來的。』

明溪認識傅陽曦這麼久，還只從他嘴裡聽說過他爺爺。

明溪問：『他其他家人呢？也不來？』

『對。』小李回：『妳要來接少爺嗎，那我先去妳學校接妳吧。』

明溪看著小李這則訊息，眉心輕輕蹙了起來。

出院，家裡一個人都不來嗎？

怎麼會這麼奇怪？

她在趙家這兩年，即便趙家人偏心，但是假如她骨折了，入院出院趙家肯定會有人來的。畢竟骨折到底也是大病一場，骨頭斷裂的那一瞬間該有多疼。

明溪又問：『那麼出院手續誰辦？』

小李道：『傅少已經自己辦好了啊。』

『他自己辦的？』

小李道：『對，醫生說他現在拄拐杖能走了，他就自己簽名了。』

明溪從小李的這則訊息中看出，小李好像並不覺得這有什麼奇怪的——也就是說，一貫如此。

……如果她不去，傅陽曦是不是就會孤零零地一個人住院、出院？

明溪心裡莫名堵得慌。

明溪對傅陽曦的家庭並不了解，傅陽曦極少主動提起。

明溪要問，他也是岔開話題。

明溪唯一的了解就是從網路上了解到的傅氏企業，但也僅僅只是旗下涉及哪些產業。然而光從傅氏雄厚的財力就能推斷出來，這種非一般的家族怎麼會把族譜往事事無鉅細地寫在網路上。

總之很神祕，幾乎搜不到什麼和傅家人有關的新聞，更別說和傅陽曦有關的了。

明溪看了眼時間，對小李道：『那五點半左右你來接我好了，我們先去傅陽曦的公寓一趟，拿點衣服。』

晚上晝夜溫差極大，醫院裡到處有暖氣穿得少點沒問題，但是一出來被冷風一吹，必然會感冒。

小李不禁感嘆女孩子就是心細，連忙回了她一個「好」。

明溪放學後收拾了書包，小李載她來到傅陽曦的公寓。

小李也不知道密碼，就只有她知道。

見她三兩下輸入了密碼，門直接開了，小李有些詫異地看了她一眼。

「你不進來嗎？」明溪問。

小李道：「您進去收拾吧，傅少不喜歡別人進他的地方。」

明溪只能自己進去，她走進傅陽曦的房間，打開衣櫥，挑了件黑色羽絨外套出來。

就在這時，她瞥見衣櫃角落的幾個藥瓶子，正是傅陽曦在教室裡經常吃的類似維生素的那幾種。

有法文也有德文，總之沒有英文，全看不懂。

明溪想了想，對著瓶子上面的商標一個一個拍了張照。

一共拍了五張圖。

她打開通訊軟體，把圖片傳給之前幫自己看臉的醫生，問了一下都是什麼藥。

小李打開車門，讓她上車，載著她開往醫院。

車子在醫院門口停下來，明溪見到不遠處剛好有賣熱氣騰騰的烤地瓜，她想起傅陽曦好像沒吃過這種街邊的東西，於是跟小李說了一聲，自己先過去買一個。

小李則拿著外套，先進去醫院裡。

地瓜十二塊一個，對半分開，裡面又香又甜又軟，看起來就讓人想要流口水。

明溪呵出一口氣，耐心等待小攤老闆烤出來。

付錢時，手機震動一下，一則訊息跳出來。

是她認識的醫生傳來的。

『妳最近失眠嗎？不至於呀，妳臉上的傷不是已經好了嗎？不會因為臉上的傷導致心理壓力吧。這種藥不要多吃，會形成依賴。』

明溪眼皮一跳，迅速打開通訊軟體回覆：『什麼意思？這麼多瓶瓶罐罐都是治療失眠的？沒有一瓶是維生素嗎？』

醫生回她：『不是妳的藥嗎？都差不多是和鎮定、失眠類相關的藥物，可能是國外的醫生開的，在國內很少人用，除非一些重症失眠患者。到了非常依賴藥物的情況下，還是建議先處理心理因素，純粹靠藥物作用不大。』

「……」

明溪心裡揪了起來。

上次董深告訴她那一瓶法文藥是治療失眠的，她還以為就是普通的褪黑激素一類輔助睡眠的東西。

但是沒想到這一大堆瓶瓶罐罐都是。

那麼傅陽曦到底是——多久沒睡過一個好覺？

明溪腦子裡忽然跳出來那幾次，他脖子和手腕上被玻璃劃開的傷口。

到底怎麼回事？

會不會……和他家裡人有關？

明溪見他每次待在他自己的公寓就沒事，一旦回去老宅或者家裡就必定會出點事。

當然這也都是猜測。

明溪心裡疑團重重，心臟彷彿被捏了一下，泛起密密麻麻的擔憂和難受。

明溪覺得自己必須搞清楚。

香噴噴的烤地瓜被遞到她手上，但是她吃的興致已然消散了一大半。她心不在焉地付了錢，朝著車子那邊走。

傅陽曦出院手續已經辦完，她走過去時，傅陽曦剛好坐進車子裡。

傅陽曦正望眼欲穿地等她。

見到她過來，傅陽曦打開車門，從車子裡探出頭，對她催促道：「小口罩，怎麼這麼久？」

「哪裡久了，這不就來了？」明溪讓他把腦袋縮回去，關上車門，從另一邊打開車門上了車。

一進車子裡，暖氣就沖散了眼睫上的寒霜。

傅陽曦左腳打著石膏，多有不便，只能坐在車子右側，將副駕駛座的座位拆了，方便他長腿放著。

他脫了羽絨外套，抱在懷裡，只穿著一件黑色寬鬆毛衣。

他視線一直跟著趙明溪轉，語氣有幾分得意地嘟囔道：「也就從醫院出來進到車子的這一下會冷，妳還專門讓小李去幫我拿外套，真是——」

明溪本來應該瞪他一眼，罵他自戀，但是此時此刻的明溪完全沒心情順著他的話調侃他。

明溪看著他，滿腦子都是——

他一個人孤零零的出院，他很多個晚上睡不著，他經常受傷。

車子發動。

明溪不說話，把熱氣騰騰的地瓜遞給傅陽曦。

傅陽曦察覺她情緒有點不對，頓時緊張起來。忽然想到什麼，傅陽曦臉色一變，怒道：「怎麼？是不是我沒去學校，妳書包又被人給——」

「不是。」明溪蔫蔫道。

明溪對他道：「你把手舉起來。」

傅陽曦：？

傅陽曦疑惑不解，但盯著趙明溪，還是拿著地瓜，將兩隻手舉了起來。

下一秒，明溪朝他那邊挪了一點，輕輕地湊過去，抱住了他。

「……」

明溪抱上來時，傅陽曦還沒反應過來。

等腦子當機的那一瞬間過去後，一低眸，才發覺少女的髮頂香氣撲鼻，懷裡的人柔軟、溫暖、而熱烈。

明溪緊緊抱住他，將腦袋埋在他胸膛上，兩隻手緊緊圈住他的後背——是一種異常執拗的抱法。

「怎、怎麼了？」傅陽曦受寵若驚，心臟怦怦直跳。

明溪閉上眼，慢條斯理道：「沒什麼，就是突然想抱你，一天沒見，想你了。」

傅陽曦耳根「嗖」地一下紅了。

他慢慢放下手，手落在明溪的背上，輕輕地拍了兩下。

地瓜拿在手上，忘了吃。

見小李豔羨的視線從後視鏡中落過來，傅陽曦挑了挑眉，意氣風發，一臉得意洋洋，用眼神示意「看什麼看，女朋友就是這麼黏人，沒辦法」。

玄關換鞋處有一層低低的臺階。

傅陽曦扶著鞋櫃站起來，小李把輪椅抬進去，傅陽曦單腳跳上去。

他瞥了趙明溪一眼，努力想跳得瀟灑帥氣點，但是一隻腳跳來跳去能瀟灑帥氣到哪裡去？

傅陽曦覺得有點丟臉，不悅地嘟囔道：「誰設計的臺階？」

明溪在一邊看得心驚肉跳，下意識抬起手想扶著點，生怕瓷磚地面太滑來個二次摔傷。

但是傅陽曦不知道是有意露一手還是怎樣，硬是沒讓她扶，行雲流水地完成了一連串動作。

明溪：「……」

他跳上去後，小李趕緊把輪椅推到他身後。

他扶著把手，重新在輪椅上坐下，翹起一條石膏腿，並費力地把打了石膏的那隻腳擺正，隨後揚起英俊的眉梢，看向趙明溪。

明溪：「……」

這有什麼好得意的啊！

傅陽曦出院之後，面臨一個問題。

如果骨折的是左手的話，還好說，一隻手不影響問題，但偏偏骨折的是腳踝。

他一隻腳跳來跳去倒是沒問題，但是想進浴室洗澡，難度就太大了。

明溪提出這個問題。

小李道：「別擔心，昨天老爺子那邊已經幫傅少找好了看護，稍後就會到了。還有我也是二十四小時隨叫隨到的。」

傅陽曦習慣了一個人在外面，明顯不大願意讓看護進門。想想他這個一百八十八的大高個要被別人扶起來、要有肢體接觸，就一身的雞皮疙瘩。

他皺起眉，搖著輪椅往沙發那邊走，臉色看起來有點臭：「多管閒事，我說了我拄拐杖也能行！」

小李連忙道：「這也是老爺子的關懷，少爺，你可千萬別在老爺子面前說這話，等下又要吵起來了。」

明溪將書包放在吧檯上，在旁邊提出建議：「不然——」

兩人齊刷刷地看向她。

「不用請看護了，我來。」

「……」

小李驚愕道：「妳確定妳願意？」

小李還以為趙明溪只是單純和傅少早戀呢，和富三代談戀愛就享受富三代帶來的金錢等好處就好，有什麼必要親力親為地照顧人？

不得不說有點出乎小李意料了。

「這有什麼不願意的，又不難。」明溪不知道小李在想什麼，只以為小李以為她是想賺看護那一份錢。

她連忙擺手道：「看護也可以照請。但是傅陽曦不是不喜歡陌生人進來嗎，我來還方便些。就是我力氣不夠大，萬一有什麼事還得李哥你隨時到。」

小李看向傅陽曦，傅陽曦俊臉已經紅了。

小李默默吃了口狗糧，心說，這時候就不嫌棄有肢體接觸啦？

明溪看著傅陽曦的石膏腿，又補充了句：「主要是我不大放心。他骨折的地方不能沾水，洗澡的時候必須得非常注意才行。」

洗、洗澡？

小口罩腦洞好大，直接就聯想到幫他洗澡了？！

怎麼能這樣？這樣真的可以嗎？

傅陽曦竭力想保持面上的鎮定，但是臉上的開心和得意簡直快要壓不住。

他扭頭看向別處，耳根紅透，裝作妥協道：「那、那就這麼辦吧。」

明溪就這樣搬了進來。這一次住的時間可能有點長，小李帶她去取衣物時，她一次性將所有的東西都收拾了過來。傅陽曦翹首以待，看見小李大包小包地幫她把行李箱拎進來時，他的心情已經飛到了天際。

但傅陽曦萬萬沒想到，是他想多了。

晚上洗澡時，趙明溪根本就非常的正人君子。

她在浴缸裡放好水，試了下水溫，又在地上鋪了一層防滑毛巾，對傅陽曦道：「可以了。」

傅陽曦單腳站立，在浴室裡雙手撐在洗臉池前，心臟怦怦直跳地緊張了半天。

他盯著鏡子裡的自己，做了很久的心理建設，還撩起衣服看了眼自己的腹肌，用水打溼了一下額前劉海，營造出漆黑短髮淌著水珠的效果。

——結果就聽到客廳傳來趙明溪用平板看無腦劇哈哈大笑的聲音。

「……」

傅陽曦忍不住朝外面喊了聲：「趙明溪，妳幹嘛呢？」

「怎麼了？」明溪拿著平板，還不忘暫停，她走到浴室外面：「你開始洗了嗎？小心點，不要摔跤。浴袍放旁邊了。」

傅陽曦：「……」

明溪頓了下，語氣變得古怪起來：「你該不會以為，我說留下來照顧，包括進去幫你洗吧？」

傅陽曦白皙的脖子一紅，立刻在浴室內暴躁跳腳：「小口罩，妳腦子裡都是什麼黃色廢料？！我都沒想到那一層好嗎，妳整天到底在想什麼亂七八糟的？我快脫光了，妳不准進來！不要偷看小爺我！」

明溪：「……」

明溪臉上一熱，什麼鬼，她才不會偷看呢。

——雖然她的確忍不住朝浴室的玻璃門內看了好幾眼。

男生高高大大，霧氣氤氳中的剪影也是帥氣的。

明溪忍住心猿意馬，走開了。

傅陽曦則垂頭喪氣，慢慢脫衣服。

上衣三下五除二脫掉了，就是下面的褲子有點難。不過倒也沒什麼大礙，夾板固定得很牢，左腳踝幾乎轉動不了，只需要先脫掉一隻褲管，然後再屈起傷腿，把另外一隻褲管從腳踝處褪下去就行。

傅陽曦進了浴缸，把左腿翹在外面。

明溪坐在沙發上繼續看劇，但是注意力儼然已經完全不在劇上了。

她看向浴室那邊，時刻注意著裡面的動靜。

不過幸好，傅陽曦平衡能力好，從頭到尾沒出什麼問題。

傅陽曦穿著白色浴袍跳出來時，黑髮微溼，眉眼深邃，水滴順著下頜線條淌入鎖骨當中，除了左腳腳踝上的石膏有點影響觀感，單腳跳的動作有點搞怪，其他地方都帥得讓人流口水。

明溪第一次見他出浴，抬起頭，情不自禁地一直盯著他看。

傅陽曦靠在門框上，抱臂，心情舒暢了，得意洋洋一挑眉，讓她看：「唉，想看就看，別憋著。」

出來之前在浴室裡弄好久，現在總算輪到他說這句話了。

明溪笑了起來。

但是她才沒有傅陽曦那麼打死不承認、口是心非。

她一個直球打過去：「我對象真帥。」

傅陽曦頓時就繃不住了，耳根紅了。

明溪過去把他扶到輪椅上。

「十點半了，是直接睡還是看一下電視？」明溪問他。

「去沙發坐一下，看電視吧。」傅陽曦面上羞紅還沒褪。他定了定神，竭力讓自己看起來「心思單純」、「什麼都沒想」。他單腳跳到輪椅前，坐下去。

明溪推著他去沙發那邊，道：「那你先看一下電視，我去洗澡，有事叫我，毛毯在旁邊，不要著涼。」

傅陽曦：「好。」

他一點也不想那麼早睡，兩人兩個房間，一進自己房間就見不到她了。

人就是很奇怪的一種生物，明明每時每刻都待在一起，但還是感覺不夠，還是會思念得心裡抓心撓肺。

有時候傅陽曦覺得趙明溪在他身邊還不夠，他的占有欲永遠得不到滿足，他還想將人放進口袋裡，每時每刻眼睛看得到她，耳朵聽得到她，肌膚觸碰得到她。

最好是小口罩也只看著他一個人，只聽他一個人說話。

明溪去學校取東西回來之前，讓小李帶著她去買了些東西，其中就有新的睡衣。她洗完澡，吹乾頭髮，換上毛茸茸的睡衣出來。傅陽曦本來望眼欲穿地盯著浴室那邊，聽見動靜，立刻收回視線，正假裝專心致志地看平板。

「你家裡怎麼沒電視機？」明溪走過來，看了眼空蕩蕩的四周，傢俱實在是太少了。燈光也是冷色調的，吧檯是大理石的，沒有任何多餘的杯墊、靠枕之類的色彩，以至於整個公寓顯得非常的冷清。

傅陽曦左腿翹在茶几上，踀得二八五萬，這時才掀起眼皮。他以為她想看，道：「明天買一個讓小李過來盯著安裝。」

明溪笑：「小李說你之前不讓他進門，現在怎麼就——」

明溪得了便宜還賣乖。

傅陽曦臉又紅了，垂下眼：「為了對象妥協一下，也是可以的。」

明溪走過來在他身邊坐下，一看時間，已經十一點了。按理說已經到了明溪的睡覺時間，然而明溪卻沒什麼睡意。

有點擔心傅陽曦，也不想就此分開。

雖然只是轉身進兩個房間，但總感覺好像是一下子又要分開七八個小時。

傅陽曦忽然道：「再看一下劇？」

明溪默默道：「好。」

兩人都心懷鬼胎，忍住羞赧，裝作很認真地盯著電視劇，被電視劇吸引得入迷，但是其實心思根本都沒有在劇上。

勉強撐到了十一點半。

傅陽曦見明溪背對著他悄悄打了個呵欠。

明溪心裡也惦記著傅陽曦失眠的事情。

「要不然——早點睡，明早還得去學校。」傅陽曦再度出聲道。

明溪竭力想忍住睏意，但是睏意還是一陣陣襲來。她心情有點低落，不想分開。

她抬眼看著傅陽曦，思考了一下，她還是妥協：「好，早點睡吧。」

關掉平板，兩人依依不捨地各自回房。

明溪想起一件事，對傅陽曦道：「我上來之前買了些東西給你，放在你床邊了。」

「什麼？」傅陽曦翹起唇角，又忍不住開始流露出得意的表情：「怎麼還買東西呢，第五天紀念日嗎？」

他搖著輪椅去到床邊。

看見床頭邊的東西，他愣了一下。

身後的明溪的聲音響起：「我看見你的那些藥了。」

傅陽曦身體微僵。

但明溪並未追問，只是輕聲道：「我買了兩本繪本給你，只有圖片，文字比較少，看起來不會費力氣。你睡不著的話，可以看看，思緒跟著流淌，或許有點用……」

明溪撓了撓頭，她想不到好的辦法。

那些藥物傅陽曦已經試過了，但是顯然效果一般。

「如果沒有用的話，你把我叫醒，我們一起熬夜試試看。」

「熬久了總能睡著，到時候還能一起做個好夢。」

傅陽曦喉結滾了滾，指骨攥緊，拿起繪本，扭頭去看她。

明溪站在門口，聲音輕輕的：「總之，我不想你一個人。」

她就站在那裡，背著光，穿著毛茸茸的睡衣，身段也依然纖細。

她聲音也輕輕的，一個字一個字落進了傅陽曦的心裡，泛起了淺淺的卻無法停下來的漣漪。

傅陽曦屏住呼吸看著她。

窗外在下雨，劈裡啪啦，傅陽曦心裡早就不知道破土多久的喜歡往四肢百骸蔓延，長成了無法磨滅的烙印。趙明溪三個字，在他心底嵌下了深深的痕跡。

炙熱的火光朝他而來。

傅陽曦已經感覺沒那麼冷了。

這一瞬，他覺得自己很幸運。

「過來。」傅陽曦道。

明溪走過來。

傅陽曦按捺住自己心頭紛湧的情緒，將她拉過來，很用力地抱緊她：「晚安。」

他已經不是一個人了。

傅陽曦的骨折一天天好轉，班上除了柯成文和姜修秋還沒人知道兩人已經談戀愛了。

打籃球時柯成文不小心對一個小弟說漏了嘴，眾小弟都一臉愕然。

柯成文往運動場上看了眼，瞧見趙明溪不在，琢磨著八成是傅陽曦腿傷了不能來上體育課，於是趙明溪也沒下來，繼續留在教室自習。

他根本不想上去吃狗糧，哀嘆了一聲三步上籃，道：「別說出去啊，不能我一個人眼瞎。你們說這兩人怎麼就真的好上了呢——」

話沒說完，小弟們下巴都震驚掉了，道：「什麼？現在才好上？趙明溪不是轉班那天開始就和老大在談嘛？！」

柯成文：「…………」

盧王偉察覺到不對是一週後。

他作為班導師，觀察了下，發現一件很奇怪的事情——為什麼最近趙明溪和傅陽曦都是同時抵達班上？

一次兩次也就算了，可以說是巧合。

但為什麼一週都這樣？！

而且傅陽曦出勤率大大增加，也不再遲到了，甚至跟著趙明溪早晨七點就到了教室。這簡直令人驚悚好嗎？！

盧王偉老師越想越奇怪。

他懷疑是不是傅陽曦這位太子爺在欺負趙明溪。他摔斷腿了就摔斷腿了吧，為什麼每天都是趙明溪把他從校門口推進來的？

趙明溪是住校，還特地被他叫到校門口去接人？而且每天放學後還推著他和他的輪椅上他家的車？校園霸凌也沒有這種霸凌法吧？！

盧王偉很擔心，自習課時，他雙手撐在講臺上，表面沒有在盯著下面的學生，但實際上一直拿餘光瞥著角落裡的傅陽曦和趙明溪。

教室倒數第二排，趙明溪刷完了規定給自己的習題，正在放鬆一下，和傅陽曦傳紙條。

傅陽曦：原來是這個意思？！

傅陽曦後知後覺地反應過來，趙明溪在集訓時給他的髮圈是什麼意思。

她當時信口胡謅說是開過光，戴著可以保佑他，他竟然就信了！他當時是什麼程度的腦殘？！

但主要也是因為當時的傅陽曦極度不自信，雖然在網路上查到了可能是表達喜歡的意思，可他也不敢往那方面想。

——所以早在那時候她就想表白了嗎？

傅陽曦耳根略紅，心臟怦怦跳起來，得意到不行。

傅陽曦唰唰唰傳了好幾張紙條過來。

原來妳早就喜歡我了。

我懂:D。

最後那個臭屁的表情看得趙明溪想打他。

傅陽曦又低下頭去寫字。

明溪把腦袋湊過去，光看他的筆劃，就知道他在寫「姓沈的」三個字。

傅陽曦每天把沈厲堯當作頭號敵人，恨不得事無鉅細地把沈厲堯比下去。

明溪一看腦袋就大了。

她先發制人地丟過去一張：這件事說清楚了，所以你的小飛行棋是怎麼回事？

小飛行棋？

什麼小飛行棋？

傅陽曦抬起頭來看向趙明溪，一頭霧水。

明溪咬了咬牙，心想，還裝，男人果然沒一個好東西。

明溪道：生日那天晚上，姜修秋說你有一個青梅，你幫人家取名叫小飛行棋。怎麼樣，飛行棋好玩嗎？

傅陽曦整個人都木了。

他驚恐萬分，什麼鬼？什麼青梅？他八輩子都沒多看過別的女生一眼。

明溪回了個：呵。

當天晚上，姜修秋被騙去了傅陽曦的公寓，傅陽曦把門一鎖，逼迫姜修秋和小李下了一整宿的飛行棋。

傅陽曦的原話是，下到吐。

姜修秋：「……」

第二十五章　只要你

翌日盧王偉特地留意了下，發現居然又是趙明溪推著傅陽曦的輪椅進教室。

班上的一群男生豔羨至極，傅陽曦則手酷酷地插著口袋，酷酷地揚著下巴，脖子上掛著降噪耳機，神情囂張又得意。

傅陽曦恨不得向全世界炫耀趙明溪。

盧王偉則氣壞了。

一下課盧王偉就臉色鐵青地把明溪叫到了辦公室。

「最近班上是不是有人欺負妳？」

？？？

明溪愣了一下：「沒有。」

盧王偉語重心長道：「明溪啊，妳可以告訴老師，老師為妳撐腰。」

明溪在腦子裡轉了一圈，真沒想到誰能欺負她。

事實上她一轉到國際班，就做了一個最重要的決策，抱上了傅陽曦的大腿，這可能就是所謂的擒賊先擒王，以至於班上的小弟們從一開始就沒人敢對她怎麼樣，到了現在，更是徹底和她打成一片。

「真沒有。」

盧王偉以為趙明溪是屈服於傅陽曦的淫威不敢說，乾脆讓人把傅陽曦叫到了辦公室。

他對傅陽曦劈頭蓋臉就是一頓罵：「趙明溪是班上唯一一個進決賽的，時間多寶貴你不知道嗎，你平時惹事也就算了，快決賽了居然還在欺負人家女生。推輪椅這件事，你的那些狐朋狗友哪個不能推，非得霸凌趙明溪？！」

「霸凌？？？」

傅陽曦萬萬沒想到在別人眼裡是這樣的。

他臉都黑了。

明溪哭笑不得，趕緊按住傅陽曦的暴脾氣，對班導師道：「老師，你誤會了。最近我搬出去住，和傅陽曦住得很近，所以每天才順便推他來上學，不是他在欺負我。」

「我不信。」盧王偉對傅陽曦怒道：「你腿受傷僱個看護來，或者讓柯成文幫你啊，你一直使喚趙明溪幹什麼？趙明溪難道就是心甘情願幫你的，還不是怕得罪你啊？總不可能你們在談戀愛？！」

傅陽曦瞪著盧王偉，強忍著怒火：「你什麼意思？」

他也不希望耽誤小口罩的時間，所以每天都起很早，配合小口罩的時間。能一起來上學，他心情都要飛出了天際，但是這盧張偉怎麼說話的——說小口罩怕得罪他才幫他？他有那麼差勁嗎？！

傅陽曦話還沒說完，就聽明溪道：「是的，我們就是在談戀愛，學校好像沒規定不能早戀吧。」

盧王偉：「……」

空氣靜了兩秒。

盧王偉整個人都傻了，把茶杯往辦公桌上重重一磕，震驚到彈跳起來。

「什麼？？？」

傅陽曦翹著石膏腿，鼻子裡發出一聲哼，小鳥得意地抖了抖羽毛。

但是還沒等他得意起來，盧王偉就恨鐵不成鋼地看向趙明溪，彷彿恨不得搖晃明溪的肩膀：「明溪，妳怎麼這麼想不開？妳有什麼困難可以和老師說啊！」

傅陽曦：「……」

靠！！！

兩人從辦公室出來。盧王偉在震驚當中總算勉強接受了兩人在談戀愛的事實，他扶著額頭一副「讓我緩緩」的痛心疾首模樣，彷彿種的白菜被豬拱了。

而傅．拱白菜．曦深深地感覺受到了歧視。

在這些人的字典裡校霸好像不能和學霸談戀愛，談戀愛就是不務正業，他的正業就是睡覺、欺凌同學加上捐幾棟樓。而趙明溪肯和他談戀愛，是他脅迫了趙明溪。

明溪走在他身邊，戳了戳他的俊臉：「不高興？」

平時傅陽曦個子太高，想戳戳不到，現在他坐上輪椅了，摸他髮頂完全沒壓力。

傅陽曦一副霸總口吻：「女人，不要亂戳。」

明溪：「班導師沒有惡意，他只是擔心我的課業。」

「嗯，我知道，他對妳好，我不生氣。」傅陽曦說道。

他就是有點沮喪，難道是他先前給人留下的印象實在是太惹事生非、胡作非為了嗎？幾個知道的老師看起來好像都十分為小口罩扼腕。

那麼被小口罩當成親人的董家人會不會接受他？

明溪看著他：「那你笑一個。」

傅陽曦扯了扯嘴角，搖著輪椅轉身進教室。

還未進去，就在教室後門處被明溪壁咚了。

明溪雙手撐在他輪椅上，定定地看著他。

「mua~」

傅陽曦瞬間被萌得暈頭轉向。

又聽明溪道：「反正不管怎樣，我只要你。」

「……」

傅陽曦攥緊了扶手，別開頭，耳根通紅，強裝鎮定。

靠！小口罩好會！

他死了！

談戀愛真的是一件無比美妙的事情。

以前傅陽曦以為趙明溪喜歡自己，常常洋洋自得，並且因為她送甜品、跑圈等關心舉動而在內心生出隱祕的喜悅。

傅陽曦以為那段時間就已經是自己近幾年來最愉悅、最滿足的一段時光，然而沒想到，真正在一起了之後，快樂比原先增加了千倍百倍。

酸甜苦辣去掉苦和辣，就只剩下酸和甜。

他不用再空蕩蕩地期許她的回應，不用再上下忐忑，輾轉反側，千迴百轉。他所想的、所說的、所傾訴的都會有所回應。他思念她的時候她也思念他，他隔著人海看向她的時候，她也永遠在注視著他。一個眼神，兩人就能知道彼此的情緒波動。

那是一種互相將手交到對方手裡的踏實感——知道無論什麼問題都可以溝通，無論發生什麼事都不會再分開。

中午幾人一起在學生餐廳吃飯。

董深轉來學校之後，經常來學生餐廳找趙明溪。

他不是霸占明溪身邊的座位，就是霸占明溪對面的座位。

偏偏明溪對他還挺好，經常遷就他。

傅陽曦看他一向不大順眼，坐在趙明溪旁邊，涼颼颼地盯著他夾菜給趙明溪。

夾菜也就罷了，他夾給趙明溪的是蔬菜，撈走的是紅燒肉。

趙明溪本來就瘦，吃得也少，用零食養起來的那點肉全被董深弄沒了。

傅陽曦拳頭都要硬了，他把筷子一丟，拉長了臉：「你這麼一大把年紀了不談個女朋友，天天來找我女朋友幹什麼？」

董深白了傅陽曦一眼：「你女朋友？想得美，你看明溪承認了嗎？那麼多人追她，她幹嘛要在你這棵樹上吊死，你脾氣那麼臭。」

傅陽曦：「……」

柯成文見傅陽曦臉都黑了，心想董深這小子也不知道哪裡來的暴發戶，還夠猖狂，每次都能精準踩曦哥的地雷。

他趕緊攔架：「董深，食不言懂不懂？」

董深還要嘲諷，明溪無奈地對他道：「你趕緊吃，一天天的哪來那麼多話，下次你和你們班同學一起吃，不要特地來高三找我們。」

明溪胳膊肘向傅陽曦拐。

傅陽曦整個人都舒坦了，他重新拿起筷子，把自己盤子裡的肉丟進明溪盤子裡，得意洋洋地盯了董深一眼：「聽見沒，小屁孩。」

董深委屈至極，咬著筷子：「我這不是剛轉學，還沒交上新朋友嗎。」

「這好辦。」傅陽曦成心和他作對，居高臨下地瞥著他：「叫聲姐夫，我讓高二全年級的人都圍著你轉。」

董深：「……」

董深打死也不叫。開玩笑，他也有尊嚴的好不好？叫了這一聲，他以後還有什麼立場和傅陽曦爭明溪姐？

董深是不肯叫，坐在他們身後那一桌埋頭吃飯的趙宇寧心中卻：靠靠靠！

趙明溪和傅氏太子爺在一起了？什麼時候的事？

董深什麼時候和他們關係混得這麼好了？

自從趙明溪與家裡斷絕往來之後，趙宇寧感覺自己像是被隔離在他們那個圈子之外了一樣，無論什麼事都是從八卦小道消息聽來的。

等他後知後覺地聽說之後，事情早就不知道已經發生多久了。

趙宇寧對董深只有一個念頭，那就是嫉妒。

趙宇寧心裡酸得不行，甚至覺得董深不識好歹，趙明溪都把他當弟弟一樣寵，做甜品給他，還會教訓他，董深還有什麼不情願的？連聲「姐夫」也不願意叫。
如果是他，他就願意叫「姐夫」。
趙宇寧見趙明溪一行人吃完，也趕緊端起盤子站起來，撇開身邊的朋友，追了過去。
「姐夫。」他直截了當地對傅陽曦喊了一句。
坐在輪椅上的傅陽曦：「……」
趙明溪：「……」
柯成文和董深：「……」
趙宇寧怕趙明溪走掉，趕緊趁機和她說上幾句話。
其實想說的有很多，包括最近趙母病了一場，闌尾炎住院，做了個小手術，趙母脾氣軟和很多，他也就和趙母和好了。
還有，家裡的事業還是受到了趙媛那件事的影響，現在情況不大好，老爸和大哥都忙得晝夜不分。
以及，大哥查出來當時發文的人是鄂小夏，他想讓趙明溪注意點鄂小夏……
一大堆事情壓在趙宇寧心裡，趙宇寧壓力很大，自然就想找個人傾訴一下。
但是他也知道，現在的趙明溪恐怕並不樂意聽見這些事情——他一念叨這些事情，就會離趙明溪更遠。
於是話到了嘴邊，忍了忍，趙宇寧說的是：「我養了一隻貓，取名叫小美。」

他小心翼翼看著趙明溪：「有空的話，妳想不想去看看？我可以抱出來，牠可乖了。」

明溪心情有些複雜。

趙宇寧變了很多，最明顯的變化就是沒那麼大驚小怪了，對待她的方式也不是大吼大叫的，而是極小心。

明溪仍不想和趙家有什麼牽連，但是面對眼睛都在發紅，看起來非常難過、壓力非常大的趙宇寧，她也說不出什麼狠話。

她道：「改天吧。」

明溪一行人走了。

趙宇寧在後面眼淚都快掉下來了。

居然說上話了——

不管怎麼樣，趙明溪好像沒有以前那麼討厭他了。

明溪和傅陽曦兩人雖然並未大張旗鼓地告知所有人他們在一起了，但是舉動之間難免透出一些親昵。

於是校慶前一週，幾乎整棟樓都已經八卦地傳遍了，趙明溪和傅陽曦在談戀愛。

這事也傳到了沈厲堯的耳朵裡。

雖然那晚集訓時，沈厲堯就隱隱猜到了會有這一天，然而當緋聞消息猶如慢性毒藥，一點一點侵蝕著他周圍的空氣時，他還是選擇捂住耳朵，不去聽。

直到有天，遠遠看見那兩人從校門口進來，從同一輛車子上下來，趙明溪身上披的是傅陽曦的外套，兩人的手是牽著的，沈厲堯的腦子裡才嗡地一聲，那根弦徹底斷裂了。

他站在走廊上，竭力讓自己面無表情，然而臉色還是在寒風中一點一點變得十分難看。

沈厲堯很難去形容自己此時的感受。

本來應該出現在自己周圍的趙明溪徹底消失在自己的世界，轉而一腳踏進了傅陽曦的世界。本來應該與自己走著同一條路的趙明溪，如今與傅陽曦牽著手，走在了另外一條與他全然無關的路上。

他的路一下子就變得空蕩蕩的了。

趙明溪有很多小習慣。她聽人說話時會專注地看著人，漂亮的眼睛彷彿瀲灩出水光。她不好意思的時候偶爾會臉頰發燙，將耳畔的頭髮撥到耳後去。

然而現在，讓她露出這些表情的不再是他，而是另外一個人。

沈厲堯就像是手裡握著一把沙。

他還未意識那把沙的珍貴時，沙到了他手裡，他不在意，甚至覺得沙不夠好。

可就在他真正意識到自己想要她，想要去握緊的時候，卻怎麼也握不住，只能眼睜睜看著手心裡的沙子越來越少，直至徹底消失得無影無蹤。

沈厲堯從小到大在所有的事情上一帆風順。

唯獨在這件事上，慘敗收場。

葉柏等人都看著沈厲堯以肉眼可見的速度頹廢下去。

沈厲堯原本就性情冷漠，不怎麼與人說話。他身邊的這些朋友雖然圍在他身邊，看起來熱鬧，但並非可以和他交心的朋友。

因為他從來不會讓大家知道他在想什麼。

大家只覺得他驕傲、優秀、亮眼、在發光，所有人都崇拜他，但並不知道他想要什麼。

現在弄清楚了。他大概是喜歡趙明溪的，只是太年輕了，不知道情不自禁地注視是喜歡，也不知道人群中多看一眼是喜歡——他將所有異樣的感受解釋成了被趙明溪追著「煩」。

他總是在冷冰冰地趕趙明溪走。

以至於有一天趙明溪真的走了，他的全世界都不對了。

這天，柯成文扛著輪椅，傅陽曦單腳跳上樓，明溪拎著一袋子零食在後面跟著，打打鬧鬧地上了樓。

一上樓，就見沈厲堯在國際班教室後門口站著。

雖然就在隔壁班，但是沈厲堯常待實驗室，明溪也不會主動去找他，要想偶遇也沒那麼容易，於是上次見面還是沈厲堯和傅陽曦在籃球場打架那次。

時隔一個多月，沈厲堯明顯清瘦不少。

比起傅陽曦的意氣風發，他套了件羽絨外套，裡面的藍白校服一絲不苟地拉到衣領最高處，嘴角和顴骨上被傅陽曦揍出來的傷口倒是全好了，只剩下一道淺淺的印子，清冷的眼神顯得很蕭條。

「聊聊？」沈厲堯的視線徑直落到明溪身上。

「幹嘛？」傅陽曦瞥他一眼，警惕萬分，臉上立刻凝結了一層冰霜，姓沈的是當他死了？他還在這裡，居然就敢當面來撬他牆角？

明溪猜測沈厲堯是聽說她和傅陽曦在一起了，這應該是最後一次談話了。凡事都得做個了結。

明溪想了想，握住傅陽曦的手，道：「我去十分鐘。」

傅陽曦心裡的妒忌和占有欲都快噴薄而出了，還十分鐘？！十分鐘就是六十萬毫秒，都不知道能說多少話幹多少事了！

而且小口罩是貨真價實喜歡過沈厲堯，傅陽曦整天防火防盜防的就是沈厲堯，他最忌憚的就是沈厲堯！

他當然不放心！

但是傅陽曦覺得這樣的自己有點小氣，男人不能這樣。

這樣久了等下變成妒婦，妒婦很容易被甩。

他忍住占有欲，呵出一口寒氣，對明溪微笑道：「好。」

明溪不確定地看著他：「你沒事吧？」

怎麼忽然笑得這麼嚇人？

「沒事，我沒那麼小氣。」傅陽曦霸總道。

明溪：「那你鬆——」

傅陽曦還死死握著明溪的手。

他鬆手，手冷酷地插口袋，打算離開。

轉了下身，才發現自己還坐在輪椅上——手插在口袋裡根本走不了。

明溪：「……」

柯成文：「……」

傅陽曦的冷酷頓時破功，他拿出手來轉動輪椅，面無表情地進了教室。

明溪和沈厲堯下到樓下。

兩人一走，傅陽曦就趕緊火急火燎地把輪椅從教室裡轉出來。坐輪椅實在太不方便了，他臉色發黑地對柯成文道：「把我推到走廊旁邊去，快！」

柯成文：靠，不是沒那麼小氣嗎？

談戀愛人的世界他這個單身狗不懂！

明溪和沈厲堯走到兩棟教學大樓之間的巷子裡，四周安靜下來，只有遠處籃球場上的聲音隱隱約約傳來。

冬日的寒風從巷口吹來，颳在臉上，明溪將被吹在臉上的圍巾摘下來。

她的圍巾是傅陽曦送的，包裹著脖子格外暖和。

這一年冬天眼看著就要過去了。

她沒有什麼話和沈厲堯說，便等著沈厲堯開口。

沈厲堯定定地看著趙明溪許久。

久到明溪忍不住從羽絨外套裡掏出手機看了眼時間，抬起眼睛對沈厲堯道：「你想說什麼，快上課了。」

沉默了良久，沈厲堯才開了口，問：「妳真的喜歡他嗎？」

明溪道：「喜歡。」

沈厲堯沒想到趙明溪的回答毫不猶豫，果決了斷，甚至想都沒想。

他放在口袋裡的手指攥緊，心頭宛如被刀子割了一下。

明溪也不知道為什麼大家都在問這個問題。柯成文不大相信她是真的喜歡上了傅陽曦，班導師也對此詫異，沈厲堯問的問題也是「真的喜歡他嗎」。

「傅陽曦是一個很值得喜歡的人。」明溪忍不住道。

她說這話時，心裡甚至泛起密密麻麻的情感，帶著驕傲，也帶著發現寶藏的欣喜，更多的是在腦海中描摹那人嬉笑怒罵鮮活神情時的歡喜。

她沒有看沈厲堯臉上的表情，道：「對我來說，傅陽曦像洋蔥，一圈一圈剝開，有令我欣賞、崇拜、喜歡、心疼和珍惜的內在。你們不了解他，只知道他的家世，只知道他囂張跋扈的脾氣。所以你們也不知道，他是我見過的最好的人。」

也是最乾淨，最溫柔的人。

全世界只有他一個人會小心翼翼地守候趙明溪的脆弱，會在任何時刻毫無條件地偏袒她。

明溪從沒得到過的就是「偏袒」二字。

她只在傅陽曦那裡得到過，他只偏袒她一個人。

因此她又怎麼能不義無反顧地偏袒他。

明溪很堅定地告訴沈厲堯：「我很慶幸喜歡他，也很慶幸能和他一起走以後的路。」

巷子裡的風在哭號。

趙明溪說的話再清楚不過了。

沈厲堯定定看著她，渾身冰涼，內心猶如火煎，他不知道自己還想聽到什麼——或許是什麼轉機。

然而趙明溪根本沒給他任何轉機的可能性，她甚至不顧慮他的感受，直截了當的在他面前表達對傅陽曦的喜歡。

「可妳有沒有想過，妳可能只是喜歡他對妳好。」

沈厲堯強忍著心頭的怒火與妒火，一字一頓地對趙明溪道：「他砸錢開飛機帶妳回去，幫妳趕走趙家人，幫妳過生日，無非是想泡妳！妳是因為喜歡他對妳的這些好，才和他在一起的。這叫喜歡嗎？！」

明溪看著沈厲堯，她搖了搖頭：「你真的什麼也不懂。」

「順序反了。」

「他對我好，不是因為想泡我。而是因為我對他很重要，他才對我好。」

「同樣的，我喜歡他。即便他不對我好，以後沒有能力對我好，我還是喜歡他。」

「因為他就是他。」

明溪也沒有因為沈厲堯的話生氣，而僅僅只是感到好笑。

沈厲堯長這麼大，可能根本不明白「喜歡」是什麼意思。

在他的世界裡，他永遠居高臨下。

但他其實有點可憐。

他習慣了周圍的人討好他，他將這種討好都看作有目的性的。所以他不相信傅陽曦對明溪好是純粹不要求任何回報的，當明溪沒有喜歡他、甚至在傷害他時，他仍沒有轉身離開過明溪——

沈厲堯他自己不是這種人，所以他無法理解這種情感。

「你在自己的世界高高在上慣了，根本不知道怎麼樣好好對待一個人。」

沈厲堯的臉色隨著明溪的話而變得煞白。

他氣血上湧，死死盯著明溪。

明溪也沒什麼好繼續和沈厲堯說的，她轉身打算離開，身後的沈厲堯卻忽然啞聲道：

「我不會，但妳可以教我。」

沈厲堯長這麼大從來沒對誰說過不會，也從來沒有過如此卑微的瞬間。

他盯著趙明溪的背影，卻看到趙明溪並未回頭。

沈厲堯心口越來越涼。

他聽到趙明溪頓了下，說：「可是沒有人有義務一直在原地等你，我也沒有義務。」

「你以後再遇到喜歡的人時，別那樣了。」

趙明溪走了。

過了很久，沈厲堯仍立在原地，眼前有些發黑。

這一瞬，他清清楚楚地意識到，他徹底弄丟了很重要的東西。

再也追不回來了。

他輸給了傅陽曦。

傅陽曦在走廊上臭著臉低著頭往下看，見趙明溪轉身回來進了教學大樓，他趕緊搖著輪椅往教室裡挪。

柯成文：「……」

明溪踏進教室時，傅陽曦正戴著降噪耳機，一副「我與世界隔絕」的樣子，面無表情地盯著眼前的書。明溪走過去，拉開椅子坐下，他才揚了揚漆黑的眉梢：「回來了？」

說完傅陽曦看了眼掛鐘，冷笑一聲：「十五分鐘，超過了三十萬毫秒。」

明溪：「…………」

明溪瞥了眼，看他耳機的防噪音開關根本沒開，忍不住笑：「你不好奇我和沈厲堯說了什麼？」

「不好奇。」傅陽曦異常冷酷。

明溪從桌子抽屜裡掏出筆記本和題庫：「哦，那我就不說了。」

傅陽曦：「…………」

傅陽曦心裡百爪撓心，一想到小口罩和姓沈的說了悄悄話，他就覺得自己可能有很長時間都要輾轉反側了。

他等了足足三分鐘，見小口罩還沒有要主動說的意思，他「啪」地一聲把書闔上，看向趙明溪，裝作漫不經心：「如果妳真的很想說，我可以聽一下。」

明溪看向他。

傅陽曦的三分漫不經心、七分冷酷逐漸崩潰，他義憤填膺道：「妳——」

沒等他說完，明溪舉起書，遮住兩人腦袋，湊過去在他俊臉上親了一口。

傅陽曦：「……」

傅陽曦摸著被明溪親過的那邊臉，怒道：「不要用這個來敷衍——」

話音未落，明溪又湊過去在他唇上親了一下：「那這個呢？」

乾燥、柔軟的觸感，蜻蜓點水，一觸即分。

但是卻足夠撩撥得人心湖蕩漾。

傅陽曦耳根一下變成了火燒雲，忍不住偏過頭，含糊道：「勉強可。」

明溪順勢低聲對他道：「還能說什麼？我和沈厲堯又沒話說，只是最後一次拒絕了他，並且表明我只喜歡你。」

傅陽曦咳了下，對明溪道：「還在教室呢，妳是班導師的得意門生，嚴肅點！」

他自己卻拿拳頭抵著唇角，嘴角都快上揚到了太陽穴。

班上眾人：媽的……

……眼睛瞎了。

……老大談戀愛真嚇人。

沈厲堯這件事，明溪不知道是否翻篇了。

但總之，接下來沈厲堯沒有再出現在明溪的視線當中。

畢竟沈厲堯也不是什麼偏執狂，話已經說到那個分上了，他若再來糾纏，反而才不像他。

事實上明溪覺得他對自己的喜歡未必有多深，可能是有一些的。

但是這種年少時期的喜歡，來得朦朧而不清晰。

得不到，也不能怎樣。

隨著時間過去，也就漸漸被掩埋了。

幾場大雪下來，見不到面，也就忘了。

趙媛在校慶之前回了學校。

她是清晨從教室後門悄悄進來的，進來之後，埋著頭冷著臉就往座位上走。

班上的人全愣住，眼珠子幾乎掉了下來，根本沒反應過來這是她。

因為一個多月沒見，她整個人看起來都變了樣！

兩頰顴骨瘦了下去，塗著長長的眼睫毛，妝容濃了起來，穿著打扮也和之前完全換了個風格。

如果之前是富家大小姐的話，那麼現在看起來就像是什麼廉價女團成員。

「什麼情況？她參加女團選秀了嗎？」

「有聽說點消息，我小叔是娛樂公司的，聽說趙媛和挖掘她的經紀人簽約了，現在正準備出道。」

「……」

大千世界，真是無所不有，好好的書讀著讀著就準備出道了。

真是厲害。

人家的生活過得比他們豐富多彩、傳奇多了。

趙媛這一個月住在外面的飯店，一開始習慣性住希爾頓，但是沒住幾天，發現趙家把她的卡停了。

趙媛簡直萬念俱灰，心中恨透了趙家的無情。

她取出來的現金只有幾千塊，完全沒辦法生存多久，難道去住校嗎？但是學校裡會申請住校的幾乎都是貧困生，趙媛根本沒辦法允許自己與她們為伍。於是她咬著牙，搬到了兩百多塊一晚的便捷飯店。

但即便是這樣，這些錢也不夠她支撐多久的。

幸好她收拾東西出來時，將自己以前的名牌包和名牌衣服全帶了出來。

這段時間她已經賣得差不多了，二手貨不值錢，幾十萬的東西只賣了十萬塊左右。

趙媛完全不知道自己今後要怎麼生活。

她幾乎快要神經衰弱了。

她本來想換學校，但是這一個月她打電話給趙家過，趙家所有人都不接她的電話。他們一家人彷彿鐵了心，要把錯誤的事情軌道撥向正確的軌道。

於是她只好拖延著。

直到有星探找上她，認為她的外型很適合進娛樂圈。

並且先預支了一筆錢給她。

簽了約，拿到了這筆錢，又拖了半個多月，完全避開先前那件事的風頭，趙媛才來學校。

還剩一個學期，她不可能不讀完。

趙媛一來，這棟樓裡的人雖然有點驚訝，但是畢竟大家是學生，也不是天天沒事做就盯著別人八卦的無聊之人，於是也沒什麼人再把話題落在趙媛身上，頂多茶餘飯後提一句。

甚至因為趙媛從小白蓮的裝扮換成了長靴露大腿的打扮，有些普通班的男生眼神露骨，追她的人比先前更多了。

但趙媛內心卻很敏感。

她只覺得所有人看她眼神都有異樣。

蒲霜完全變得冷若冰霜，對她置之不理，路燁對她也沒有一如既往，看她的眼神訕訕的，沒有以前那種光亮了。

她的朋友都有了新的小團體，根本不讓她擠入。

而她當時好不容易爭取來的主持人機會，也已經被文藝部老師交給金牌班的曾嬌嬌了。

文藝部老師表面對她和藹，說今年校慶已經快開始了，她因為之前沒來學校，找不到人排練，所以才讓曾嬌嬌代替她。

但趙媛覺得這老師實際上就是在看自己笑話。

所有人都在看她的笑話。

趙媛心裡咬著牙，覺得根本沒人能理解她這種從天堂跌入地獄的感受。

她的生活天翻地覆。

而這一切的開始，都是因為兩年半以前，趙明溪被找回來。

趙媛回到學校，沒給明溪的生活帶來什麼改變，反正常青班和國際班又不在同一個樓層，眼不見心不煩。雖然時不時聽說鄂小夏又鬧出了什麼事，與趙媛勾心鬥角之類的女生之間的事情，但是明溪也完全不想去知道。

她開始一門心思準備年底的決賽。

與此同時因為她和傅陽曦兩人的表面肌膚接觸變多，嫩芽也嘩啦啦地長。

明溪預計決賽之後自己的盆栽就可以長到五百棵。

決賽集訓就在校慶之後。校慶這幾天是明溪最後放鬆的幾天。

每個班都要準備一個節目。

國際班有才藝的人很多，但是今年畢竟校花在他們班，所有人都想炫耀一下，都想讓趙明溪上臺，看看她可以好看到哪種程度。

於是盧王偉選來選去，選擇了一個舞臺劇劇本。

他們一群高中生，也不可能去演什麼很專業的舞臺劇，劇本當然是越簡單越老土能看懂的比較好。

於是盧王偉選擇的劇本就是王子公主的劇情改編了一下，公主被自己的變態陰鬱哥哥囚禁在城堡裡，王子騎著馬，披荊斬棘來娶她。

最後王子殺掉惡魔，抱得美人歸。

這個班上有傅陽曦在，根本沒人敢在他眼皮底下演趙明溪的王子。

——小命不要了嗎？

但是問題在於，現在傅陽曦腿上還打著石膏，繃帶纏得很硬，還有十幾天才能拆。

他坐著輪椅，難道要演一個輪椅王子嗎？

盧王偉一錘定音：「我看你只能演反派哥哥，剛好這個哥哥在劇本裡也是個坐著輪椅的變態。」

傅陽曦氣得臉色鐵青，毛都炸了：「盧張偉你什麼意思？公報私仇？！」

班導師和傅陽曦一直都不太對盤，否則也不會有明溪剛轉班過來那時的罰跑事件。

「那不然呢？這個王子有很多和刺客的武打戲，小傅你又站不起來。」

「什麼叫站不起來？？？」

「那不然呢，你站得起來嗎？」

傅陽曦暴怒地拍打著輪椅，吼道：「那就換劇本！」

「來不及了，排練兩遍就得上臺。」盧老師對明溪頭疼地道：「妳勸勸他，年輕人火氣這麼猛幹嘛。」

明溪哭笑不得，看了傅陽曦一眼。兩人出了辦公室，她對傅陽曦道：「誰讓你跟個傻子一樣，聽見表白就摔斷腿。」

傅陽曦冷酷道：「我是傻子那妳是什麼，傻子的老婆？」

傅陽曦自己占了個嘴上便宜，趙明溪還沒說什麼，他自己反倒撇開頭，攥緊拳頭，耳根紅了。

明溪：「……」

傅陽曦心裡罵了聲靠，自己耳根這麼愛紅是不是有毛病，真是影響發揮，能不能做個手術把臉皮變厚「億」點。

世界上有沒有這種手術啊。

明溪推著他往教室走，道：「不過也怪我，早知道會出現事故，那天清晨我就不腦子一抽表白了，換一個見面的時間再說也來得及。」

傅陽曦立刻拉長了臉，道：「不行，遲一分鐘遲一秒鐘都不行，妳等得及，我等不及，懂？」

明溪笑了一下。

傅陽曦雖然心裡一百萬個不情願，高中最後一年的校慶，還要看趙明溪和別人上演王子公主的戲碼，這不是故意氣得他肋骨疼嗎？不過他腿的石膏沒拆，也確實出演不了王子的打鬥戲份。至於反派則輕鬆得多，只需要披著黑斗篷扮演吸血鬼刷刷臉就可以了。

而且小口罩以前也沒參加過這種熱鬧的校慶，這次還給了董家人邀請券，讓他們前排觀看，好像對校慶這種青春最後的記憶還蠻期待的樣子——

於是傅陽曦憋屈了一陣之後，還是非常妻管嚴地妥協了。

但傅陽曦就很想暴打一頓姜修秋這人。這人哪裡稱得上國際班第二帥了，居然以四十九票通過扮演王子，唯一兩票沒投給他的還是小口罩和自己。

姜修秋注意到傅陽曦冷颼颼的視線，這幾天都繞著傅陽曦走。

兩人從小到大互坑慣了，但是上次姜修秋先用「飛行棋」坑了傅陽曦一把，這次又和趙明溪在校慶上扮演「情侶檔」，肯定已經上了傅陽曦心中刺殺的頭號名單。

傅陽曦肯定會找個機會坑回來。

校慶當天，整個學校布置得喜氣洋洋。

舞臺搭建好，前面在表演節目，後臺一陣忙亂。

因為參演的有傅陽曦，教務主任不知道是被他用捐樓威脅了一番還是怎樣，專門為他們班的一群人撥了一間更衣室。

傅陽曦行動不便，先換上戲服裝束，一群人在外面等他們老大，不敢催半個字。

明溪推開休息室的門進去，就見他已經換好了。

雜亂無章的休息室，地上桌子上擺滿了各種西幻道具，牆上掛著十字架。

冬日黃昏的光線宛如黃暈。

窗戶沒關好，呼嘯的風颳進來，吹得傅陽曦黑髮凌亂。

他聽見動靜扭過頭，吸血鬼的黑袍被風吹得鼓起來，眉眼深邃，少年側臉被剪成時光裡的俊美的剪影。

外面舞臺上好像在放歌：「昨夜的流星劃過你的眼睛，那是我年少歡喜的心情……今天也想見到你。」

一瞬間，怦怦怦。

明溪呆呆看著他，心臟狂跳。

「是不是很怪？」傅陽曦有點緊張，不大舒服地扯了扯身上的衣袍。

見趙明溪不說話，他十分沒自信，怒道：「我就說這個化妝師半桶水，在我臉上和脖子上亂七八糟抹了一通，血漿沾得到處都是。這他媽是扮演吸血鬼還是扮演電鋸殺人狂？」

明溪努力平復了一下自己瘋狂心動的小心臟，走過去扯了張紙巾：「別動，我幫你擦一下。」

化妝師的確水準不足，也可能是被傅陽曦催促而慌張的，血漿除了抹在傅陽曦嘴角上，還沾在了他眉梢上。

明溪把他臉上多餘的血漿抹掉，想了想，又用指尖在他右眼眼尾的淚痣上輕輕用血漿點了一下。

唇紅齒白，烏髮俊眼。

活生生一個少年吸血鬼。

明溪的心臟又跳了起來。

她忽然發現傅陽曦之前在人群中鶴立雞群，完全不是靠他那頭狂野的紅髮，完全是靠臉和氣質啊，不然怎麼換了漆黑的短髮還是這麼囂張亮眼。

傅陽曦將短了一截的衣服使勁扯了扯。

一抬眸，就看見趙明溪正盯著他發呆。

傅陽曦唇角翹了起來，抱住她的腰，整個人透著大寫的得意：「別看了，再看眼珠子都要掉下來。」

明溪捏著他下巴繼續幫他擦臉：「就只准你看我，不准我看你？你這個性感吸血鬼怎麼這麼霸道。」

傅陽曦在她額頭上點了下：「妳這個漂亮小口罩，又汙衊我，我什麼時候看妳了？」

「幹嘛，你手上有血，別弄到我臉上。」明溪笑：「那我問你，昨晚電視機上放美劇，一男一女法式深吻，你意味深長地盯著我看幹嘛？」

傅陽曦家裡一直空蕩蕩的，現在趙明溪搬過去了——雖然沒說要同居，但是兩人也就這麼一直默契地住一起了——便多了很多東西。

沙發上有了形狀可愛的抱枕，冷冰冰的吧檯上有了藍色的哆啦A夢杯子，牆上還被明溪貼了一些貼紙。

傅陽曦由著她布置，甚至覺得家裡有了人氣。

電視機傅陽曦也買了超大的液晶螢幕。

——但是隨之而來的弊病就是，美劇、英劇、韓劇裡男女主角怎麼一天到晚接吻睡覺的？！他們除了這些事情沒其他事做嗎？都不上班念書嗎？

看得傅陽曦口乾舌燥。

他雖然不是什麼小色鬼，但好歹也是年輕氣盛、氣血充足的十八歲成年人。

他和小口罩因為都格外害羞，至今親吻都只在唇角輕輕地印了幾次，宛如蓋章般戳了幾下，根本就沒有過電視機上面的那種深吻。

傅陽曦喉結滾了滾，耳朵都紅了，打死不承認：「我怎麼就盯著妳看了——我那是看電視看累了，轉而轉動眼珠放鬆一下眼睛。」

明溪盯著傅陽曦的嘴唇，很直白地問：「傅陽曦，你是不是想和我接吻？」

傅陽曦本來立刻想反駁根本就沒有，但是他視線盯著趙明溪瀲灩著水光的唇，纖長的睫毛，落入燈光的眼眸，一瞬間感覺靈魂都墮落了——他緊張地看著，竟然情不自禁可恥地嚥了下口水。

「呵。」明溪彎了彎嘴角。

「……」傅陽曦頓時感覺自己在小口罩心中並不存在的高大純情英雄的形象崩坍了。

「其實……」明溪臉頰發燙說：「其實也不是不行。」

明溪早就想來個系統所說的八個機位的深吻，這樣五百棵的氣運值不是就能很快攢夠了？

但是奈何傅陽曦不開竅，也學不會霸道一點——她一個女孩子，總不能強吻，舌尖撬開對方的唇齒。

傅陽曦聽了這話，俊臉頓時漲紅。

小小的試衣間裡氣氛酸甜曖昧，空氣中充斥著令人臉紅心跳的氣氛。

「那、那試試？」

傅陽曦鼓起勇氣，單腳站立起來，高大的身形杵在明溪面前。

他跳過來，抬起一隻手托住明溪的後腦勺。

明溪不合時宜地看了眼他的腳：「你一隻腳能站穩嗎？」

「別、別分心。」傅陽曦惱羞成怒道：「我行，我可以。」

明溪屏住呼吸，仰頭看他。

呼吸輕輕相纏。

彼此都能聽見對方的心跳，感受到對方的溫度。

傅陽曦繼續托住她的後腦勺，另一隻手抵在牆上，撐住身體。

他慢慢、慢慢低頭。

兩人嘴唇正要觸碰到一起時，門忽然被「哐啷」一聲推開了：「好了沒有？快快快！」

明溪整個人一抖，從傅陽曦身下鑽出來。傅陽曦一個沒站穩，嘴唇貼到了冰冷無情的牆上。

「……」

盧老師倒是沒看見兩人在幹嘛，他如同催生一樣催促兩人趕緊換好出來：「還有兩個節目就上臺啦！還得給別的同學換衣服的時間！傅陽曦你一個大男生怎麼這麼拖拖拉拉？」

傅陽曦捶了下牆，扭過頭狠狠瞪了盧王偉一眼。

校慶這天兵荒馬亂。

但卻堪稱明溪整個高中生涯以來最鮮活肆意、閃閃發光的一天。

國際班十一個人穿著戲劇服裝上了臺，明溪穿的是櫻粉色蓬蓬袖公主裙，烏黑的髮頂還戴上了一頂班導師盧王偉不知道從哪家店下單的劣質王冠，儘管看起來簡陋，但是被明溪的臉一襯托，倒真的有幾分在逃公主的樣子。

參演的學生可以請家人。

奶奶不在世，明溪沒辦法請到她，明溪請的是董慧夫婦。

他們就坐在第一排，明溪一出場時就見到董慧夫婦舉了自己的燈牌。

應該是董深幫他們弄的。

弄得像應援一樣。

明溪心裡滿足，又酸澀。

表演馬上開始，公主被困在長滿陰沉沉的藤蔓的高樓裡眺望遠方。姜修秋穿著白色的騎士服，帶著自己的侍從（柯成文）出現了，披荊斬棘殺了好幾個噴火的怪獸之後，最大的boss——公主的變態哥哥出現了。

傅陽曦一出現，黑影裡一個吸血鬼的剪影，浮誇地邪魅一笑，臺下全校開始沸騰。

「傅少好帥！」

「……」

姜修秋差點摔一跤，他懷疑地看了眼臺下，就見幾千學生中間好像還夾雜著一些成年人——其中有兩個比較近的很眼熟，好像是去傅氏玩的時候見過的員工。

媽的，大意了。

他就說怎麼這麼多人給傅陽曦舉手幅。

傅陽曦轉動輪椅，陰鬱地從黑暗中出來。

伴隨著旁白：「英俊的公爵殿下為了找到救贖妹妹的解藥，一直含辛茹苦地將其困在冰冷的城堡裡，然而白駒過隙，日月如梭，三千年過去，卻始終不斷有膽大的登徒子妄想來奪走公主，今天，出現的就是其中一個最邪惡的王子。」

觀眾：「……」

一秒變反派的姜修秋：「……」

明溪：「……」

等等，這劇本不對，被誰篡改了？？！

臺下的盧王偉氣急敗壞地看向角落裡念劇本的小眼鏡，然而小眼鏡屈服傅陽曦的威風，繼續念下去：「就這樣，一場生死決戰要開始了——」

姜修秋急中生智，踩碎了地上的樹枝道具，抓起明溪就走：「跟我走，這裡的人已經都被妳那邪惡的哥哥蠱惑了，我才是來救妳的正直王子。」

現在劇本已經完全對不上了，明溪瘋狂轉動腦迴路，覺得還能搶救一下，她努力把劇情繞回去：「可是你要想帶我走，還得從沼澤之地取來十二朵月草花，這樣我們才能逃脫公爵哥哥的魔法控制。」

柯成文覺得自己長這麼帥卻只演了個配角侍衛，心中不滿，也試圖搶戲，把頭盔一摘，舉起劍：「王子，我們分頭去取！在下為你赴湯蹈火。」

傅陽曦見明溪一門心思想跟姜修秋走，怒道：「我對妳難道不好嗎？」

明溪：「啊？」

——等等，這句話劇本裡沒有！

傅陽曦坐著輪椅，緩緩出來，一張病嬌臉：「親愛的，妳沒有少手少腿，三千年來每日喝的是清晨的桃露，吃的是最好的鹿肉，我已經把一切全奉獻給妳了，妳就是我的一切，妳為什麼還要拋下我？」

明溪看著他那通紅的眼眶，沾血的淚痣，明知道是化妝效果，還是快被他的魅力屈服到斷腿。

臺下只見公主呆呆看著邪惡的反派，情不自禁接的臺詞竟然是：「要不然，我不走了。」

觀眾：「……」

姜修秋臉都黑了，只能硬著頭皮接道：「不行，我的公主，此人太過邪惡，妳不可心軟——」

話沒說完，被只想加戲的柯成文從背後捅了一劍。

「……」

姜修秋不敢置信地扭過頭去。

你媽的，為什麼。

知道會被傅陽曦坑，但是萬萬沒想到會來得這麼快。

就見他的侍衛舉著劍，一臉沉重地道：「抱歉，王子，我背叛了你，你可知我同樣也是你父親的兒子，流淌著皇室的血脈，卻從小在你的陰影之下長大……」

正在姜修秋驚呆了之際，傅陽曦去到趙明溪身邊，抓起她手腕將她帶到自己身邊。

臺下的觀眾笑瘋了。

果然就知道國際班那群腦子有毛病的人不可能演出什麼正經的戲。

臺上異常混亂，一開始節奏就被傅陽曦帶偏了，本來應該和王子搏鬥的幾個怪物不知所措，只好硬著頭皮在這個時候跳出來捅死王子。

盧王偉被傅陽曦氣得七竅生煙，學校這麼多大領導看著呢！他從後面跳到後臺上，讓旁白趕緊收場。

旁白趕緊接了最後一句傅陽曦叮囑過最重要的詞：「在最後的最後，公主又被公爵帶回了城堡。」

紅色的幕布即將緩緩落下。

傅陽曦牽著趙明溪回去，捏住她的指尖，在她手背上輕輕一吻，病嬌一笑：「妳逃不掉了。」

幕布在這個時候徹底落了下來。

音樂響了起來。

餘韻無窮。

臺下觀眾驚呆了，隨機瘋狂尖叫。

這他媽是什麼骨科囚禁絕戀？！國際班不愧是國際班，好大的狗膽！

明溪全程在混亂中被帶跑，只知道他們班亂七八糟地演，最後曠世骨科獲得的票數卻是全場最多。常青班表演的是合唱，和國際班一比簡直弱爆了。

國際班一群人，除了被坑了一把的姜修秋木著臉之外，全都在後臺哈哈大笑。

班導師盧王偉氣得肺都要炸了，揪著傅陽曦怒罵。

傅陽曦不以為意，甚至想打呵欠。

明溪的一襲公主服裝亮相全場，很多高一高二的學弟學妹都跑來後臺偷看，又被凶神惡煞的傅陽曦瞪跑。

大家把道具血漿互相抹得到處都是，居然還有小弟敢大著膽子來抹傅陽曦，明溪笑得嘴角都快抽搐。

臺下。

趙母和趙湛懷等人坐在中間的位置，心頭五味雜陳。

他們是自己買票進來看的，趙明溪並沒邀請他們，還把親屬座位給了董家人。

現如今的趙明溪光彩奪目，身邊聚滿了人，歡聲笑語。

徹底不再需要他們了。

接下來還有表演，但是趙母心裡失魂落魄，再也沒有了看下去的心思。

她幽幽道：「我上次還想過一個辦法，讓學校拒絕明溪住宿，但是沒想到根本沒用。聽說明溪最近從學校搬出來了，卻也沒回家裡。」

趙父立刻皺眉：「那她現在住在哪裡？」

趙湛懷道：「聽說是住進了傅陽曦家裡。」

趙父立刻暴怒道：「剛成年就同居，還在讀書呢，這成何體統？！」

然而怒完了其餘兩人卻沒有接腔。

神色都有些黯然。

也是，曾經趙父沒負起做父親的責任，現在還有什麼資格去管教趙明溪？

看完明溪的表演，還未散場，趙家人就打算走。

剛到校門口，遠遠的便見到趙媛走過來。

趙家三人神情頓時有些僵硬，他們自然也察覺到趙媛變化很大。

但是現在已經和他們沒什麼關係了——當初就是因為他們動了惻隱之心，不想把趙媛送回她該在的位置，才釀成了今日的後果。

他們不可能再重蹈覆轍。

趙湛懷上了駕駛座，趙父趙母也扭頭就要上車。

卻沒想到趙媛是來告訴他們，當初那文章是趙明溪發的。

「她就是想讓我、想讓趙家，身敗名裂。」趙媛眼圈發紅地說。

聽了這話別說是趙父和趙湛懷，趙母都快氣死了。強忍住自己搧趙媛一巴掌的衝動：「我真是看錯妳了，為什麼到了現在妳還在把所有事情怪到明溪頭上，不是她，是妳那所謂的好朋友鄂小夏！」

趙家人開著車揚長而去，尾氣落到了趙媛臉上。

這是趙媛最後一次和趙家人見面。

趙媛眼睜睜看著全世界都丟棄了她，卻不知道為何她會一步一步落到今天這一步。她抓起地上的石塊，崩潰地朝趙家的車子擲過去。

接下來幾天，趙明溪忙裡偷閒，一邊全神貫注準備決賽，一邊偶爾插科打諢和傅陽曦逗逗樂。

中間發生了兩件大事：鄂小夏和趙媛在廁所扯了一場頭髮，差點被學校記警告。明溪和傅陽曦去複查，他腿上的石膏還有五天就可以拆了。

時間一晃而過，一眨眼明溪就要去參加決賽集訓。

這次決賽集訓為期二十五天，參加完回來就放寒假了。

因為是高三，寒假特別短，總共十天春節假期，春節過後就要收假。再收假回來就是緊張的下學期，就得升學考。因此傅陽曦計畫著趁著最後的閒暇時間，幫小口罩安排一次旅行，但是他還沒好意思和趙明溪說。

這次集訓得離開本市。

傅陽曦查過，明溪的集訓地點距離本市要開兩小時的高速公路。

可以說太遠了。

二十五天也太久了。

兩人剛談戀愛，根本沒分開這麼久過。

傅陽曦拄著拐杖，單腳跳到校門口，送明溪上大巴士時，兩人在寒風中相擁。

傅陽曦用寬大溫暖的羽絨外套裹住明溪，用力抱緊她，幾乎想把她按進自己的懷裡。他生無可戀地將下巴放在明溪的頭頂，沉沉地道：「小口罩，要不然妳把我帶走吧。」

明溪被他黏得腰間一片酥軟。

「別忘了五天後就要去拆石膏，讓小李扶著點，你別又摔了。」明溪定了定神，叮囑道。

「嗯。」

不知過了多久，傅陽曦戀戀不捨地放開她。

學校很多早戀的，學校倒也不管這件事。

只是大巴士還停在這裡，沈厲堯等人還在車上看著，葉柏看了眼死死盯著那邊的沈厲堯，忍不住拉開窗，對下面重重咳了聲：「快點啦。」

明溪拎著行李，上車了。

大巴士啟動，傅陽曦站在原地，一直看著她遠去，直到再也看不見大巴士的影子，才失魂落魄往學校裡跳。

第一次感受到和戀人分別的惆悵，明溪也很難受。

一上車，明溪就戴上傅陽曦買給她的 Airpods，打了通電話給傅陽曦。

明溪參加集訓之後，就迅速進入了備戰狀況，用念書把自己充實得頭暈眼花。

傅陽曦一個人獨守空房，臉上整天都是低氣壓，班上的小弟們都繞著走，柯成文簡直沒眼看。

一到石膏可以拆了的當天，傅陽曦上午拆了石膏，下午就請了假，把車子從車庫裡倒出來，駛上高速公路。

明溪還不知道傅陽曦打算過來。

在這之前，她正在刷題，忽然被人叫出去。是一個穿西裝的男人，沒見過，對她彬彬有禮道：「趙小姐是嗎，我們老爺子想見一見您。」

明溪心中咯噔一聲，心想，來了。

難道是要上演電視劇裡面甩九千萬讓她離開他孫子的情節？

那她是收還是不收？

大概是明溪早就做好了心理準備，這一天真的來了，竟然也不慌不忙，不卑不亢。

她讓西裝男人等一下，自己先進去收拾了書包，和集訓老師請了個假，再跟著他走。

西裝男人將明溪帶到了一處私人日料店。

光是外觀看起來就價格不菲，還停了一輛加長轎車。

見她猶豫著不進去，男人還很禮貌地笑道：「放心吧，趙小姐，不會出現什麼綁架事件的，您如果不放心，大可以對這裡拍張照，傳給您的朋友。」

第二十六章　拯救他

明溪走進去，見到的是一個穿馬甲褂、清臞的老頭，盤膝坐著，正在專注地吹著眼前的那杯清茶，長得就像日本漫畫裡面那種練龜派氣功的。

聽見腳步聲，他抬起頭來掃視了明溪一眼。

那眼神，相當高深莫測。

「趙明溪？過來坐。」

聲音也透著一股老年人的威嚴。

明溪趕緊讓自己打起十二分精神，走過來坐下，小心翼翼地和他套近乎：「爺爺，您好。」

「誰是你爺爺？」老爺子瞟了她一眼，嗤笑一聲。

臉上的皺紋溝溝壑壑都寫滿了不滿。

明溪：「……」

說實話，真的好嚇人。

明溪來之前做好的心理準備頓時全面崩塌。

這老頭雖然穿著隨意，但是身上有種上位者的氣息，無形之中給人非常大的壓迫感，被他盯著，肩膀上就像是壓著千斤重的鼎一樣。明溪一個小女生在他面前實在是嫩了點。

明溪低下頭，心想，完了，接下來是不是要甩錢了。

她要怎麼應對，是哭著寧死不從，還是先拿錢，回頭再和傅陽曦說？

然後就聽老爺子道：「要嫁進來了才能叫爺爺，現在按照禮節只能叫傅爺爺。妳和傅陽曦一樣就是不懂禮節！」

「……」

明溪：？？？等等？嫁進來？

——誰嫁？

嫁給誰？

這進展是不是太他媽快了？

老爺子又道：「之前沒見過，但是老爺子我一直對妳很好奇，你們從桐城回來的時候，傅陽曦就爬到假山上說就是喜歡妳，我要是敢動妳，他立刻跳樓。」

明溪聽著忍不住勾起唇角，原來早在那個時候傅陽曦就……

她還沒來得及多想，就聽老爺子又劈裡啪啦地說了一大堆：「我當時就覺得他腦子有洞，居然還單相思，簡直不配做我傅家的人！氣死我了！幸好最後把妳這小女生拿下了，不然我這老臉往哪放？！嘿，我當年可不輸給他，我追起人來那也是全城為我傾倒——」

說著老爺子望著窗邊，就開始回顧起了自己當年的風采，眉宇之間頗有幾分得意。

明溪：「…………」

等等，姓傅的人腦迴路是不是都有點問題？

錢呢，不甩錢嗎？

她幻想中的九千萬直接就泡湯了？

半小時後。

明溪還在木著臉聽老爺子說話，一心只盼望傅陽曦早點來解救她。

好不容易老爺子有點口渴，讓人換茶，趁著他喘氣的功夫，明溪趕緊道：「我以為您來，是來趕我離開傅陽曦身邊的。」

老爺子喝了口茶，嫌太燙，嘶了一聲，莫名其妙地看她一眼：「你們這些年輕人偶像劇看太多了吧，傅氏是做生意的，又不是黑手黨，還以為我要給妳幾百萬離開我孫子吶？幾百萬很難賺的好不好？憑什麼便宜妳這個小丫頭啊？」

明溪：「……」

她想多了，她還以為至少有九千萬，原來老爺子幾百萬都沒打算出。

不愧是精打細算的生意人，在下佩服。

老爺子的算盤敲得叮噹響：「我要是逼妳和傅陽曦分手，那小子肯定又會要死要活，還不知道會損失我幾百萬，我還得給妳幾百萬，那四捨五入就是虧了一個孫媳婦加一千多萬。

完全是賠本生意！而且，除了妳，他整天腦子有洞一樣，誰肯要他呢？」

明溪：「……」

「但是呢，妳要是嫁進來，憑藉妳的腦子，應該可以為傅氏創造更多財富。那可就是我賺！」老爺子繼續沉吟道：「我看過妳的成績，一開始的確是很差勁，可妳現在既然考到了全省第三十五，那就說明妳腦子還算好使，至少比傅陽曦那小子好使——不然這樣，妳決賽之後要是能拿到全國賽的金牌，我直接送妳出國讀書怎麼樣？學費、生活費一切費用都由我老爺子掏了！」

明溪：「……出國？」

完了，重點來了，難道是要把她發配到哪個邊疆國家？

「對啊，妳和傅陽曦一起去，在國內讀大學也可以，我看你們最好是國內讀兩年，國外讀兩年。」

明溪：「……」

您想得可真夠長遠的啊！

老爺子打完算盤，又盯著明溪的臉仔細地看。

明溪被他盯得發毛：「又怎、怎麼了？」

老爺子道：「妳剛才進來時穿鞋一百七十公分，這個身高的女孩子足夠了。妳的五官長得也不錯，基因尚可——妳沒整形過吧？」

明溪：「……」

明溪感覺自己不是來見長輩的，而是砧板上的魚肉，正在被傅老爺子那雙宛如X光一樣的生意人的眼睛全方位評估。

明溪忍不住問：「傅家不需要聯姻之類的嗎？」

電視劇裡不都是這樣演的？

到了這個時候就該出現一個未婚妻白蓮花調劑一下劇情了。

老爺子嗤笑一聲，道：「妳覺得傅氏今天這個位置，還需要聯姻嗎？」

老爺子彷彿覺得明溪瞧不起他們傅氏偌大的基業，又開始跟明溪科普傅氏總共有哪些產業，資產花幾十輩子都花不完。

明溪現在有點懷疑老爺子是平時沒人聊天，逮著自己就使勁聊。

「聯姻倒也不是不可，但是我那孫子聽妳表白一下就摔斷腿，要是和妳分手，肯定要跳樓，他一跳樓股價就會崩盤，我讓人計算了一下財產損失，評估起來還是不聯姻好。妳能帶來的價值其實也不比聯姻少多少。」

明溪：「……」

確定完畢，真的腦子有洞。

明溪被老爺子拉著足足談了兩小時的話。

日料已經吃完了，茶也喝了三四壺。

眼看著還沒有結束的跡象，明溪整個人都要虛脫。

但她不能當著老爺子的面表現出來，她把坐姿變為跪姿，悄悄地用拳頭捶自己的小腿，想讓自己放鬆點。

傅陽曦頂著寒風臉色鐵青地衝進來，看到的就是這副模樣。

老爺子在那裡咄咄逼人，不知道又在叨叨什麼。

而小口罩面色慘白地跪在他面前。

聽特助說小口罩已經進去兩小時了。

老爺子逼著她跪了兩小時？？

靠！

這和容嬤嬤扎針[2]有什麼區別？！

傅陽曦臉色一變，面如寒霜，立刻衝過來把趙明溪拖了下去：「怎麼樣，有沒有事？」

老爺子：？

明溪：？

傅陽曦讓趙明溪站穩，摸了下她的臉，確認她身上沒有針孔之後，把她拉到他身後護住。他扭頭瞪向老爺子，憤怒道：「您有本事衝我來，背後玩陰招算什麼？我有沒有說過您

2 容嬤嬤扎針，為電視劇《還珠格格》的劇情。劇中皇后派心腹容嬤嬤把女主角之一的紫薇抓來扎針凌虐。

要是敢動她，我就——」

「你就從樓上跳下去？」明溪在他身後莞爾。

「妳怎麼知道？小口罩，妳別怕。」傅陽曦繼續與老爺子對峙，咬牙道：「這是第一次，也是最後一次，萬望您以後不要再出現在趙明溪面前。」

老爺子氣得血壓直線往上飆，「啪」地一下拍桌子站起來：「威脅我？啊？你看看我受不受你威脅？小兔崽子我今天非揍死你不可！！」

說著老爺子就到處找揍人的傢伙。

明溪驚呆了，這還真打啊？

她趕緊攔住，對傅陽曦道：「我真的什麼事也沒有。」

傅陽曦憤怒到眼眶通紅：「他讓妳跪了兩小時妳還什麼事也沒有？妳跟我走。」

說著傅陽曦拉著明溪轉身就走。

場面一片混亂。

老爺子在後面摔杯子。

明溪暈頭轉向，被傅陽曦拉出日料店，還不忘解釋一句：「我真的什麼事也沒有，你爺爺什麼也沒對我幹，我就是坐得腿痠，跪起來休息一下。不然你看監視器？」

傅陽曦不大相信：「我爺爺是什麼人我清楚，對我非打即罵的，怎麼會不欺負妳？他不是為了把妳從我身邊趕走，那他找妳幹什麼？」

明溪神色古怪道：「他問我有沒有整形，好像是在推算我們後代的基因。」

傅陽曦：「…………」

好說歹說，傅陽曦總算相信老爺子沒對明溪幹出什麼事情。他在明溪的勸告之下，沉著臉回去對老爺子道歉，但是老爺子早就氣得坐車上高速公路回去了。

明溪現在算是見到了，傅陽曦的爺爺是個什麼樣的人。

……完全不是三言兩語就可以概括出來的人。

兩人從日料店出來，走在街邊。

明溪問：「你剛才說老爺子對你非打即罵，為什麼？」

傅陽曦才察覺自己一不小心說漏嘴，神情不大自然，道：「沒什麼，就是作為男孩子嘛，皮了點，難免會被爺爺收拾。」

他對老爺子的心理很複雜。

說老爺子對他好吧，但是有時候看他的眼神又真的咬牙切齒的，見他做錯了事，會把他往死裡揍。

說厭惡他吧，好像又不至於，十三歲那年，老爺子一開始想送他出國，從某種程度上來講，也算是保護他，這樣的話，便完全不用面對接下來的爛攤子了。

而且他也能確定，老爺子從未考慮過傅至意，一直都確定繼承人會是他。

他之所以只跟小口罩提起過老爺子，是因為十三歲之後，他待在老爺子身邊長大，也只對老爺子最熟悉。

明溪又問：「你的腿完全好了？」

「是，完全好了，好得是不是很快？」傅陽曦張開手臂，將明溪抱著舉起來走了兩步。

路人紛紛看來，明溪簡直臉頰發燙，捶了他一下。

他才將明溪放下，得意道：「這叫什麼，英雄的勳章，孔武有力。」

明溪：「……這個詞真的和你不搭謝謝。」

長著一張美少年的臉，成天想的淨是行軍打仗的糙漢的事。

這就是男孩子嗎？

許久沒見，兩人都克制不住思念的蔓延。

但是小小分開了一段時間，都有點害羞。

傅陽曦牽著明溪的手，帶她去自己停放車子的地方，打開後車箱給她看自己帶來給她的東西。

「幾件從家裡帶過來的衣服，羊毛襪和雪靴也買了新的，這是兩頂毛線帽，最近太冷了，妳照顧好自己，不要把我家小口罩弄感冒了。」

說著傅陽曦就把標籤暴力一扯，隨手將標籤丟進後車箱，將毛線帽戴在了趙明溪的腦袋上。

他兩隻手捧住她腦袋，往下扯了扯，將她玲瓏有致的耳朵也包裹進去。

感覺挺合適。

他翹起嘴角：「看來對妳的頭圍預測準確。」

明溪本來感覺心中一陣溫暖，聽到「頭圍」兩個字就忍不住怒道：「你什麼意思，嫌我頭大？」

傅陽曦揉了揉趙明溪的頭頂，「嗯哼」一聲，得意道：「那確實不是很小。」

明溪踹了他一腳。

傅陽曦又從車子裡翻出更多的東西：「還有暖暖包貼，紅糖——」

後面的他說不下去，耳根已經「唰」地一下紅了。

明溪臉頰發燙：「傅陽曦，對著日曆數著我的日子呢，你怎麼知道我哪天來生理期？」

傅陽曦怒道：「妳以為我想知道啊，還不是妳自己弄髒了床單，第二天早晨偷偷摸摸起來洗？！」

害得傅陽曦當時面紅耳赤了好久。

他在來之前告誡了自己一百遍要酷、要冷、要帥、要跩，但還是沒控制住，惱羞成怒道：「我不是故意窺探妳的隱私的！」

明溪快笑死：「本來以為你是校霸男友，怎麼感覺現在一股爹味。不過我也記起來了，剛認識不久你就送我兩床大棉被，還有內衣，一打開就掉在圖書館，不知道的還以為你是變——」

明溪話沒說完，被傅陽曦的掌心輕輕捂住了嘴巴。

時間忽然靜止。

傅陽曦猛地將她拉進懷裡。

他低著頭，下巴放在她脖頸上，緊緊抱住了她。

他一隻手按在她後腦勺上，像是恨不得將她揉進骨子裡。

聲音在寒風中有點啞。

「小口罩，我真的想妳了。」

傅陽曦的羽絨外套敞著，明溪的臉頰貼在他的黑色毛衣上，感受到毛衣的癢，同時也感受到他狂而有力跳動的少年人的心臟。

撲面而來的溫暖，撲面而來的歡喜。

正值黃昏，車水馬龍。明溪的臉被埋在傅陽曦鎖骨處，什麼暮色也看不見，唯獨看見他的血液順著他的血管朝他的心臟流淌而去。

「我也是。很、非常、特別——」

「想你。」

明溪閉上眼睛，回抱住了他。

把東西送回飯店後，兩人也餓了。

明溪不喜歡吃日料，再加上老爺子存在感太強，給她太大的壓力，於是她在日料店根本沒吃什麼。

剛好傅陽曦一路開車過來也什麼都沒吃。

兩人便上網搜索了下，找了家麵館坐下。

剛坐下來一個小男孩就來強迫兩人讓位，纏著明溪的腿不放開。

傅陽曦拳頭的硬，不分男女老幼。

他臉色頓時就拉了下來，漆黑眉梢警告性地挑起：「幹嘛呢，小屁孩，旁邊那麼多位子，非得來搶我們的？」

「你們靠窗！」小孩嚷嚷道：「我要坐靠窗的位子！」

傅陽曦冷漠臉，繼續校霸臉燙筷子：「是我們先來的。」

旁邊走來一個中年胖子，怒道：「你這高中生怎麼回事，我家有小孩，讓著小孩一點不行？」

「就你家有小孩？」傅陽曦冷哼一聲，站起來，朝對面的趙明溪一揚下巴：「介紹一下，這我家小孩。」

明溪：「……」

中年男人：「……」

這他媽可真夠不要臉的。

中年男人見傅陽曦腿長個也高，站起來鶴立雞群，一看就能打，氣場便弱了幾分，嘀咕了幾句：「走，去別的座位。」

小男孩哇地一聲哭出來，被中年男人拎著走了。

傅陽曦繼續燙筷子，明溪忽然想到什麼，她和傅陽曦還沒有合照呢，於是她轉過身，趁著傅陽曦不注意，道：「抬頭。」

傅陽曦茫然一抬頭。

明溪舉起手機，捕捉到瞬間，將兩人同框拍了進去。

本來她還以為傅陽曦會介意隨隨便便被拍照。

誰知傅陽曦耳根卻克制不住地紅了，甚至有幾分洋洋得意：「不要偷拍，我允許妳光明正大地拍。」

明溪：「……」我本來就是光明正大地拍好嗎？！

拒絕臭屁想像。

明溪前幾天在集訓當中看到了一個名字：傅至意。

要不是這個名字突然冒出來，明溪都快忘了這個可蹭氣運排行榜上的第三。

明溪問了集訓老師，才知道傅至意是其他市的學校過來集訓的競賽選手。

他前段時間從國外轉學回來，一開始好像打算轉進A中，但是不知道為什麼後來卻轉進了別的學校。

和傅陽曦說話時明溪提起這個人。

傅陽曦立即就皺起眉。

明溪心裡咯噔一下，心想難道有什麼豪門祕辛？便問他：「你和他不和？」

「倒也不至於不和。」傅陽曦夾了一塊牛肉放在明溪碗裡，道：「事實上我們很少見面，我覺得他——討厭又可憐，總之是一些家裡面像老太婆的裹腳布一樣的事情，小口罩，妳不會想知道的。」

傅至意是私生子，性格說不出的怪。對傅陽曦而言，他還是個冒牌貨。

但是這好像也不能怪他，因此傅陽曦也沒找過他麻煩。

並且，因為傅至意一直待在國外的緣故，兩人撞見次數也很少。

明溪便也沒有多問，她覺得自己總會知道的，等傅陽曦願意主動告訴自己那一天。

兩人吃完麵後，已經八點了。

明溪已經出來整整四小時，還有一堆試卷沒做，她還得回去自習，沒有更多時間能抽出來陪傅陽曦。

傅陽曦雖然看起來囂張跋扈，但是在這些事情上總是遷就明溪。

他便把明溪送到樓下。

分開好長一段時間，只相聚兩小時就又要分開，兩人內心都是無窮無盡的失落。抱了抱，又親了一下，傅陽曦才目送明溪上樓。

明溪上樓很久之後，傅陽曦還仰著頭，又過了很久，他才轉身消失在夜色中。

傅陽曦覺得才剛分別自己就已經開始想她了。都說男人很少有思念的情緒——他怎麼回事？他感覺自己眼睛都紅了！

這不科學！

一定是錯覺！

接下來的集訓，明溪繼續忙得天昏地暗。

偶爾晚上和傅陽曦打視訊電話。

一開始明溪和傅陽曦視訊時還會特意洗個頭，但是後來一來念書太累了，不可能天天洗，二來在一起久了也習慣了。

就乾脆懶得洗了。

反正傅陽曦對她好像很死心塌地，不會嫌棄她不洗頭。

就在集訓的某一天，明溪在走廊上放鬆，忽然見到傅至意從隔壁班走出來。傅至意長得和傅陽曦並不像，他看起來比傅陽曦還拘束、儒雅很多。

他朝樓下走去。

明溪忽然發現樓下車子前等他的那位妝容精緻的美人有點眼熟，何止是眼熟……

等等，那不是……

明溪迅速搜索了一下，心裡一驚。

她發現自己沒看錯，那是傅陽曦的母親。

在傅至意朝于迦蓉走過去時，于迦蓉立刻高興起來，一臉關愛地看著傅至意。她拍了拍傅至意的腦袋，把吃的遞給他，還幫他披了件外套，然後拉著他上車。

明溪頓時覺得有點古怪，傅陽曦的母親和傅至意應該不算太親近的關係吧，但是她對傅至意怎麼像對待親生兒子一樣。

明溪站在二樓，樓下的傅至意好像也注意到她了，抬起頭來朝她看了眼。

明溪本來等著從傅陽曦那裡一點點了解豪門祕辛。

傅陽曦不想說，必定有他不想說的原因。

但是她心裡又實在是撓心撓肺。

這件事像是一根魚刺一樣，讓明溪如鯁在喉。

姜修秋反正是不打算告訴她，明溪打算找傅至意問問。

一開始她以為傅至意很難接近，但沒想到傅至意和傅陽曦完全是兩個相反的性格。傅至意整個人看起來都有點壓抑，彷彿心裡藏著一大堆事。

于迦蓉總共來接了他三次，他每次回來時看起來心情都很糟糕。

集訓的二十多天裡，明溪時不時探問傅至意兩句傅陽曦過往的事情。

一開始傅至意根本不怎麼理她——可能覺得她是傅陽曦的女朋友，而他與傅陽曦關係本來就很一般，沒有義務去解答她的問題。

但是在于迦蓉第三次送他回來後，傅至意的口終於被明溪撬開了。

明溪見他一個人買了一堆啤酒回教室喝，有些奇怪地道：「你是不想和曦哥的母親出去嗎？如果不想的話，直接拒絕不就可以了嗎？」

傅至意白了她一眼：「妳以為我想啊。」

這一晚傅至意可能實在太過苦悶，喝多了以後倒了一些苦水。

明溪所聽到的，是他的角度的故事。

很荒唐的是，他和死去的傅之鴻十八歲那年的長相極為相似，這麼多年來，傅陽曦的母親便一直藉著他活在夢裡。

於是明溪便從傅至意的寥寥幾句側寫當中，對十三歲的小傅陽曦驚鴻一瞥。

她看見了小時候的傅陽曦是如何從野狗堆中遍體鱗傷地掙扎出來，在警戒線之中倉皇地被推來搡去，被揪著問哥哥和父親呢。又是如何眼睜睜看著自己的母親把另外一個人當成已故之人的影子，徹底背棄了自己。

更看著下著大雨，傅陽曦還未從陰影中掙脫，便去警察局做筆錄，一遍遍在刺目的燈光下回憶惡夢。

一幕幕冷色調壓抑的畫面宛如跑馬燈般劃過。

傅至意的話甚至只是簡單敘述，沒有任何詞彙描述。

但是當晚的明溪徹夜難眠。

她的胸腔中住進傅陽曦的那一塊彷彿在發出細微的嗡鳴。

明溪腦子裡從頭到尾閃過與傅陽曦相識以來的所有細節，每一個細節都鮮活明亮，少年在風裡嬉笑怒罵。她以為她已經足夠了解傅陽曦，可是還有很多事情是她不清楚的。

而現在細細想來，很多事情都明瞭了。

為什麼他見到狗的時候會像變了個人一樣，眼神一瞬間墜入惡夢。

為什麼他總是難以入睡。

為什麼他身上經常帶傷。

明溪輾轉反側，回憶起那次他脖子上的傷口，玻璃劃傷，幾公分長，雖然細微、不深，但是被割開的一瞬間該有多疼。

他身上的傷疤已經痊癒了，但是這一刻，卻在明溪的心裡連根拔起。

明溪心裡生疼。

明溪沒有辦法緩解自己的這種難過。

這一晚，明溪在大半夜哭得稀裡嘩啦。

傅陽曦打來的視訊她沒接，以她現在的狀態根本接不了，只怕一接就會爆哭，傅陽曦可能一小時內就會趕過來。

她只淚眼朦朧地回了一則訊息過去，說自己睡了，明天回學校見。

最難過的事情莫過於，這一切傷口都已經過去，如今站在她面前的是十八歲的、靠著自癒能力已然恢復了傷口的傅陽曦，然而十三歲的冬夜裡那個狼狽逃竄的小傅陽曦，再也無人能安慰。

趙明溪無法穿越回到過去，無法在那個時候牽住傅陽曦的手。

明溪心口疼得一塌糊塗。

她睜著眼看著天花板，外面的天光一點點亮起來，而她只想盡早、盡早見到傅陽曦。

第二天是週末。明溪的眼睛果不其然腫成了核桃，她用冷水敷了很久也沒用，就只能這樣坐大巴士回去了。

傅陽曦的身形高挑，寒風當中，她一眼就看見傅陽曦在校門口等她。

一見到她下來，傅陽曦拎過她的行李，就發現了她神情有異。

「妳哭過？」傅陽曦敏銳地道，下意識看向不遠處的沈厲堯。

沈厲堯拎著行李，冷著臉下來，回視了他一眼。

傅陽曦一點就炸，眉梢頓時挑起。

明溪趕緊把他拉到旁邊，道：「不是哭過，就是昨天吃了麻辣燙，太辣了，辣得掉眼淚，我也是沒用，今早起來眼睛就腫了。」

傅陽曦半信半疑，但是他在集訓裡有認識的人，也沒聽說像上次集訓一樣，有人欺負小口罩。難道真是吃麻辣燙掉的眼淚？

明溪道：「不說這個了，不是說今天去你爺爺的老宅吃飯嗎？」

兩人前幾天打視訊時說過，上次傅陽曦的爺爺來，和傅陽曦吵了一架，鬧得不歡而散，事後傅陽曦才知道老爺子對明溪沒什麼惡意。

傅陽曦這人脾氣雖然倔，但是勇於承認錯誤，於是就跟老爺子道了個歉。

老爺子氣總算消了，讓兩人一起過去吃頓飯。

明溪便跟著傅陽曦過去。

小李開車。

路上傅陽曦就察覺到明溪今天有點不對：「妳今天有點怪——」

「怎麼了？」

傅陽曦看了眼雙手每時每刻都要抱住他，眼神每時每刻都落在他臉上，整個人每時每刻都掛在他身上的小口罩，俊臉有點紅：「怪黏人的。」

明溪：「……」

明溪此時此刻什麼也不想說，繼續將腦袋埋進他懷裡，安靜地擁抱著他。

傅家的老宅很大，是明溪只在電視上見過的那種宅院，和蘇州的一些園林舊址有得比。

原本明溪會很有心情觀賞，然而今天她只想和傅陽曦回去蜷縮在溫暖的被窩睡覺。實在太冷了，呵出來的氣都結成了寒冰。

明溪被傅陽曦牽著進了老爺子的書房。坐了一下後，廚師將飯菜準備好了，三人過去吃飯。

今天可能是有明溪在，傅陽曦竟然非常難得地和老爺子心平氣和地相處了那麼一下子，還下了幾局棋。

然而還沒吃上幾口，便來了不速之客。

上次明溪在集訓外面見到的那個漂亮女人，也就是傅陽曦的母親，于迦蓉來了。

于迦蓉一來，氣氛肉眼可見地僵硬起來。老爺子和傅陽曦都是一點就著的炮仗，還得靠明溪在中間勸著，現在空氣則更加水深火熱。

老爺子看起來也不是很喜歡于迦蓉，冷著臉嘀咕道：「妳沒事往我這邊跑幹什麼。」

于迦蓉冷笑，看了明溪一眼：「我來看看陽陽談的女朋友長什麼樣，我記得他哥哥死前都沒談女朋友，他速度倒是夠快。」

傅陽曦臉色沉了下去。

「妳一定要這種時候過來攪局？」

「我來探望你們，你們覺得是攪局？是都希望我死了算了嗎？」于迦蓉不敢置信地說完，又看向旁邊的趙明溪，用一種有些怪異的語氣道：「妳，叫什麼？」

傅陽曦盯著她，整個人神經都很緊繃。

平日裡可以容忍她在自己面前冷嘲熱諷，但是萬萬不可能容忍她將趙明溪拖下水。

他冷冷地將碗筷往桌上一擲，英俊的臉上彷彿浸著寒氣。

他臉上糅雜著與平日裡截然不同的晦暗與怒意，雙眼盯著于迦蓉：「妳想怎麼樣？」

明溪下意識看了眼傅陽曦。

傅陽曦伸出一隻手，在桌子底下緊緊握住她的。

傅陽曦沒看她，但是意思是——小口罩，別害怕。

兩人十指緊扣。

明溪心臟像是被什麼捏了一下，又像是被什麼小心翼翼地捧了起來，酸脹到不行。

她忽然明白了為什麼傅陽曦從不提及他的家庭。

因為也像是一灘沼澤。

他怕被她嫌棄，又或者說，他怕她知道了以後，被她責怪和丟棄。

「我能怎麼樣，我不是說了嗎，來看看你女朋友。」于迦蓉對傅陽曦這副護著那女孩的樣子恨得咬牙切齒。

她一直活在過去，為什麼傅陽曦和老爺子卻都能繼續往前走？

憑什麼？

傅陽曦一言不發，拉起明溪的手就要走，對老爺子道：「我們走了。」

于迦蓉一下子就被刺激到了，頓時發怒：「你給我站住——」

然而明溪還沒聽到下面的話，羽絨外套的帽子就忽然被傅陽曦拉了起來。

傅陽曦將帽子拉到她頭上戴好，在寒風中，用溫暖的雙手捂住了她的耳朵。

他看著她的眼睛，一點也不想讓她聽見。

他更害怕她聽見那些惡意中傷。

他捂住趙明溪的耳朵，然後等于迦蓉罵完，臉色冷硬地拉著趙明溪迅速離開。

傅陽曦拉著明溪朝院門口走，明溪卻忽然頓住腳步，推開他拽住自己的手。

這一瞬間，傅陽曦呼吸都要停止了，他不敢置信地看向趙明溪，一瞬間如墜冰窖。

他差點就要以為明溪是因為于迦蓉的話對他生出什麼嫌隙。

但是下一秒，他就見趙明溪轉過身。

明溪定定看著于迦蓉，于迦蓉也不知道她這是在幹什麼，皺了皺眉。

趙明溪一字一頓道：「伯母，妳這是道德綁架。」

于迦蓉怒道：「輪得到妳——」

「就是因為背負太多的情感綁架，所以傅陽曦在這個世界上一點歸屬感都沒有。妳不愛他了，但是他卻沒有停止愛妳。所以即便妳生病了，他也沒有強制性地將妳送去療養院，而是任由妳五年如一日地將情緒發洩到他身上。」

老爺子和于迦蓉，以及旁邊的張律師震驚地看著趙明溪。

「可是妳是不是忘了。」明溪眼睛逐漸發紅，眼淚一顆接一顆掉了下來。

她為傅陽曦感到委屈，她此刻簡直想嚎啕大哭。

但是她在強忍著，她一定要把自己要說的話說完。

「妳是不是忘了，他即便再能承受，也只是一個小孩。他心裡像高壓鍋一樣的時候，妳看不到，他整宿整宿失眠的時候，你們又看見了嗎？妳覺得他看起來沒心沒肺，於是恨不得逼著他和妳一起緬懷過去，沉浸在悲痛當中，但是妳怎麼知道他不難過？」

「傅陽曦是這種人，妳不愛他了，他也不會憎恨妳，他只會不愛他自己。」

死寂一片。

寒冷的空氣將明溪的眼淚結成冰。

或許是被明溪砸下來的眼淚驚到，又或許是因為她的話，于迦蓉與老爺子臉上都出現了複雜的表情。

「你們不要他，我要他。」

明溪拉著傅陽曦就往外走。

她很少會這麼難過，奶奶去世後，她跪在靈堂的那一天，她以為就是她人生中最後一次難過了。但是她現在完全感覺到了心如刀絞。她既後悔為什麼沒有早點抱住傅陽曦，早點在人群中朝傅陽曦跑過去，又慶幸，現在還為時不晚。

傅陽曦有好幾分鐘都沒反應過來，他呼吸窒住，呆呆地看著趙明溪拉著他走的背影。

他腦袋一片空白，心臟狂跳。

他知道小口罩現在在哭，因為她不停地抬手抹眼淚。他很少見到趙明溪哭，一次是那次醉酒，一次就是現在。

傅陽曦喉嚨發澀，心臟彷彿被暖流擁抱住。

很多時候，這個地方，家，對於傅陽曦意味著失序的黑暗。

他不知道下一秒什麼會來臨，也不知道下一個夜晚能不能走運地睡著。

他踽踽獨行，然後遇到了小口罩，小口罩拉住他，拯救他，將他拍打得蓬鬆，讓他有陽光可曬。

她是唯一一個維護他的人。

甚至，她有的時候什麼都不需要做，只是站在他身邊，就已經能給他足夠的溫暖。

兩人一直走出宅院外。

明溪又抹了下淚水，實在不是她想擦淚水，而是眼淚太洶湧，淌進脖子裡冷得她哆嗦。

「原來妳是哭這個。」傅陽曦沙啞的聲音從身後傳來。

「過來。」傅陽曦把她身子掰回去，眼睛發紅，用拇指將她眼角淚水揩去。

「你眼睛紅了。」明溪道。

傅陽曦翹起嘴唇，俊臉囂張欠打，一如既往打死不承認：「冷的，趕緊上車，回家去。」

明溪勉強扯著嘴角笑了一下，下一秒又還是忍不住在他懷裡哭得稀裡糊塗。

兩人在那邊都沒吃飽，於是回來煮點麵條。

「我其實有點生氣。」明溪用長長的筷子攪拌著鍋裡的麵條，語氣還哽咽著。

她不看傅陽曦，垂著眼眸盯著鍋裡上下沸騰的開水和翻滾的麵條，眼眶一片紅：「我之前，嗝，問你脖子上的傷口怎麼回事，嗝，你居然跟我說泡麵玻璃碗炸開了！你沒心沒肺嗎？」

明溪忍不住扔下筷子。

她早就該發現了，她住進來這麼久，就沒見過傅陽曦吃泡麵——他冰箱裡根本空空如也，泡麵和玻璃碗都沒有，他泡哪門子的麵？！

傅陽曦總是騙她！

傅陽曦見明溪在寒風中一路哭回來，眼睛腫成了核桃大，十分心疼。

他輕拍明溪的背，想緩解她的打嗝，低眸看她，懊惱地道歉：「是我不好。」

明溪抬起紅腫的眼睛看他一眼：「就是你不好——」

「是是是，我錯了。」傅陽曦這時候也不嘴硬了，他平日刺蝟一樣囂張的短髮看起來都溫柔了起來。

他圍著趙明溪團團轉，手放在明溪的後脖頸，輕輕捏了一捏，安撫道：「小哭包，別哭了，好不好？」

「你還叫我小哭包？！」明溪道：「我除了，嗝，這次，哪次哭過了？！」

傅陽曦：「醉酒那次。」

明溪通紅的眼睛瞪著他。

傅陽曦非常有求生欲，立刻改口：「不對，我記錯了，醉酒那次沒哭，是我哭了，行不行？」

明溪還是難受，這種難受是完全沒有辦法解決的難過，因為她不可能穿越回到過去，將曾經的傅陽曦帶出來。

她一邊抽噎一邊從冰箱裡拿出番茄。

「我來切吧。」傅陽曦趕緊從她手裡接過番茄和刀子，接過之後他看了明溪一眼。

因為不知道怎麼哄人，他眼神看起來無措又可憐。

他頓了下，又說了一遍：「對不起，以後不會有事再瞞妳了。」

明溪又心疼了，她為什麼要傅陽曦跟她道歉？

「我，嗝，我不生氣了。對不起，我不是那個意思。」明溪趕緊道。

傅陽曦笑了一下，用手指刮了一下她鼻尖：「我知道。」

小口罩是在心疼他。

傅陽曦高興還來不及。

明溪上前一步，從後面抱住傅陽曦，雙手環住他的腰，將臉頰貼在他的後背上。

傅陽曦個子很高，明溪的臉頰剛好貼在他的脊背上，能感覺到衣服下少年的骨骼。宛如烈陽松竹，拔節生長。

「傅陽曦。」

「嗯？」

「我現在只有一個念頭，想讓你變小。」明溪忽然說。

明溪的話沒頭沒尾，傅陽曦笨拙地切著番茄，微微側頭，不解地問：「變小？然後呢，妳要幹什麼？」

「然後幫你弄一個柔軟的窩，讓你住進去。我再把你連同窩一起，盤一盤，狠狠揉進懷裡。」

明溪突然說這種話，傅陽曦還怪害羞的。

狠狠揉進懷裡。

這是什麼虎狼之詞？！

他回頭看了明溪一眼，一臉「什麼鬼，我堂堂身高一百八十八的校霸豈能容此侮辱？！我的小口罩真是太囂張！」但嘴角卻忍不住瘋狂上揚：「聽妳這描述，妳是想包養我。」

「可以嗎？」明溪問。

傅陽曦卻忽然正經起來，抽了張紙巾擦了下手，回過身來。

明溪只好鬆開環抱住他的腰的雙手。

傅陽曦微微俯身，握住她的肩膀。

廚房燈光之下，傅陽曦漆黑的眸認真盯著她。

明溪看見他眸子裡倒映出自己的影子。

明溪：「怎麼了？」

傅陽曦對她道：「我真沒事，小口罩，不要再想了，都過去了。」

明溪仍難過地看著他。

傅陽曦語氣溫和地道：「其實妳聽傅至意說得嚇人，但真不是什麼大事。家家有本難念的經。姜修秋妳可能相處得不多，妳別看他整天泡女孩子，彷彿天之驕子的樣子，但他父母早就離婚了，各自緋聞滿天飛，互相綠對方十幾任，至今還在打官司，而且私生子一大堆，十個裡面九個想爭家產，他頭都大了，但是整天不也跟沒事人一樣？妳再看妳家，警察局那晚我也心梗死，差點沒把妳二哥揍殘，沒卸他一條手臂一條腿真是便宜他了。可是妳也好端端地走出來了，跟個小蝴蝶撲哧撲哧一樣往前飛，飛到他們都望塵莫及了。那我能有什麼事？有錢有外貌還有漂亮的小口罩，我是人生贏家了好不好？換成別人別人都得羨慕死，妳居然還心疼我，妳說妳傻不傻？妳對象一個能打兩個，不要把妳對象當成嬌花好不好？」

明溪被傅陽曦說得又想哭，又想笑。

「什麼撲哧撲哧，你中文到底有沒有及格？」

傅陽曦也挑眉笑了起來：「所以我們就好好生活，繼續前行，該吃吃，該喝喝，該談戀愛談戀愛，該親的時候就親一口——」

說完他低下頭，捧著明溪的臉，在明溪臉頰上猛地「啾」了一下。

明溪：「……這是什麼突如其來的詩朗誦？」

傅陽曦得意洋洋，活生生一個臭屁少年：「創作人，傅陽曦。」

明溪被他氣得笑了出來，打嗝終於好了。

「喂喂喂，麵快滾出來了。」明溪驚呼一聲，趕緊推開傅陽曦，把火關掉。

明溪終於不哭了，傅陽曦也鬆了口氣。

電視機開著，兩人坐在吧檯的高腳椅上開始吃麵。

熱氣騰騰，暖熱了兩人的面龐。

吃完，傅陽曦鄭重其事道：「我來洗碗。」

他所謂的洗碗就是將碗筷放進洗碗機。

明溪白了他一眼，從冰箱取了一個橘子出來開始剝，剝完之後，將皮丟進垃圾桶，將橘子一分為二，走到傅陽曦身邊，叫了他一聲。

傅陽曦扭過頭來。

明溪抬手，將一片橘瓣輕輕塞入他的唇齒之間。

「甜嗎？」明溪問。

傅陽曦猝不及防，嘴唇一涼，觸碰到橘瓣的同時，還觸碰到了趙明溪的指尖。女孩子的手指纖細柔軟——偏偏小口罩一無所覺，餵完他之後，又懵懂低頭，塞了一瓣橘瓣進自己嘴裡。

她輕輕啟唇，指尖也在她唇上觸碰了一下。

觸碰之時，她的唇微微陷下去，又豐盈潤澤地彈回來。

傅陽曦看著她的手指，又看著她的唇，一瞬間血糖都飆升了起來。

「……甜。」他好不容易將橘瓣嚥了下去，心跳怦怦直跳。

明溪不知道自己無意識撩撥到了傅陽曦，她把剩下的橘子又一瓣瓣塞進傅陽曦嘴裡。

最後一瓣還沒餵進去，傅陽曦就忍不住掐著她的腰，將她按在冰箱前，來了個在電視劇裡看到的法式深吻。

「唔——」

具體感覺明溪完全形容不出來，總之非常地狂野。

全身血液都飛速往頭頂竄，靈魂彷彿都要被吻得出竅。

傅陽曦一邊親她，一邊耳朵紅了起來。他手臂抵在冰箱上，讓明溪的腦袋陷進他的臂彎，另一隻手輕輕掐著明溪的腰，認真而純情地親吻。

明明是他把明溪壓在冰箱上，但是他這個害羞樣，就像是明溪壓著他親，他才是被玷汙的那個一樣。

柔軟的唇相連，全是酸酸甜甜的橘子。

周圍的空氣逐漸升溫。

明溪有些喘不過氣，腿開始軟了，她情不自禁地拽住傅陽曦的衣領，將他往自己身上拉。

傅陽曦不壓過來，她嫌他太遠。

但是他身體一旦壓過來，被熟悉的少年氣的松香包裹，明溪又覺得整個人都開始發燙，像是快要被煮熟的蝦。

「我、我不行了。」親吻到一半，明溪酥軟往下滑，暈暈乎乎地道。

她腦子空了。

她感覺現在自己就是一個軟軟的小廢物。

傅陽曦把她拎起來，又親了一陣子，才放過她。

唇分時刻，傅陽曦有點戀戀不捨，紅著耳根小雞啄米一樣在她唇上親了一下又一下。

明溪背靠在冰箱上，笑他：「你耳根好紅。」

傅陽曦打死不承認，忍著臉紅：「太熱了好不好？小口罩，一定是妳把暖氣開太高了。」

明溪氣結：「什麼鬼？你自己害羞還怪我？？？」

傅陽曦彷彿聽見了什麼天方夜譚的笑話：「害羞？小爺我字典裡就沒有這個字！」

明溪：「……」

男朋友太傲嬌怎麼辦？

「啊啊啊好煩分手吧分手吧。」

明溪笑著罵道，想跑。

傅陽曦又一把把她撈回去。

不行，打死也不分。

明溪先洗澡。傅陽曦進浴室之後，明溪一個人穿著毛茸茸的睡衣在公寓裡百無聊賴地轉圈。

戀愛真的是一件很神奇的事，以前除了念書之外，覺得電視劇好看，遊戲好玩，小說也很好看。但是戀愛之後，他不在她身邊哪怕那麼一下，她便幹什麼都覺得無趣。

什麼都沒有傅陽曦好玩。

什麼都想和他一起做，看劇也好，吃飯也好。

看著他的一個眼神，情緒便能隨時體驗波瀾壯闊、深海溺水、夏天西瓜中間那一口、橘子最為青澀的那一瓣。

偌大的公寓因為明溪住進來以後，逐漸有所改變。

明溪彷彿一個入侵者，將冷清沉寂的公寓變得到處都有顏色。

她怕冷，傅陽曦便一直開著暖氣，於是先前那種寒冷徹骨的感覺也消失了。

她怕黑，於是傅陽曦又多裝了幾盞地燈，於是黑暗也消失了。

明溪上一次探索過傅陽曦的房間、二樓的影音室和工作間。然而這一次再進去，又是截然不同的感受。

傅陽曦有一間房間的地毯上散亂各式各樣的書——《修摩托車》、《喜馬拉雅山巔》、《時間簡史》，幾乎囊括能想到的所有書，丟在地上雜亂無章，儘管沒有任何秩序但是卻並不髒亂，黑膠、影碟都是被拆封過的，看起來都看過。另一間房間丟著機器人零件、籃球、籃球衣服、拆過的檯燈、墨綠色生銹的螺絲。

明溪彷彿站在時間長廊，在光影中，看見了一個孤獨的小孩，因為被討厭，所以不太回去。這幾年獨自一人生活在這裡，做遍了所有能做的事情。

他看了數不清的電影和書，聽著歌，拆了數不清的鋼彈和傢俱，孤零零的一個人在附近的空地上投籃，籃球砸在雨天的地面上，發出孤單的回音。

傅陽曦原來看過這麼多的書。

他成績不可能差。

此時的明溪心中的疑惑也終於解開，為什麼他解題時那麼乾脆俐落，每次考試卻都像鬼畫符。

他未必不知道他在當年那件事情中也是受害者，但是他仍在責怪自己。正因如此，他不知道該何去何從，獨自一人在深夜裡輾轉反側，彷徨茫然。

他也未必不知道那些壓抑在他身上的，他原本可以選擇不必去承受。

只是他選擇去面對。

他永遠不會變壞，不會被生活的獠牙撕裂，也不會被泥沼的事物拖拽著往下沉。

明溪看到他時，他已經在閃耀發亮。

明溪忽然明白，為什麼自己會一步步被他吸引。

她被沈厲堯吸引，是因為沈厲堯成績優異、鶴立雞群。

而她最終為傅陽曦沉淪，是因為，傅陽曦才是她抬頭看到的炙熱發光的燦陽。

晚上，明溪躺在床上睜著眼，她其實擔心傅陽曦在另一個房間是否能睡著。

她甚至想和傅陽曦一起睡——

可是他們現在才剛成年，在一張床上睡覺會不會太早了？而且在一張床上會不會發生什麼？他畢竟血氣方剛、年少氣盛，晨勃都比別人洶湧……等等，她在想什麼？

……進展似乎有一點太快，且沒羞沒臊的。

明溪心裡癢癢的感覺很難忍，可是又不想表現出自己那麼急色。

她用枕頭捂住腦袋，在床上翻來翻去。

三分鐘後，明溪開始搜索：剛成年的戀人睡在一起會不會不太好？

底下的回答看得明溪面紅耳赤，大多都是勸「不要」的，都說絕大多數的男孩子一定會把女孩子吃乾抹淨。

吃、乾、抹、淨。

光是看到這四個字，明溪的臉就燙了起來。

她在床上輾轉反側了一下。

最後還是爬起來，抱著枕頭，顫顫巍巍地下了床。

傅陽曦同樣沒有睡，他正盤膝坐在床上猶豫要不要傳訊息給明溪。因此明溪那邊的房門一打開，傅陽曦這邊就聽見了聲響。

他不大想讓小口罩看見他睡不著，便迅速將床頭燈「啪」地一下關掉了，躺平在床上閉上眼睛。

明溪推開他的門，探進來一個腦袋。

「曦哥，你睡了嗎？」明溪問。

傅陽曦假裝睡得很熟，一動不動。

「不會吧，已經睡著了？」明溪不敢置信——說好的失眠呢？！難道是吃了藥，藥效上來了？

既然睡著了，明溪也沒吵醒他的道理，明溪當然想讓他好好睡一覺。

於是明溪便打算悄悄關上門。

傅陽曦既不想讓她覺得自己經常失眠，又不想看她轉身走掉。

心中天人交戰了一下，他忽然翻了個身，演技精湛地假裝幽幽轉醒，一睜開眼就演技精湛地嚇一跳。

他彈坐起來，揉著額頭：「嚇死我了，剛睡著就被妳吵醒了，小口罩，妳在我房間鬼鬼祟祟幹什麼？」

「……」

明溪一眼就看出來他剛剛是裝睡。

心裡氣結。

這人怎麼這樣。

睡不著就睡不著，為了讓她安心，還裝睡。

「我就是來看你睡著沒，如果你睡不著的話，就打算和你一起睡。」

一起睡？？？

還能有這種好事？？？

傅陽曦心跳加快，頂著凌亂的黑髮，呆呆看著趙明溪。

明溪看了他一眼，故意道：「既然你能睡著，不失眠，那我就走了。」

明溪抱著枕頭說道，說完轉身打算回房間。

還沒走出兩步，身後的傅陽曦就從床上跳了下來。傅陽曦從後面把她攬到懷裡，雙手環抱住她，腦袋放在她肩膀上，埋進她頸窩，委委屈屈道：「好吧，其實我睡不著。」

「妳能不能——」

傅陽曦耳根羞赧地紅了，低低地道：「別走。」

片刻後，兩個人躺在床上，都是平躺的。

空氣死寂僵硬一片，只能聽見兩個人怦怦怦的心跳聲。

明溪之前從來沒和誰睡在同一張床上過，傅陽曦當然更不例外。

單獨睡慣了的兩人發現，一旦躺到同一張床上，他們根本不知道該怎麼躺，手往哪裡放，腿又該擺成什麼姿勢——只覺得像是兩隻小殭屍，全身上下都是僵的，只有血液不受控制地飛速流竄。

月光從窗戶縫隙透進來。

過了幾分鐘，傅陽曦小心翼翼地翻了個身。

明溪腳趾頭都在緊繃。

明溪繼續平躺，傅陽曦側躺著對著她。

兩人身體貼在一起。

傅陽曦自己翻的身，卻像被逼到牆角、被強迫、被玷汙一樣。

黑暗中他看著明溪：「我、我可以抱妳嗎？」

明溪心跳不正常，腦子裡完全是空的，鼻息間全是傅陽曦身上的松香味。她腦子裡一團漿糊，在想他用什麼男士香水，還是說這是氣運的味道，等等萬一又要法式深吻怎麼辦，她晚上刷牙了嗎，好像刷了，嗯？他剛才說什麼……

明溪稀裡糊塗地「嗯」了一聲。

傅陽曦於是努力讓自己鎮定一點，過了一下，伸手將趙明溪攬進了懷裡。明溪也側過身去，兩人一時之間的距離非常近。

之前距離也不是沒這麼近過——但那是站在地面上。

而現在，他們在同一張床上，同一個被窩裡，睡衣外的肌膚相貼，乾燥溫暖，充斥著冬日裡的蓬鬆的味道。

距離一近，就鼻尖對鼻尖，呼吸相纏，心臟相抵了。

傅陽曦將明溪抱得很緊。

他腦子都空了，這是他最喜歡的女孩，就躺在他懷裡。

傅陽曦像是抱著什麼易碎的珍貴品，有一下沒一下地親著明溪的嘴角。

忽然——

傅陽曦一把鬆開明溪，挪到床邊去。

明溪意識到什麼，臉頰頓時燙了起來，將被子拉過頭頂。

傅陽曦羞憤欲絕，道：「對不起。」

他起反應了。

「你怎麼這麼容易起反應。」明溪自己也臉熱得不行，用被子蓋住臉，還在調戲他：「你是不是小色鬼？」

「我沒有！」傅陽曦惱羞成怒道：「我只有對妳。哪個男孩子抱著自己最喜歡的女孩子不會有感覺啊，我又不是和尚。」

明溪將被子掀開一點點，露出兩隻眼睛，微微抬起頭，看著他：「要不要做一下愛做的事——」

明溪覺得自己接受能力很強，她也認定了眼前這個人。

她覺得沒什麼不可以。

「不行。」傅陽曦斷然拒絕：「妳才剛成年呢，等妳滿二十再說。」

萬萬沒想到傅陽曦定力這麼強。

明溪雙眼無神地躺回去：「我覺得你就是和尚。」

「親一下是可以的。」傅陽曦羞赧道。

他湊過去小心翼翼地親了一下明溪的耳垂。

「不親，睏了。」明溪推開他的腦袋。

蜻蜓點水地親一下有什麼用啊！支稜都支稜不起來。

明溪想想還是覺得不服氣，側過頭看傅陽曦：「姓傅的，我對你來說是不是根本沒有吸引力啊？」

傅陽曦將她攬進懷裡，認真地道：「不是這樣的，這一步意義不一樣，小口罩，妳對我來說意義非凡。我比任何人都珍惜妳，任何可能傷害到妳的事情，我都不想做。」

「我不想和妳只過一個冬天，我想和妳一直走下去，到了白髮蒼蒼那一天，我不想妳回憶起來，覺得第一天一點儀式感也沒有。」

「我想妳快樂、順遂、圓滿，比任何人都圓滿，沒有一丁點的遺憾。等我拿著戒指到妳面前的那一天，如果妳說妳做好了準備，我會義無反顧地朝妳跑過去。」

明溪本來只是開玩笑，沒想到一向沒個正經的傅陽曦居然認真解釋了這麼一大堆。

她眼眶都要熱了。

十八歲的愛情來得炙熱而洶湧。

但是她已經在傅陽曦的未來當中。

明溪吸了一下鼻子，將腦袋埋進傅陽曦胸膛裡，道：「我知道，我剛才開玩笑的。你別緊張。」

「我們睡吧，曦哥，你抱著我睡，看能不能睡著。」

傅陽曦用力抱緊了懷裡的趙明溪。她不會再被任何人搶走了，她是他的了。

這一晚，傅陽曦懷裡始終有趙明溪，他心臟跳得很快，奔湧著年少的喜歡和愛，他抱著的是他最心愛的女孩。

傅陽曦以為這會是一個難眠的夜晚，但奇怪的是，他就這樣慢慢睡著了。

夢裡的裂縫開始緩慢癒合。

他像是抱著一塊浮冰，浮冰卻很溫暖，朝他笑了一下，渡他漂過了海洋。

在明溪安靜的淺淺的呼吸聲裡，傅陽曦彷彿被拉到了岸邊，在柔軟的沙灘上，海浪衝擊和安撫著他的身體。

他慢慢睡著了。

第二十七章　是心肝

又下了兩場雪。

國際班眾人發現，趙明溪決賽回來之後，和他們老大之間的氣氛好像隱隱約約有所改變。

決賽之前是黏黏糊糊，一眼看去就是熱戀中的情侶。

決賽之後不知道發生了什麼，也不知道是不是他們的錯覺，總覺得趙明溪變得對老大格外上心，簡直像老鷹護小雞一樣護老大。

比如說班導師盧王偉。

盧王偉因為傅陽曦，整整三年沒有拿過績效獎金，有怨念簡直再正常不過。

好不容易這一學期趙明溪轉班過來之後，傅陽曦鬧事的次數直線降低，盧王偉以為自己可以稍稍鬆一口氣了，結果上次校慶演出又臨時被傅陽曦改成那種戲！

學校領導大發雷霆，好，這個月的績效又沒了！

盧王偉對傅陽曦簡直氣得牙癢癢，抓著點諸如「黑板沒擦乾淨」之類的雞毛蒜皮的小事就罰傅陽曦去跑圈。

本來跑圈這種事吧，對國際班的男孩子們而言是家常便飯，也沒什麼要緊的。

傅陽曦摘下耳機，懶洋洋地站起來就打算出教室。

但是趙明溪卻站起來與盧王偉據理力爭！

她陳述了冬天體罰的一百條危害及後果，假如傅陽曦在跑圈途中出什麼事——上到血壓升高下到踩到一顆螺絲釘，責任可能都在盧王偉身上！

突然被最得意的學生辯駁一番，從東扯到西，又從南扯到北，盧王偉整個人都一愣一愣的。

最後他拿著教材出教室時，暈頭轉向，已經完全忘了自己進教室是來幹什麼的。

傅陽曦雙手插口袋，嘴角已經翹到了天上去。

他看著身邊的趙明溪，得意洋洋地坐下來：「唉。」

他臉上彷彿寫著幾個大字——「被寵愛的男人」。

國際版小弟則都目瞪口呆。

「……」

老大一隻動不動噴火的凶猛霸王龍被趙明溪說得像是迎風搖曳的嬌弱小花。

趙明溪這濾鏡是有多厚啊？！

濾鏡都變形了吧？！

而且這情景怎麼似曾相識？？

又回到最初的起點？

國際班的小弟們也就罷了，頂多每天在下課時吃幾口狗糧，看著傅陽曦談戀愛以後跟變了個人似的，還怪有意思的。

柯成文則叫苦不迭，一天在學校十個小時，他有九個小時是被狗糧撐到吐的。

這天三人一起在校外肯德基店裡吃東西，撞見了傅至意。

傅至意穿米色大衣，和一個朋友來這附近辦點事，也沒想到會這麼巧，他端著盤子一轉身，正好碰見坐在窗邊的傅陽曦。

傅陽曦什麼都不做，光是那張臉和氣質就已經夠鶴立雞群，何況他身邊還坐著埋頭苦吃的校花趙明溪——想不被注意到都難。傅陽曦靠在椅背上拿著可樂，漫不經心一抬眼。

兩人視線對上。

傅至意愣了一下，頓時整個人都不好了。他彷彿脊背發寒，迅速轉身就溜，連手裡剛買好的薯條漢堡都不要了，直接扔在桌子上，拉著朋友就走。

身邊的朋友被他一拽，罵了一句，冰可樂灑了一地。

傅陽曦：「……？？？」

明溪也一頭霧水，她在集訓時和傅至意雖然不算熟，但是也算認識的關係，也沒聽傅至意說過害怕傅陽曦啊。難不成這是祖傳的裝模作樣，怕也要說不怕？

明溪問：「你欺負過他？」

「沒有啊。」傅陽曦整個莫名其妙，隔著落地窗朝店外看去，把可樂往桌上一放，道：「他腦子恐怕有洞，每次見到我就跟見了鬼一樣轉身就跑。我很凶嗎？」

「不凶啊。」明溪回答道。

傅陽曦扭過頭來看著明溪，明溪看著他皺起的俊眉，用薯條沾了下番茄醬，隨手塞進他嘴裡，補充道：「完全不凶。」

傅陽曦彷彿被順了毛，輕哼一聲。

他咀嚼幾下薯條，把漢堡拆開，遞到明溪手邊：「別光吃薯條，等下午三四點妳就餓了。」

一邊的柯成文：「……」

落在柯成文眼裡的場景完全就是，飼養員對她拱來拱去的獅子說「你根本不是百獸之王，別人看到你就跑完全不是因為你氣場太凶，而是因為你太萌」。

飼養員妳說這話良心不痛嗎？！

「怎麼？」傅陽曦看了柯成文一眼，漆黑眉梢挑起：「你有意見？」

明溪也看向柯成文。

柯成文：「……」

單身狗能有什麼意見。

單身狗連人權都沒有還敢有意見？！

先前傅至意對於傅陽曦而言，就只是一個不經常見面、有點古怪看到自己就跑、經常跟在于迦蓉身後的一個傅氏私生子。但是因為有了趙明溪在中間做橋梁，傅陽曦對傅至意終於有了一點了解。

這小子恐怕也不是自願當所謂的「冒牌貨」的。過去那件事情同樣也給他帶來了陰影。撞見傅至意之後，傅陽曦就一直若有所思。

他在思考這件事情最終到底該怎麼解決。

日復一日地這樣下去，解決不了任何問題，時間好像並不是最好的療癒藥，沒有辦法治療失去親人帶來的悲慟。但即便如此，所有人也都不該就此駐足原地，大家都該繼續往前走了，包括他母親。

本來傅陽曦聽趙明溪說她在集訓當中認識了傅至意，心頭還有點酸溜溜的，但是見趙明溪對傅至意完全沒有任何想法，他這點酸又很快被他自己努力化解了。

還是那句話，男人不可以太妒婦。

而且，先前老爺子可能是怕他和傅至意不和，在傅至意回國之後就特地把傅至意轉去鄰市讀書。

傅至意家在本市，但是卻不得不去鄰市讀寄宿學校，一個月才回來一次，其實也挺可憐的。

傅陽曦十三歲之後，身邊就沒什麼真正意義上的親人，也不太知道怎麼和親人拉近關係。

所以他雖然在心裡對這個私生子堂弟的看法有所改觀，但是也沒多此一舉地去找他打籃球之類的拉近距離。

總之一切照舊，各自有各自的生活。

三個人從肯德基出來，寒風實在太大，傅陽曦正將明溪的手放進自己的口袋裡。

柯成文眼尖，忽然叫了趙明溪一聲，用手裡的飲料指了指一個方向，道：「我沒看錯吧，那不是趙媛嗎？她交了男朋友？」

趙媛和經紀公司簽約的事情，明溪也聽說了。

最近一個月，明溪在學校裡幾乎沒碰見過趙媛。先前隔幾天都能在路上碰見一次的人像是徹底消失在了她的視野當中一樣。

主要也是因為雖然真假千金的風波已過，但趙媛在學校仍會遭到一些目光，要不是為了畢業，趙媛根本就不想來學校了，她大部分時間都待在社會上了。

所以突然在校門口看見趙媛，明溪還挺奇怪。

她順著柯成文指的方向看了眼。

A中外面是一條長長的林蔭道，彎向不同的商業街和美食街，斜對面則是一所藝術學校，就讀的大多都是準備藝考的表演生、美術生和舞蹈生。

此時此刻趙媛就在一間網咖的門口，穿著長靴和黑色大衣，眼睫化得濃黑，網襪妖豔，與一個脖子上有刺青的男生廝混地抱在一起。

那男生側臉對著他們，腳下踩著滑板。

身後還跟著幾個看起來像是混混一樣的人。

明溪還沒搞清楚那是誰，旁邊就有路過的女生也看見了。

有人議論道：「那是不是對面藝校的校草？」

「趙媛怎麼會和對面學校的人混在一起？那全是一群打架鬥毆的混混，上個月還聽說把一個老師打進了醫院。」

「這麼惡劣？但是說實話，那男的還算帥——他不知道趙媛之前發生過的醜聞嗎？」

「鬧得那麼大，那肯定知道吧，但是男的聽到了這些醜聞，搞不好還覺得趙媛是可憐小白花，需要他的保護。」

明溪心中有些愕然。

？？？

事情現在發展到這個地步，完全和原劇情差得十萬八千里了。

趙媛和趙湛懷還沒來得及萌芽的愛情竟然被徹底掐滅了。

趙媛還和路人甲在一起了。

沒過多久學校對面那男的掐了下趙媛的臉，帶著幾個頭髮染得五顏六色、流裡流氣的人走了。

明溪想看清楚那男生是誰，便一直盯著他，仔細看了下。

然後就發現自己腦海中完全查無此人。

而且旁邊的路人口中議論的名字彷彿也沒在原文中出現過，看來應該確實是個沒有姓名的路人甲。

傅陽曦一開始還以為她在看趙媛，結果盯著她看了一下後，發現她在看對面那刺青小子的臉。

——還是踮起腳來聚精會神地盯著看。

傅陽曦：？

「妳也覺得很帥？」傅陽曦盯著趙明溪，幽幽道。

「畢竟是藝術生嘛，不靠臉怎麼吃飯。」

明溪腦子一下子沒轉過來，嘀咕道：「而且確實長得還行。」

她話音剛落就見傅陽曦臉黑了。

明溪：「……」

明溪心裡咯噔一下，覺得自己還可以搶救，連忙道：「我的意思是，他長得也就那樣，周圍這些人說他是對面學校的校草，可能是他學跳舞的給他加分吧。」

傅陽曦的重點成功地偏了，酸溜溜道：「妳覺得男的學跳舞可以加分？那妳加了幾分給他？」

明溪非常有求生欲地道：「我才不給他加分，我為什麼要給他加分？我只給你加分。」

傅陽曦滿臉不信。

他覺得自己好難！

他剛剛還在心中警告自己嫉妒心不要太強，但是性轉一下就是男朋友在女朋友面前堂而皇之地誇另外一個會跳舞的美女漂亮，這換了哪個女朋友能忍？？？

「小口罩，妳性轉一下就是渣男！」傅陽曦神情悲戚地道。

明溪：？？？

明溪一臉「我不是我沒有」，張口就來：「在我心裡你最帥。」

傅陽曦：「妳看，這就是渣男經常說的話，在我心裡妳最美什麼的——」

見傅陽曦還在喋喋不休，明溪一個頭兩個大。她索性拽下傅陽曦的衣領，踮起腳尖，在他下巴上重重「啾」了一下。

這一招百試不靈。

「……」傅陽曦的聲音戛然而止，他果然消停了。

他摸了摸下巴，看了眼四周，有幾個人看了過來。

傅陽曦耳根默默紅了，他把自己的帽子戴上，又單手把明溪身後的帽子一撈，也蓋住明溪的腦袋，拉著明溪，一高一矮兩個人快步往教室走。

柯成文在後面：？？？

等等，這兩人是不是忘了一起出來吃飯的還有他？

明溪也就在校門口看了這麼一眼，也沒心思去關注趙媛的私人事情。

她覺得趙媛簽的那個經紀公司聽起來很不可靠，包裝趙媛的方向完全就是露肉的方向。而且趙媛新交的男朋友，總感覺哪裡要出問題。

但是這好像也和她沒什麼關係，她和趙媛現在完全是撕破臉的關係。

眨眼這個學期就要結束了。

決賽入圍的名單會在寒假期間在網路上公布，成績一天不下來，明溪就提心吊膽一天，不過在意也沒用，反正已經考完了，現在就是在焦慮中等待結果。

她本來打算拿到加分，就不再參加競賽，專心準備升學考。

但是傅陽曦的爺爺又說假如她在全國賽中拿到金牌，會送她和傅陽曦一起去國外讀書——這換了誰能不心動？

學費生活費就不用擔心了！

於是明溪又找盧王偉老師要了下學期全國賽的報名表。

經過這些天的親密接觸，她的盆栽已經長到了四百八十八，就差臨門一腳。

寒假也就短短十幾天，不用收拾什麼東西。

但不管怎麼說，也算緊繃的高三最長的假期，國際班小弟們已經有人開始撕書慶祝，將碎紙灑得到處都是。

姜修秋趴在桌子上睡覺，猝不及防地被碎紙淹沒：「……」

傅陽曦自覺自己現在有女朋友了，必須成熟穩重，於是一臉酷炫跩地手插口袋坐在椅子上，全程不參與。

明溪則笑著往書包裡塞書。

她和傅陽曦兩人計畫先在家裡待三天，然後剩下的幾天去海南玩。

明溪很少出遠門，心中已經期待到快要爆炸了。

明溪收拾好東西，和傅陽曦打算回去，還沒離校就被盧王偉叫住。

盧王偉打算趁此機會幫她特別輔導，補補國家賽往年的重點。

明溪只好留下來了。

剛好傅陽曦那邊也得回老宅一趟——自從上次明溪把他拉出來，他已經有半個月沒回去過。

走廊上。

「你一定得回去嗎？」明溪擔憂到眉頭都皺了起來：「這次你母親會不會去你爺爺那裡？」

傅陽曦揉亂她髮頂，道：「張律師打電話給我的，電話裡說不太清楚，但是他透露我爺爺好像下定了決心，打算把我母親送去治療。」

明溪驚愕抬頭。

寒風將傅陽曦的短髮吹得微微凌亂，傅陽曦看起來又成熟了一點。

「她先前隔一陣子會去一次療養院，但是每次待不了幾天就會跑出來，我也沒辦法強制性逼她進去。」

傅陽曦臉上神情有點晦暗不明。

他頓了下，似乎下定了決心，道：「但是我想好了，這次會狠下心讓她治療好，或許這樣對她而言才是最好的選擇。而且——」

傅陽曦提了下唇角，捏了捏趙明溪的臉：「還不是小口罩妳上次忽然爆發，把我母親和爺爺都驚呆了，我母親她……」

于迦蓉最近傳了許多訊息給傅陽曦，她精神狀態一直很差，以前甚至會傳訊息罵他。但是近來傳的卻逐漸多了許多語氣平和、回憶起過去、甚至是叮囑傅陽曦要下雨的訊息。

傅陽曦看到這些訊息，心情複雜。

他也不知道這算不算一個好的改變。

但是有趙明溪在他身邊，他就感覺自己站在陽光底下，莫名有了一切都會好起來的信心。

「總之走一步算一步吧。我有妳就好。」

明溪用力地抱住了他，悶悶地道：「那麼，早去早回，我在家等你。」

明溪說著要早去早回，結果盧王偉老師宛如唐僧，實在太嘮叨，自己比傅陽曦還更晚回到家。

按了密碼，打開門進去，就聽見有勁舞的音樂聲傳來。

明溪心跳一下子變快了，她差點以為有強盜進來了。

她緊張地探頭，往客廳一看，結果看見是傅陽曦在那裡舞力全開。

別人跳舞是跳舞，他宛如踩電閘被電了一樣。好好地長著長腿，卻像機器人。

明溪：「……」

明溪哭笑不得道：「傅陽曦，你還惦記這事？？？」

她就說了一句男的會跳舞可以加分！

音樂聲開得太大，傅陽曦根本沒聽見明溪開門，直到聽見她一聲吼，他才扭過頭來。

他：「……」

傅陽曦火速關掉音樂，臉色漲紅地逃進房間裡了。

出發去三亞的那一天。

距離去機場只剩兩小時，明溪還在火急火燎地換衣服。

「快快快，曦哥，你覺得這件好看嗎？」

傅陽曦正拿著杯咖啡，蹲在電視機前弄手把歪了的Switch，聽見臥室開關門的聲音，下意識抬頭。

這一抬頭他手頓時一抖，咖啡全灑了出去。

「妳、妳確定妳要這樣穿？！」

傅陽曦耳根紅欲滴血。

明溪興奮無比：「有什麼不可以嗎？我查了下那邊的氣溫，現在三十多度，肯定和夏天一樣熱！」

她穿著件抹胸雛菊小短裙，鎖骨可以放硬幣，兩條白皙筆直的腿又細又長。

見傅陽曦看過來，她扒拉著門框，烏黑長髮披肩，興沖沖擺了幾個可以去做車模的pose。

傅陽曦覺得很焦慮，焦慮到心裡有螞蟻在爬。

他連地板上的咖啡都顧不上去擦：「不是，這褲子是不是太短了點？會不會走光啊？還有為什麼肩膀上沒有布料？衣服不會掉下來嗎？萬一掉下來怎麼辦？」

「這是裙子不是褲子！」明溪無語道：「我穿了安全褲，怎麼會走光？你們男的是不是不懂安全褲是什麼？」

說完她走過來，掀起小裙子的一角，給傅陽曦看底下的白色四角齊腿根小短褲。

小短褲的一角還有一隻小小的皮卡丘。

傅陽曦：「……」

？？？

夭壽了，小口罩是故意的吧？？！

明溪又道：「還有這個是抹胸裙，這種款式禮服很常用，你應該在宴會上看過很多啊。」

傅陽曦以前才沒注意過那些女生穿的禮服是抹胸還是抹腿呢，他還是今天才認知到原來女孩子夏天可以穿得這麼清涼。

不是，這也太清涼了吧？

「不行。」傅陽曦道：「我覺得不大好看。」

明溪覺得他莫名其妙：「哪裡不好看？」

傅陽曦站起來，用一臉「哪裡哪裡都不好看」的沉痛表情盯著她身上的裙子，指著她肚子上那朵花：「這朵花，印歪了，看起來像小肚腩，還有這朵，黃得像油畫，顏色也太沒有美感了——不是小口罩妳的問題，是這裙子配不上妳。」

明溪快氣死了，小肚腩？她怎麼可能有小肚腩？

她拽了拽自己身上的裙子，狐疑地看著他：「你該不會是那種見到女朋友穿得太少就不開心的傻直男吧？」

「……怎麼會？！」傅陽曦白皙的脖子心虛一紅：「我只是單純跟妳提意見，絕對沒有私心！」

明溪低頭看了眼自己的裙子，琢磨著是不是因為在購物軟體買的兩三百塊的太便宜了，沒有設計感？

「那我再換一件！」

明溪先前是因為心裡堵著絕症這件事，一門心思只有提升氣運和競賽。但是現在一切都在好轉，既然要去海邊玩，她當然要穿好看點。

她興沖沖地回去繼續換了好幾件。

結果接下來——

「一般般。」

「設計感不行。」

「裙子裙擺好像太小了，怕妳步子大了拉著腿，摔跤。」

被傅陽曦義正辭嚴地挑出了各種缺陷。

各大廠商如果在這裡，恐怕會聯合起來暴打傅陽曦一頓。

明溪試衣服試到心力交瘁，忍不住拽著傅陽曦來到她衣櫃面前，怒道：「那你到底覺得哪件的審美不災難？」

傅陽曦在她夏天的衣裙中掃了一眼，見一件裙子比一件裙子短，眉梢都抽搐了下。

他左找右找，最後把她的校服拎出來。

明溪：？

傅陽曦垂眸看著她，鄭重其事地揚眉道：「小口罩，要不然妳穿校服？清純又亮麗，絕對是海邊最美的一道風景線，盯著妳看的人會從海灘這邊排到海洋對面。」

明溪：「……你滾。」

傅陽曦忽然覺得哪裡不太對勁，冷不丁問：「等等，小口罩，妳穿那麼好看幹什麼？」

明溪也冷不丁答：「嘿嘿嘿，看有沒有帥哥啊。」

？？？

傅陽曦眼睛珠子頓時瞪大，他把校服和衣架往床上一扔，俊臉上寫滿了氣急敗壞，伸手就去捏明溪的臉：「趙明溪妳給我過來。」

「哈哈哈哈。」明溪趕緊溜了。

最後還是傅陽曦妥協，讓明溪往行李箱裝了幾條吊帶長裙。

見明溪興沖沖地收拾草帽、防曬霜等物，傅陽曦心裡的小鳥在哭泣，他安慰自己，吊帶就吊帶吧，好歹先把腿遮住了。

不過出發時兩人還穿著羽絨外套，畢竟A市還在下雪。

明溪和傅陽曦矗立在寒風中，呼吸之間全是結成冰的寒氣，等著小李把車子從車庫裡倒出來。

傅陽曦推著兩個行李箱。

明溪則兩手空空，背著一個小包。

她滿臉難掩的興奮，再一次拉拉鍊檢查自己的身分證等物有沒有帶齊：「我們去吃海鮮大餐嗎，你有沒有什麼過敏的？我沒有，我什麼都能吃。我不會潛水怎麼辦？欸，據說晚上海邊有篝火晚會，對了，你訂什麼飯店？」

傅陽曦還是第一次見小口罩這麼興奮，難得嘰哩呱啦一大堆，他唇角也忍不住翹了起來：「就是妳看的那部劇裡面的——」

明溪震驚地看著傅陽曦：「？」

傅陽曦得意洋洋，單手掏出手機，把訂好的飯店資訊給趙明溪看。

前段時間趙明溪看了部劇，男女主角住的一家海景大飯店十分誘人，擁有海底世界等一站式服務，晚上睡覺時可以看到游來游去的海豚。

當時傅陽曦洗完澡路過看了眼，就見趙明溪盯著電視劇裡的男主角目不轉睛，還說男主角好帥。他的心情就：「……」

此時此刻。

明溪湊過去，用手指飛快地滑了下他的手機，眼睛珠子差點掉了下來：「波塞頓水底套房，十萬零八千八百八十八元一晚？我沒看錯吧，個、十、百、千、萬、十萬？？？傅陽曦，你瘋了？！！」

傅陽曦：「……」

為什麼電視劇裡的男主是帥，到了他就是他瘋了？？

小口罩做人不能太雙標。

明溪急道：「你趕緊退掉吧，我覺得不需要訂這麼好的，太浪費了。」

「貴嗎？」傅陽曦道：「這是第一次帶妳出去玩，人生能有幾個這樣的第一次？訂最好的飯店就有最好的服務，能得到最好的體驗，收穫最美妙的心情，我甚至覺得很便宜。」

明溪：「……」

明溪懷疑他在炫富。

「所以。」傅陽曦一臉冷酷地指了指自己的臉頰。

「哈哈哈哈。」明溪笑瘋了，湊過去抱住他脖子猛地親了一下：「曦哥你好帥。」

傅陽曦耳根一紅，尾巴要翹到天上去。

飛機在下午五點左右抵達，兩人推著行李抵達海邊的飯店。

明溪一進入房間就開心瘋了，撲在床上打滾，又趴到整面的玻璃旁邊去看游來游去的五彩斑斕的魚。

傅陽曦笑著挑眉，把她拽到浴室，讓她趕緊把毛衣脫了，換成夏天的衣服，不然等等可能會中暑。

最近三亞正是颱風天，但是大約颱風已經過去，整個天空一碧如洗。

明溪穿著吊帶長裙，拉著換上花花襯衫的傅陽曦出去時，正是夕陽西下，橙紅到紫紅的火燒雲壓在海面之上，蔚藍大海朝岸邊拍打，許多人赤著腳在海灘上奔跑。

明溪站在夕陽下，長髮和長裙都被風吹得拂動。

傅陽曦用帶來的單眼相機幫她拍了張照，傳到群裡。

傅陽曦：『我老婆真好看：D。』

正在家裡百無聊賴打遊戲的柯成文：「……」幹。

片刻後，傅陽曦被姜修秋移出群聊。

兩人吃了海鮮大餐也去了沙灘上，天色暗下來，玩得一身泥沙之後，宛如兩個快樂的小瘋子，本來打算早點回飯店休息，結果又被海灘上的人拽入篝火晚會中。

明溪酒量本就不行，這一晚又玩瘋了，被身邊新認識的一對夫婦勸著喝了好幾罐啤酒。

傅陽曦攔也攔不住。

於是這一晚傅陽曦再次認識到醉酒後的趙明溪有多可怕。

他把耍酒瘋的趙明溪打橫抱起，往飯店房間走。

趙明溪臉頰泛紅，暈暈乎乎，明亮的眸子泛著水光。

路燈下，她在他懷裡瘋狂撲騰，凶狠地問：「你要幹嘛？你要賣了我數錢嗎？」

傅陽曦快樂死了，因為一隻手托著她的脖頸，一隻手撈著她的膝蓋彎，雙手都被占用，他低下頭，用鼻尖點了一下她的鼻尖，親昵地道：「是的，我把妳賣給你們班最帥的人。」

明溪驚恐道：「？？？你要把我賣給姜修秋？不行，不可以，我拒絕。」

傅陽曦：「……？？？」

傅陽曦怒道：「什麼鬼？妳覺得你們班最帥的是姜修秋？」

好妳個小口罩，平時口口聲聲說我最帥，現在酒後吐真言了是吧？

「不行，我不要被賣給姜修秋，他太花心了。」明溪還在掙扎，雙手揪住傅陽曦的衣領，差點把她從購物軟體上買給他的兩百三十二塊一件的短袖花襯衫撕破。

傅陽曦快氣瘋了，他停住腳步，俯身把明溪放在路邊的鞦韆上：「妳現在得罪了妳對象，妳好好反省一下——」

話沒說完，趙明溪微涼的兩隻手臂就重新纏上了他的脖頸，在他耳朵邊上小聲央求道：「好人，你把我賣給傅陽曦吧。」

傅陽曦：「……」

傅陽曦頓了一下，宛如紅墨水滴入水中，臉色一點一點紅了起來。

他喉結滾了滾，竭力忍住自己耳朵上被趙明溪呵出來的那口氣刺激得頭皮發麻的感覺，扭開脖子，冷酷地道：「傅陽曦是誰，為什麼要賣給他？」

明溪繼續抱著他的脖子，用朦朧的眼神看著他，說：「是我心上的寶貝。」

「……」

傅陽曦：靠。

太會了。

趙明溪這輕聲輕語的一句話，他覺得他的心肝都在顫動。

傅陽曦費了好大的力氣，總算是把趙明溪弄到自己背上趴著，背著她深一腳淺一腳，沿著沙灘往回走。

還有比他更悲苦的人嗎，還得求著哄著讓趙明溪安分點，勾住他的脖子不要摔下去。

走了十幾分鐘，才回到飯店。

傅陽曦額頭上已經滲出汗水，而趙明溪還是渾身清爽。

掏出房卡進了房間，地燈應聲而亮。

落地玻璃後色彩繽紛的魚群游來游去。

傅陽曦擦了下額頭，背對著沙發，把趙明溪輕輕放到沙發上。

「你要把我丟棄在這裡嗎？」趙明溪可憐兮兮地問。

她兩條手臂還抱著他的脖子，臉色紅通通，死死盯著他的後腦勺。

傅陽曦微微側頭，輕聲哄道：「不是，只是暫時放一下。」

「不行。」明溪斷然拒絕：「男人的嘴騙人的鬼，暫時是多久？三秒？五秒？」

「三、二、一。」

她雙手鬆開了傅陽曦的脖子三秒鐘，又火急火燎地摟上來，雙腿也夾上了他的腰：「三秒到了。」

老天爺，醉酒後的小口罩怎麼這麼黏人？？

傅陽曦被萌得心肝膽顫。

他舔了舔嘴唇，心裡得意又開心，道：「小口罩，就這麼離不開我？」

「是。」趙明溪打死都不放手，差點沒把傅陽曦勒死。

傅陽曦忍不住輕笑一聲：「那妳換個名字，叫小黏糕算了。」

「唔。」明溪仍不放手。

傅陽曦只好轉身，面朝著她。他雙手撐著沙發背，而她陷於其中，長髮散亂，眼眸瀲灩地看著他。

傅陽曦克制不住自己了，他低頭，輕輕啄了一下她唇角。

明溪被他親得很舒服，乖乖讓他親，甚至送上門，雙手把他脖子攬住，讓他再低一點。

唇齒之間是灼熱的、甜甜的啤酒味氣息。

但傅陽曦該死的「正人君子」思想又上來了。他覺得她喝得爛醉如泥，自己雖然只是親她一下，卻也是趁人之危。

不行，還是得忍住，不親了。

於是傅陽曦抬起頭，板起臉對明溪道：「快鬆開我，去洗個澡再睡。」

明溪呆呆看著他，忽然「哇」地一聲就哭了。當然，只是乾哭，沒有眼淚。她演技爆棚地控訴道：「你凶我。」

傅陽曦：「……」

他比竇娥還冤！

「妳再不放開我，我就幫妳洗了啊。」傅陽曦威脅道。

明溪臉頰發燙，湊過去在他耳根旁邊呵氣：「也不是，不可以。」

「……」傅陽曦不敢置信地看著身下的趙明溪。

他要不行了，醉酒後的小口罩是什麼磨人的小妖精？！以後絕對不可以讓她在外面和別人喝酒！

傅陽曦忽然很懷疑趙明溪現在認不認得自己是傅陽曦。

——她這嬌憨撒嬌該不會是對所有人無差別攻擊吧？

傅陽曦抬起頭，把趙明溪的手從脖子上扯下來，讓趙明溪直視自己，嚴肅地問：「趙明溪，別亂動，問一個問題，妳知道我是誰嗎？」

趙明溪「嘿嘿嘿」地笑，雙手從傅陽曦的手底下掙脫，繼續不安分地在傅陽曦胸膛上摸來摸去。

他的襯衫要被她撕壞了。

她輕佻地看著傅陽曦，繼續往他耳根吹氣：「是我的心肝。」

「……」

傅陽曦：我要死了。

他忍住臉上的發紅，故意冷下臉，變成一張面無表情的模樣，對趙明溪道：「妳看清楚，我可是沈厲堯。」

「……」明溪雖然醉得不輕，看月亮像是看月餅，看傅陽曦也彷彿長了一層毛邊，但是她怎麼也不至於把傅陽曦認成沈厲堯。

醉酒的明溪內心OS：眼前這人是什麼品種的小傻瓜。

居然還裝沈厲堯騙她？

不過明溪還是非常配合地一把推開傅陽曦，凶巴巴地道：「沈厲堯，別碰我。」

傅陽曦簡直想笑。

小口罩怎麼這麼乖？！

傅陽曦盯著身下的趙明溪，抹了下臉，又變了個表情，深沉道：「那妳再看清楚呢，我現在是傅陽曦。」

醉酒的明溪無力吐槽。

她陪著他演。

她睜大雙眼，露出驚喜的表情：「傅陽曦？你來了？嗚嗚嗚，要抱抱。」

「……」

傅陽曦心都化了。

他情不自禁輕輕捏上撲到他身上的趙明溪的臉。

小口罩好可愛。

這他媽也太可愛了吧！世界上還能有比趙明溪更可愛的人嗎？

這一晚過得亂七八糟的，明溪腦子還殘存著一點意識，但是整個人身體已經宛如一灘泥濘了，怎麼也扶不起來，更別說自己去洗澡。

她一直纏著傅陽曦撒嬌，死活要讓他幫她洗。

傅陽曦只好在浴缸裡放滿了水，試了下水溫。然後閉著眼睛幫她把身上的裙子脫了。再把她抱進浴缸裡。

把人抱進去的那一刻，傅陽曦腦子都快炸開了，雙手的觸覺柔軟而細膩，他心臟快要跳出來了。

趙明溪在浴缸裡撲騰來去，以為自己是一條魚，鬧騰好久之後，傅陽曦又把她打撈起來，最後用浴巾裹了裹，穿上內衣丟在了床上。

弄完這一切，傅陽曦累到虛脫。

別看小口罩看起來瘦，抱起來還真有幾分重量，更別說她一直在鬧騰。

游來游去的魚群吐著泡泡，彷彿在控訴兩人太黏了。

明溪這麼一宿醉，就到了第二天下午，她睡醒起來時整個人都不好了，宛如散了架。

她差點以為傅陽曦對她做了什麼。

傅陽曦臉色漲紅，一跳三丈高：「我能做什麼，我幫妳換衣服都是閉著眼的，妳知道有多難嗎？以後不准妳喝酒了。」

結果明溪用一種「居然什麼都沒做？你還是不是男人」的失望眼神看著他。

傅陽曦：「……」

美好的時光總是過得飛快。

接下來的幾天，海鮮大餐，潛水，盪鞦韆，乘坐遊艇出海，眨眼便到了除夕夜。

兩人在這邊過了年。

雖然現在的新年已經沒有多少年味，但是兩人在看完煙火大會之後還是回到飯店裡，打開電視機，看了今年的春節節目，並守歲到十二點。

中間趙明溪和傅陽曦都接到了一些祝福電話和訊息。柯成文在那邊空虛寂寞冷地打了視訊電話給傅陽曦，傅陽曦去洗澡了，拿起他手機接聽的是明溪，還是躺在床上吃零食的明溪——視訊一打開，柯成文就慘絕「狗」寰地叫了聲「oh, my eyes」，趕緊把視訊掛了。

「新年快——」明溪話還沒說完，視訊就掛了，她哭笑不得。

她分別打了電話給幾位老師、董家人還有賀漾的家人送去新年祝福，並且在電話裡問了下賀漾家裡的情況。

現在盆栽只差最後五棵。

隨著她逐漸擺脫反派厄運之後，賀漾也不再被定義為頭號反派的朋友，賀漾家裡的倒楣漸漸地也消失了，原文中那樣的下場應該不會再出現。

這對於明溪而言意義重大。

她希望不只是自己的命運變得更好，她更在意她想要守護的那些人，他們的命運不要再重蹈上輩子的覆轍。

傅陽曦中途去打了個電話，回來時神情複雜地說，確定了，這個新年過完，他母親就要被送進國外的療養院進行長期治療了。

而這一次，是于迦蓉自己做出的決定。

也並非明溪上次的爆發喚醒了她，或者說，明溪其實只起到了很小一部分導火線的作用。于迦蓉本身就一直在現實和過去中掙扎，把自己弄得人不人鬼不鬼，疲憊不堪。而當她意識到，她的確對傅陽曦造成傷害之後，她理智的那部分終於戰勝了她瘋狂的那部分。

她意識到，她沒辦法控制自己，或許真的是因為她生病了。如果不治療，她今後會對僅剩下的孩子造成更大的、無法彌補的傷痕。

那麼，還能怎麼辦。

于迦蓉始終不承認自己的丈夫和大兒子已故。

但至少，她不能讓小兒子也消失在這個世界上。

老爺子幫于迦蓉預約的時間是初七，就在傅陽曦回去之前。

如于迦蓉自己所言，她在治療好之前，她不希望再見到傅陽曦。

而傅陽曦尊重了她的這個決定。

明溪不知道一切是否都在往好的方向發展。

但總之，似乎並沒變得更壞。

最壞的時候，她已經與傅陽曦一起走過來了。

趙家這邊這個新年則過得冷冷清清。

今年趙墨沒回家，整個家裡就只有趙父趙母、趙湛懷和趙宇寧四個人。原本應該是七個人的餐桌空了三個位子——當然，趙媛的餐桌位子和房間都已經被撤掉，並且永遠不會再被擺上來。

趙墨打電話回了家，簡單說了幾句祝福之後就掛了。他那邊事業受到了影響，還在忙碌當中，新年也沒辦法回來。

他們一家人都坐在客廳，電視機開著，茶几上擺著各種水果和零食，但是卻沒人動，都心不在焉地看著手機。實際上，他們心底還在期待明溪會打電話過來。

然而，這一天，直到十二點已過，他們也沒有接到趙明溪的電話。

趙家現在狀況如何，明溪並不知道，她心裡也沒有留下什麼地方給他們。

這一年十二點鐘聲降至的時候，她和傅陽曦去了海邊。

那裡有熱鬧的篝火和人潮。

明溪看著拍打著岸邊的海浪，聽著人群的歡呼聲，甚至有點熱淚盈眶。

和上輩子截然不同的人生，她做到了。

她與傅陽曦在月光下、在熱鬧的人群中擁抱，直到新的一年到來。

回程的那一天，朝陽升起，明溪和傅陽曦吃完自助餐，傅陽曦去不遠處的水果店買幾個柳丁，打算讓明溪帶上飛機。

明溪穿著一條碎花裙，守著行李等在原地，裙角和長髮都被風吹得亂七八糟的。

她正手忙腳亂地想把草帽戴上，不遠處一個攝影師忽然對她抓拍了張照片。

明溪還沒來得及反應，斜對面正在掏錢買水果的傅陽曦就已經大步流星地朝那攝影師走過去，臉色難看地交涉，要求對方把照片刪了。

明溪：「……」

就是在這個時候，明溪接到了盧老師的電話。

盧老師在電話裡激動地嘰哩呱啦了一大堆，明溪除了幾個字之外，什麼也沒聽清。她掛掉電話時，腦袋一片空白，血液往頭頂飛竄。

這一切都像是做夢一樣。

負面氣運一點點消失。

她終於可以用她自己的真實實力考出她的真實成績。

她不再是女配趙明溪，她終於就只是她自己。

「傅陽曦。」明溪掛掉電話的第一件事是轉向傅陽曦。

所有欣喜若狂的事情都想和他分享。

不知道什麼時候這個人已經在自己的人生中刻骨銘心。

傅陽曦正回到水果店那邊拎著柳丁，順便買了一束小雛菊，聽到她語氣有些激動地喊他時，還沒反應過來。

他下意識扭過頭，結果就見明溪朝他飛奔過來。

明溪的裙角在空中飛揚。

她行李都扔在原地，宛如一枚快樂的小炸彈般衝進他懷裡，對他上氣不接下氣道：「剛剛，我剛剛——」

傅陽曦拿著花，拍著她的背，道：「慢慢說，不急。」

事實上傅陽曦已經猜到了，他嘴角都替她揚了起來。

明溪喘了口粗氣，隨後激動道：「決賽，全省第一。」

「……」傅陽曦微微倒吸一口氣，雖然知道她露出這個表情應該是考得非常好，但也萬萬沒想到居然是全省第一。

明溪話音剛落，傅陽曦就將那束雛菊塞進她手裡，把她抱起來瘋狂轉了好幾圈：「太棒了吧，老婆！妳是我的驕傲！！」

明溪被轉得頭暈目眩，她聽到這個稱呼既羞澀又興奮，拿著粉黃的雛菊花，在傅陽曦的頭頂捂住了臉。

就在這一刻，她清晰地見到，自己養育了那麼久的盆栽，緩慢地生長出了最後一棵——最後變成了整整齊齊十棵樹。

明溪：？？？

！！！

明溪恨不得把系統抓出來瘋狂搖晃肩膀：「這是什麼意思？我攢滿五百棵嫩芽了？」

系統由衷感嘆：『是的，恭喜妳，新年快樂。』

明溪：「新年快樂嗚嗚嗚。」

系統慫恿道：『妳還可以繼續攢，五百棵之後的氣運就完全是女主光環了，擁有了女主光環，妳以後的人生肯定完全順風順水。』

明溪忽然對傅陽曦道：「我愛你。」

傅陽曦：？怎、怎麼突然——

傅陽曦耳根紅了，他竭力想霸總一點，說些什麼名言，但是這一刻他腦袋一片空白，最後他只能像呆瓜一樣地道：「我也是。」

傅陽曦可能不知道，他送了明溪一份，這麼多年來最獨特、最重要的新年禮物。

他救了趙明溪的命。

給了趙明溪一份新生。

明溪簡直高興到快瘋了。

被傅陽曦教訓過的攝影師見到這一幕，忍不住對著這邊「喀嚓」一聲。

興奮的高挑俊美少年，喜極而泣、眼眶微微發紅的長髮少女，轉動的碎花裙角，高高揚起的雛菊。海邊零星幾隻白色的鳥飛過，遊艇在海平面上劃出白色的浪花。

旁邊的鮮花店放著《A New Day Has Come》。

在陽光之下，美好得不像話。

快門按下那一刻，時間彷彿被定格在十八歲的這一瞬。

第二十八章　女主角

可能是在海邊過得太美好，以至於回來之後，明溪和傅陽曦都有點悵然若失。不過一回來就是初八，寒假已經結束了，開學的氣氛頃刻間沖淡了新年的氣氛。

小李開車將兩人送到學校。

兩人踏進班上時，國際班眾人盯著桌子上的試卷哀號。

高中最後一個學期了，即便是國際班這些家境良好、大多都準備出國的人，也感到壓力倍增。

趙明溪裹著圍巾，冷得縮著脖子踏進班上時，傅陽曦對著柯成文使了個眼色。

立刻就有柯成文帶頭的一行人拿著禮炮對準了教室門口，噴薄出來的彩帶灑了趙明溪和傅陽曦一身。

一眾小弟開始起鬨：「我靠，全省第一來了！」

「學神，妳什麼時候去牛津？！」

「哈哈哈哈。」還有人混雜在其中故意喊：「百年好合啊老大。」

班上洋溢著喜氣洋洋的氣氛，明溪被誇得簡直都不好意思了。

而目前全校熱議的話題，當然也是趙明溪決賽壓過沈厲堯，成為全省第一的事。

上次趙明溪初賽全省第三十五，還只是這棟樓有人關注。

而這一次，顯然成了全校關注的事情。

畢竟沈厲堯在A中甚至全市的名氣都非常大，就連高一高二的學生都知道他連年金牌，戰無不利，而這一次，沈厲堯卻在決賽中滑鐵盧，只拿到了全省第三，與趙明溪三分之隔，成了學校裡的第二名！

誰都知道，這恐怕是沈厲堯順風順水的人生中第一次落敗。

也是奇怪了，為何會這樣？

議論聲出現在校園裡的每一個角落。

「趙明溪好厲害！我們也算是見證她一路跌跌撞撞地成長了，從普通班中游到全省第一，變得好優秀。」

「的確，三年來第一次有人排名在沈厲堯前面，簡直令人震驚！不過，到底是校花進步太神速，還是其實只是沈厲堯這次沒考好？」

「你沒聽說嗎，沈厲堯最近狀態好像不太好，具體是因為什麼——也不清楚。」

「失戀？」

「不可能不可能，他都沒喜歡過趙明溪，失哪門子的戀？可能是考試時感冒了？」

然而只有沈厲堯和葉柏等人知道，決賽時沈厲堯沒有感冒、沒有生病。

趙明溪超過他，就是實實在在的憑實力超過了他。

正因如此，才讓葉柏等人驚駭到一整天都面面相覷，腦子都在嗡嗡響。

但沈厲堯狀態不好是真的。

他一整個寒假都沒有出現過，再出現時，又清瘦了一圈。穿著黑色大衣，拎著斷了腿的機器人，臉色蒼白，看起來冰冷沉默。

寒假裡，沈厲堯不知道是否想通了一些事情。

總之葉柏等人再見到他的時候，他的視線沒有再和前一段時間一樣，無論何時都不由自主地看向國際班趙明溪那邊了。

在學校裡再遇見趙明溪，也面無表情，當作不認識，擦肩而過。

有時候聽到一些趙明溪和傅陽曦的八卦，他的筆尖當然也會不受控制地在書本上畫下一條難看而尖銳的、重重的痕跡。

但是他彷彿在極力克制自己的這些情緒。

等葉柏看過去的時候，他的情緒已經像是水珠鑽入大海，消失得無影無蹤、不留痕跡。

沈厲堯一向是個能將自己的人生規劃得一絲不苟的人。

葉柏他們覺得，他這次應該也不例外。

他雖然放不下，但他在努力逼迫自己放下。

那麼，一切都只是時間問題。

除此之外，可能是發覺沈厲堯的變化，隔壁學校的孔佳澤跑來纏沈厲堯纏得更勤了。一天要翻牆跑過來兩次。

葉柏等人：「……」

現在他們都不敢擠兌孔佳澤了，生怕把孔佳澤擠兌走，又是下一個趙明溪。

決賽過去兩週之後，明溪去領了個獎，順便短暫地上了次本省的電視。

之前電視臺的記者每次採訪的都是沈厲堯，這次採訪的居然變成了個漂亮的小女生，也都感到非常驚奇，讓她對著鏡頭拿起省賽金牌，說一下她的感悟、課業進步的方法。

明溪還是第一次進採訪錄影棚，其實還有點緊張，雖然知道盧老師、傅陽曦和柯成文他們就在外面等自己，賀漾也溜進來了，在休息室拿著化妝包打算幫自己補補妝，但是她還是情不自禁地繃緊了身體。

「如果非得說什麼感悟的話，有一句話令我印象很深，流水不爭先，爭的是滔滔不絕。」明溪忍住緊張，道：「很多事情都很難。」

比如她脫離趙家的那一天，對於她而言是人生的一個重大轉折。對於上輩子的她而言，是完全不可能做出的一個艱難決定。

她在從普通班考進那棟樓之前，付出了不知道多久的努力，一直在和自己的負面氣運抗衡。忍受每一次考試的拉肚子，突如其來的低血糖和眼前一黑。

她為了掙脫自己的命運，在運動場上一圈一圈地跑完整整三十圈，跑完之後雙腿雙臂沒有一個地方抬得起來，全身細胞彷彿都失去了知覺。

傅陽曦難道又不困難嗎？五年來每一晚的輾轉反側，惡夢纏身。

但是他沒有放棄他自己，明溪也沒有放棄自己。

「但是再難的事情都一定會有人做到。」

「那麼我們為什麼不能成為那個做得到的人？」

「可能一天、兩天、三天的努力沒有任何改變，但是不能氣餒，不能放棄。只要在努力，在朝著想要的方向奔跑，就總有一天，會有什麼悄然改變，帶來新生！」

明溪一鼓作氣地說完，她完全沒有這種臨場經驗，覺得自己說得簡直太土、太老套了。

但是採訪的記者卻在鼓掌。

不遠處的盧王偉老師也感慨地看著她，摘下眼鏡揉了揉眼睛。

明溪：？？？

認真的嗎？

不會覺得她說的太假、太空洞嗎？

明溪不知道，相比之前的沈厲堯的一句冷淡的「沒什麼，智商優越」，她說的這段簡直已經足夠記者全方位採取各種素材了。

所以記者的激動可想而知。

而鏡頭前的攝影師看著趙明溪，也站起來激動道：「妳多擺幾個動作，再拍幾張放教育網頁版首頁。」

明溪內心掩面：嗚嗚嗚大家真是太給面子了。

明溪決賽全省第一的消息傳遍。

趙家人此時此刻就正看著電視機上面轉播的這個採訪。

趙母和趙父心情五味雜陳，像是被一隻大手擰住，刺疼難耐。

鏡頭下的趙明溪烏髮白膚，漂亮優秀到令任何人都移不開視線。

他們以前到底為什麼會覺得明溪處處不如趙媛？明明她是蒙了塵的珍珠，只要有人小心翼翼將她身上的塵埃拂去，她就能綻放出讓人讚嘆的光芒。

然而他們卻沒有盡到任何一點責任——

甚至差點將她踩進泥裡。

是她自己掙扎著，將她自己身上的灰塵一點點擦去。現在的她閃閃發光，然而卻沒有人知道她嚥下過的血淚。

事到如今，趙母終於知道自己做錯過什麼，她心疼趙明溪，又感到悔恨。

她胃裡翻湧著追悔莫及的難過，眼淚順著臉頰淌了下來。

全省第一這件事畢竟是很大一件事。

今年的趙明溪和以往每年的沈厲堯一樣，大名被寫在橫幅裡，掛在了校門口。

進出校門的人都能看到。

鄂小夏和蒲霜等常青班的人都看到了，心情複雜。

但這一次，常青班的人心服口服，再也沒有人陰陽怪氣了。

趙明溪她透過努力證明了她自己的實力。

趙媛交了男朋友，還待在公司參加封閉式的女團培訓，為今年夏天八月的一個選秀節目做準備。

於是這學期開學之後，她就已經一個多月沒來上學。

常青班的人紛紛揣測她是不是不打算走考大學這條路了——難不成要轉術科考試？

憑藉趙媛的成績，即便半年不來上學，通過升學考考個簡單的國立大學也綽綽有餘。

於是也沒人閒著替她操那份心。

因此，趙媛是直到三月份開春，回了一次學校，找教務主任簽名時，才看到校門口的那條橫幅。

非常鮮亮的紅色，「趙明溪全省第一」幾個字驕傲又得意地橫貫在上面，一瞬間刺痛了趙媛的眼睛。

她拉住一個學生：「去年那場決賽，是趙明溪第一名？」

「對啊，妳還不知道？」那學生奇怪地看了她一眼，說：「上個月剛開學的時候很轟動，都上電視了。」

「……」

趙媛攥緊了手中的請假報告，全身微微發抖。

她低頭看了眼自己因為跳舞訓練而受傷、至今還沒好的膝蓋。

她看了眼自己手指上因為不得不洗衣做飯弄出來的細小傷口。

又再一次抬起頭，去看那條橫幅。

那一瞬間，恨意宛如黑色的泉水一般，瘋狂地湧了出來。

自己的手指越來越粗糙，然而趙明溪卻走上了另外一條鮮花盛開的道路。

自己的生母已經進了監獄，自己的名聲一敗塗地，日後即便成名了，還要時刻擔心自己的過去被挖掘出來。公司還提前準備好了賣慘措施。

而趙明溪卻活在陽光底下，成為了「被欺負」的真千金，趙家所有人都在渴盼地等待著她回去，她卻不屑一顧。

——這有多不公平。

陪她回學校的藝校男友不耐煩地催促：「快點啦，趕緊進去找你們主任簽個名，然後我們去打遊戲。」

對了，還有。

她身邊的人是天之驕子傅陽曦。

自己身邊的人卻是這個滿腦子只想打遊戲、和自己親熱的草包。

趙媛指尖掐進掌心裡，心中恨意森然，幾乎快掐出血來。

「妳愣著幹什麼？」藝校男友催促道。

然後就見趙媛扭過頭瞥了他一眼。

那眼神有幾分讓他不認識的陰鬱。

幾乎令他嚇一跳。

趙媛這天回到公司宿舍，一直渾渾噩噩。

宿舍是六個女生一間，趙媛躺在上鋪，距離泛黃天花板上的吊燈很近。

她能看到細小的飛蟲從窗戶鑽進來，圍繞著很久沒擦洗過的燈罩飛來飛去。

趙媛想起自己以前住在趙家別墅，從來沒在室內見過任何飛蟲。花園裡會有，但是趙湛懷僱傭的園丁很專業，會噴上專門的驅蟲藥物，於是到了春季，連蜜蜂都見不到。

她忍了忍飛蟲嗡鳴的聲音，閉上眼，屈起腿。

翻了身，腳又踹到了一堆衣服。

趙媛心裡忽然湧出鋪天蓋地的怨憤。

她以前的房間比這裡的三間宿舍加起來都大，衣帽間都有三坪，裡面的名牌衣服、首飾任由自己搭配。

那時候她從來不知道「拮据」二字為何意，因為只要是想要的，除非是像一架飛機那種貴到離譜，趙家都會買給她。

可這裡，宿舍衣櫃寬度不到五十公分，完全不夠用，她不得不將大部分的衣物堆到了床上。

整張單人床極亂，一些衣服都變得皺巴巴，穿出去全無以前的氣質。

現在就連睡覺，都沒辦法直著腿。

很快有女生從舞蹈室回來，一進宿舍就將門關得「哐當」響。

其中一個染了粉毛，才三月的春天便已經穿上了熱辣的牛仔短褲和小背心。另一個頭髮染成靛藍色，中性打扮，嘴裡叼著一根菸，手裡抱著一盆很久沒洗、泡在水裡快臭掉的衣物。

趙媛緊緊閉著眼睛，面朝著牆。

然而空氣中的汗臭味、幾個人一間宿舍擠在一起的各種衣物發酵味、指甲油的味道、十幾塊的便當味道，都混雜在一起，形成了一股讓人想要乾嘔的味道，鑽入她的鼻子。

趙媛死死地攥緊了床單，胃裡一陣翻攪。

一切都和她想像中的不一樣。

離開趙家之後，趙媛才發現外面有多困難。

她和經紀人簽了約之後，本以為就能直接進娛樂圈，大紅大紫翻身。但並沒想到，經紀人手底下像她這樣的女孩子多了去了，甚至比她更漂亮、更會跳舞的都有。

而且這些練習生參差不齊，有的學歷甚至只到小學。比如粉毛，罵人的話翻來覆去就是那幾句「豬」、「婊子」，靛藍色頭髮的不愛說話，卻極度不愛乾淨，內衣內褲泡了十幾天才洗。

幾個宿舍外面只有三臺洗衣機，卻擁擠地住著十幾個練習生。

在見過有人將十幾天的內褲一次性扔進洗衣機裡洗之後，趙媛便只能開始手洗內褲。

她眼睜睜地看著自己的人生漸漸水深火熱，而趙明溪卻一帆風順。

她心中的不甘和怨憤逐漸積累，讓她心中的恨意越來越濃。

四月份時，趙媛去趙湛懷的公司找過趙湛懷。

在趙家所有的人中，趙湛懷對於趙媛而言，意義非同一般。

這是她從小最崇拜、最仰慕、最愛的哥哥。

她住在狹窄的練習生宿舍時，甚至還夢見過趙湛懷開著車過去，將她接回家。她希望趙湛懷能顧念一下舊情，提供一點幫助給她，哪怕是一些錢、對她所在的娛樂公司打聲招呼、或者是一句安慰。

但是沒想到，連續去找了趙湛懷十幾次，有八次是被公司警衛直接拒之門外的，還有三次差點追上趙湛懷的車子，但是不知道趙湛懷有沒有看見她，車子直接在她面前揚長而去。

直到最後一次，趙媛才在地下車庫見到了趙湛懷。

趙湛懷已經快被趙媛騷擾得不勝其煩了。他不明白趙媛現在還來找自己幹什麼，哪怕有點自知之明都會離自己一家遠遠的。

當聽出趙媛是想要錢的意思之後，趙湛懷都快氣笑了：「張媛，妳先搞清楚，我們家不欠妳什麼。」

「是妳母親調換了孩子，妳母親是傷害我們一家人的凶手，把我們整個家庭攪得支離破碎。我們一家先前十幾年在妳身上花費的成本，沒有幾千萬，幾百萬總有吧？甚至，我們一家顧念著舊情，連債都沒讓妳還！在這樣的情況下，我不懂妳是抱著什麼心態來找我要錢的。」

趙湛懷臉色很難看：「人心不足蛇吞象，妳再糾纏下去，再在公司門口蹲守下去，我就要叫保全了！」

趙媛眼淚大顆大顆往下掉，攔在趙湛懷的車子面前，對趙湛懷道：「哥，我母親是調換孩子的凶手，但是我有什麼錯？」

「妳以為我們不知道那則讓張玉芬逃跑的訊息是誰傳的？？」

趙媛臉色發白。

趙湛懷憋了一肚子的火，怒道：「張小姐，請妳要點臉，好歹在我們家受了十幾年的教育，不要最後活成和妳生母一樣的人！」

說完，趙湛懷猛地一踩油門，對趙媛道：「讓開！」

趙媛不敢置信趙湛懷居然會這樣對待自己，她一開始沒動，但是趙湛懷那輛車子便筆直開了過來。她渾身血液竄到了頭頂，才驚魂失魄地逃開。

於是趙湛懷一轉彎，車子揚長而去。

趙媛愣愣地站在原地，五月初的天氣，她渾身卻一點點變得冰涼。

剛才趙湛懷眼神裡的厭惡，她看見了。

趙媛再失魂落魄地回到練習生宿舍時，宿舍裡有人聽說她去堵趙湛懷的事情了，就有人陰陽怪氣地嘲諷了一句：「既然有有錢的哥哥，幹嘛還來和我們擠破頭爭名額？」

趙媛指甲掐進掌心裡，強忍著想和那女生撕破臉的衝動。

沒過多久集中管理的經紀人助理來查房，呵斥了一聲，讓她們不要鬧，也不要用太多大功率電器，現在這個季節容易著火。

要吹頭髮，吹風機功率太大的話，盡量到樓下去吹。

說是前幾天本市有棟辦公大樓燒起來了，最後雖然救火成功，但是損失上百萬。現在都還沒查出來怎麼著火的。

「著火？」趙媛愣愣地問了一句。

她抬起頭看著天花板上細小的飛蟲，不知道想到了什麼，一直死死盯著看。

宿舍裡的人見她怪裡怪氣的，以為她是受了什麼刺激，都一身雞皮疙瘩，乾脆繞著她走。

高三下學期時間過得特別快。呵出一口氣都能結冰的冬天一過，春天特別短暫，明溪在忙碌中直接迎來了五月。

幾個班都抓得很緊，國際班雖然大部分人都要出國，但是也從普通班在學校學生餐廳奔忙的步伐中感受到了最後一學期的緊迫感。

傅陽曦從這學期開始，上課睡覺的次數變少很多，明溪送他的抱枕簡直無用武之地，他洗乾淨後丟在了家裡沙發上。

明溪每天刷題，他就慵懶散漫地支著腦袋，戴著銀色的降噪耳機，翻翻書，或者就是傻愣地盯著明溪看，彷彿她臉上開了花。

雖然現在他也沒有在認真念書，但這已經比上學期每天上課睡覺下課惹事好多了。

上個月傅陽曦一整個月都沒鬧事，盧王偉因此得到了他三年以來第一次的績效獎金，簡直喜極而泣。

班上小弟則失魂落魄。

傅陽曦這人雖然凶，雖然脾氣不好惹，但卻是整個班級的凝聚力。

而現在，就宛如一個孩子王漸漸成熟，漸漸不再願意當帶領他們胡作非為的老大，而是逐漸成為了一個會為他的女孩夏天買冰淇淋，冬天買薑糖茶的成熟男人。

難免讓他們傷感。

快畢業了，趙明溪或許可以永遠和傅陽曦在一起，但是他們這些人，卻要各奔東西了。

這天放學後，有人甚至當場對著趙明溪和傅陽曦來了句即興詩朗誦：「啊！青春！」

「……」明溪嚇了一跳，扭頭看著那小弟。

那小弟繼續撕心裂肺地吼道：「——總是要散場的嗎？！」

有人接了一句：「正如老大脖子上的黑金骷髏鏈子，已經徹底消失不見了嗎？」

「什麼東西？滾！」傅陽曦一臉嫌棄，抓起一本書砸過去，那男生趕緊一躲，書本砸在黑板上發出「啪」一聲清脆的響。整個班上頓時笑場，空氣中散發著快活的氣息。

明溪笑起來，忽然覺得這一幕有點眼熟。

她一回想，這不就是自己上學期剛開學不久，向盧王偉提出要和傅陽曦坐隔壁桌以後，回到班上時，班上熱鬧的氣氛嗎？

簡直一模一樣。

記憶果然是個輪迴。

一瞬間覺得是昨天發生的事，但是再一看日曆，又已經過去了大半年。

見明溪看過來，傅陽曦忽然有點面紅耳赤，趕緊挽救一下自己的形象：「別聽他胡說八道，什麼黑金鏈子，我的審美有那麼糟糕嗎？！主要是那兩天吧，柯成文和校外的幾個人打了摩托車的賭，不穿得殺馬特點，不足以在氣勢上碾壓對方。」

柯成文在後面如烏龜出洞，把頭探過來：「等等，是我打的賭？我怎麼記得是曦哥你——」

傅陽曦眼神冷冷瞟過去。

柯成文：「……」Fine。

柯成文：「記起來了，是我。」

明溪快笑死，道：「其實也還行，和你很搭。」

很搭？什麼意思？她的意思是他當時就很殺馬特？

傅陽曦惱羞成怒，剛要開口。

明溪就道：「當時你趴在桌子上，抱著一件運動外套，不耐煩地抬起頭，眉眼一擰，掃我的第一眼，我就覺得又酷又帥，就是這種感覺你知道嗎？」

明溪在本子上畫了一顆小愛心，又畫了一支箭穿過去。

傅陽曦裝作漫不經心地瞥了一眼，結果差點把自己嗆到。他咳了一聲，把手中的書嘩嘩翻了幾頁，竭力想讓自己嚴肅點，但是還是控制不住耳根的紅。

明溪太愛調戲傅陽曦了，看他這樣，她哈哈笑起來。

一旁的柯成文：「……」

女人的嘴騙人的鬼。

他敢打賭，趙明溪第一眼看見傅陽曦，絕對沒有一見鍾情。

話說到這裡，柯成文心裡就有個疑惑，不得不問了。

他問趙明溪：「那妳一開始轉班，對著曦哥拚命吸什麼？」

傅陽曦也想起這件事，趕緊支棱起耳朵。

明溪看了眼自己現在已經慢慢漲到六百多棵小嫩苗的盆栽。她當然也糾結過，要不要對傅陽曦說出真相，告訴他自己一開始其實是為了氣運接近他的，但是明溪後來想過，其實告不告訴，都不重要了。

說出來是扎傅陽曦的心。

她知道傅陽曦不會因為這點事和她鬧脾氣，就算鬧脾氣，也是哄一哄就好了，他一向很好哄。

可是他難過的話，她也會很心疼。

反正重要的是以後，她已經不再是因為氣運而靠近他。

她已經是全身心地喜歡他了。

於是，明溪撒了個小小的善意的謊言，道：「其實那段時間，就是因為曦哥身上的沐浴露味道很好聞，我忍不住多吸幾口。」

破案了，原來是這樣。

柯成文嘖嘖稱奇：「曦哥，你得感謝你那幾天用的沐浴露，不然說不定趙明溪還喜歡不上你。」

「……？？？」

「你找死？」傅陽曦臉色一下子臭了，這說的是人話嗎？

他暴跳如雷，拎起手裡的書就砸了過去。

托柯成文的福，這天下午明溪又趕緊去哄，自己不是因為沐浴露的味道喜歡上他的。

#因為一瓶沐浴露引發的血案。#

但是隨即幾天之後，明溪就見傅陽曦買回來好幾箱當時用的那種沐浴露，晚上洗完澡香噴噴後，還假裝若無其事地在明溪旁邊晃來晃去，一臉「怎麼還不來吸我」的欲言又止。

明溪：「……」

完了，該不會今後幾年都得用這款沐浴露了吧。

勞動節假期之後，明溪的盆栽已經積攢到六百一十二棵了。

越往上積攢得越慢，最開始很多有用的事情，比如說傳訊息、送甜品，到了現在已經完全不會增長氣運了。

她懷疑自己是不是得和傅陽曦結婚，才能達到最後的九百九十九棵。

但是明溪倒也不急。

從一開始她的目標就只是填補自己的負面氣運，只要成為一個不會被負面氣運拖累的普通人就好了。

她也沒想過非得擁有女主光環。

但是隨著嫩苗逐漸增加，明溪還是感覺到現在自己的運氣和先前最倒楣時有著天翻地覆的變化。

比如說她走在操場上，一個籃球直直砸過來——這要是在以前，鐵定會直接把她的臉砸腫，但是現在，卻會莫名被旁邊跑過來的一個體育老師擋一下。

明溪：「……」

明溪現在知道女主氣運是什麼了。

這不就是順風順水嗎？就連快要砸過來的籃球都落不到她身上，運氣簡直厲害了。

五月十三號是週日，距離升學考還有不到一個月。

春末夏初，略微有些炎熱，草木瘋長。

明溪每個週日去高教授那裡已經成為傳統，但是這次可能是升學考前最後一次去了。畢竟要專心備考。

「上次買的保健食品高教授根本不要，好像已經過期了。」明溪蹲在地上，從櫃子裡搜刮出來上次被高教授扔出來的禮物，感慨了一聲：「浪費。」

「那老頭簡直比我還難伺候。」傅陽曦喝了口水，走過來道：「去年就跟他說院子裡雜草瘋長，草堆太乾燥容易起火，他還把我們罵了一頓趕出來了。後來僱了個人趁著他不在，把院子裡草全除了一遍，他回來還是拿著掃帚把我揍出來。」

然而這老頭在快一年的時間裡，不知幫了明溪多少。

傅陽曦道：「不然這樣吧，這次送酒。」

明溪有了主意，仰起頭道：「還有，先不說是帶給他的，我們去的時候就拎著，然後走的時候裝作忘了拿。他又不知道我們地址，總不至於寄還回來。」

「哦，還有，買幾件夏天的襯衫給他孫子吧，夏天快到了。」

「小機靈鬼。」傅陽曦忍不住笑，揉亂明溪的發頂：「那這樣吧，先送妳過去，然後我去買襯衫和酒。」

明溪也道：「好。」

不然等下明溪遲到，高教授又不高興了。

高教授家地址偏僻破舊，在巷子深處，周圍住的都是一些老頭老太太。但是高教授這人性格古怪，和周圍鄰居也相處不好，因此大多時候都閉門不出。

這天天氣炎熱，明溪過去時，他正在自己和自己下棋，他孫子坐在旁邊看牆洞裡的螞蟻。

明溪放下東西，很費勁地問出了小孫子想吃什麼，然後打算去買菜。

高教授瞥了她一眼，雖然臉上還是一如既往冷冰冰的，但是心裡其實有點不捨。

這大半年以來，也就趙明溪每週末過來時，這破屋子裡會有點人氣。

她一走，屋子裡又恢復了蕭條死寂的樣子。

趙明溪很快就要升學考，升學考之後肯定不會待在本地了，大概會出國讀書，那麼以後的日子又要恢復成他和孫子二人相依為命的一潭死水了。

「我和妳一起出去買。」高教授拍拍褲腿上的灰，站起來。

明溪趕緊道：「我去就行了。」

高教授不耐煩道：「米沒了，妳一個小女生扛不動。妳去買菜，我去買米，一去一回二十分鐘不會有問題，我孫子是自閉症，又不是傻子。」

明溪只好閉嘴。

臨走前高教授讓他孫子去房間裡玩，然後把屋子兩扇門都鎖好了，前門從內鎖，後門是一道從廚房開的小門。

他和趙明溪一起從小門後面的菜地穿過去，從後山小路去菜市場。

安安靜靜的午後，炎熱的太陽宛如熱浪。

趙媛看著趙明溪進了那破屋子，但是卻沒見趙明溪出來。屋子裡一片死寂，是在睡午覺嗎？

趙媛站在巷子中，抬眼看了眼狹窄的天，又盯了眼四周——她來過好幾次，確認過，沒有監視器。

趙媛手腳都哆嗦起來。

假如放一把火的話，瘋狂的火舌會順著屋子裡所有的布料燃燒，這種老房子在劈裡啪啦的烈火燃燒下，根本毫無抵抗之力。

也不是電梯房，不會和學校那種地方一樣有消防栓。

她不知道大火燃燒的速度是否足夠快，是否能夠支撐到消防車來之前，將趙明溪困在裡面燒死。但是這個地方，巷子深處，消防車想開進來都很困難。

她最近看了很多的新聞，知道一場火燃燒的速度可能沒那麼快，還得加點東西——趙媛看了眼自己弄來的油罐。

可是，如果裡面的人破窗而出呢，是不是還需要把窗戶和門從外面鎖起來？

那樣的話，趙明溪就會消失了。

不消失的話，燒傷也行，假如她臉毀了，還有人會喜歡她嗎？

傅陽曦也一定不會待在她身邊了。

趙媛心跳飛快，血液飛竄到喉嚨。

她想起十五歲那年，趙明溪還沒來到這座城市之前，她的人生明明一切都好端端的。

她坐在花園裡盪鞦韆，趙母笑吟吟地坐在旁邊看書，保姆端來兩杯英式紅茶。

衣櫥裡無數漂亮的裙子任由自己挑選，自己讀著最好的學校，身邊朋友都簇擁著自己。

趙湛懷溫柔體貼，週末來接自己，惹得一眾女生對自己羨慕無比……

明明是那麼美好的日子。

就在趙明溪來了之後，這些時光便變成了趙湛懷嫌惡的眼神、擁擠的宿舍裡燈罩上那隻蟲蠅——嗡嗡嗡嗡。

那隻蟲讓趙媛幾個月都沒睡過好覺，她精神都要崩潰了，她怎麼可能過一輩子蟲蠅一樣的生活？

假如她沒有辦法再爬起來，那麼至少她要把最恨的人拽下去。

至少，讓她和自己一起感受一下地獄是什麼滋味。

趙媛越想越瘋狂，手腳冰涼，可臉色卻扭曲漲紅。

她輕手輕腳地走進了院子裡。

明溪買著菜先回來，高教授可能扛著米有點慢。

她還沒走到巷子口時，便聽見一陣尖叫聲，許多老太太老頭顫顫巍巍地跑了出來，接著，見到火光從一個方向冒出，映紅了旁邊的平房。

是哪裡燒起來了？

再一看，是高教授的屋子方向。火光非常大，整個房子宛如一個巨大的火爐，蒸烤著裡面的人，濃煙滾滾往上盤旋。

明溪觸目驚心，手裡的菜滾了一地，快速往那邊跑：「一一九打了嗎？」

「打、打了，消防車在來的路上了，但、但是——」跑出來的胖老太太一屁股虛軟地坐在地上。

高教授的孫子還在裡面。

正常人會捂住口鼻，砸破玻璃，從窗戶逃出來，但是那個孩子肯定不知所措。

而且高教授走之前還鎖了門。

等救護車過來，會不會已經遲了。

明溪心臟突突直跳，她隱隱約約感覺到這件事情不對勁，不會有莫名出現的火災，更像是因自己而起。

但此時此刻哪裡顧得上那麼多，她從一個剛衝出來的老頭手裡搶了一張溼透了的被單，然後捂住口鼻，衝了進去。

十公尺。

她只需要衝進去把他帶出來就行。

廚房和客廳的東西都已經著火了，瘋狂的火舌「劈裡啪啦」吞噬著周圍的一切，濃煙嗆得人喉管和肺部彷彿都要炸開。

灼燒的刺痛感蔓延上來，恐懼感席捲人的心臟，高溫讓人眼前都變得模糊。

小孩眼神驚恐，躲在馬桶旁邊。

明溪把被單裹在他身上，抱著他一起衝出去時，忽然一根房梁斷裂，砸了下來。

「明溪，醒醒。」

「趙明溪，沒事了。」

明溪大汗淋漓，宛如頭被壓著浸在水中，從眼皮到指尖沒有任何一個地方有力氣。

她心頭恐懼，拚盡全力睜開眼。

然後就發現，自己已經在醫院。

整潔的天花板映入眼簾。

刺鼻的消毒水味道終於蓋過了濃煙滾滾——

她心臟狂跳，側過頭，看見董慧眼圈通紅，正拿著一條溼毛巾幫她擦臉上和脖子上的髒汙，賀漾也在不遠處。

「醒了醒了！」賀漾趕緊衝出去對醫生道。

明溪聽見外面的醫生道：「那就沒事了，就是吸入了一部分濃煙，喉嚨損傷，這幾天盡量別說話，多喝水。等慢慢恢復就好了。」

董慧和賀漾聽見這話，都鬆了口氣。

已經出來了？

炙烤的感覺彷彿還殘留在肌膚表面。

明溪整個人都感覺有點不真實。

等等——

「傅陽曦呢？」明溪一開口，就發現自己幾乎是用氣音勉強出聲。

聲音難聽得像是七老八十的老太太。

她掙扎著想坐起來，但是只有大腦能動，身體像是沉重的鉛球一樣，沉甸甸的一根指頭都抬不起來。

尤其是雙臂，疲倦到每一個細胞都是痠軟的。

她記得瘋狂的火舌竄上來，小孩差點從自己懷裡摔出去的那一刻，扭曲的高溫中，她摔進了一個冰涼的懷抱。

她身上的被單已經被高溫炙烤得即將燃燒。

那一瞬，新的溼透的被單卻及時地重新裹上了自己的全身，有人帶著自己一起衝了出去。那股抱起她的力量，宛如帶著她前往新生。

「他在隔壁病房。」董慧道。

果然不是錯覺。

明溪五臟六腑一瞬間恐懼地揪起來：「他怎麼了？！」

「好了好了，妳別說話了，再開口嗓子都要壞掉了！」董慧連忙把勉強撐起身體的明溪按回去，對她道：「他沒事，只是還沒醒，所有人都沒事，明溪，妳救了那小孩一命。但就是那教授的屋子，恐怕都燒壞了，消防員只搶救回來了一半——」

話沒說完，董慧就見明溪拚命用手肘把自己撐起來，想從床上爬下來。

但是因為沒力氣，她直接摔下了床，「砰」地一聲。

「唉，說了沒事，妳這孩子真是。」董慧和賀漾趕緊來扶，兩人左看右看，沒見到有什麼好支撐的架子，只好先把明溪扶著在床上坐下。

董慧蹲下來給明溪穿著鞋，道：「妳董叔叔去和警方溝通了，董深我們還沒告訴他這事，人多了打擾妳休息也不好，讓他明天再來送湯給妳。賀漾，妳去樓下租一輛輪椅。」

明溪四肢還是無力痠軟的，劫後餘生的感覺彷彿跑了一場馬拉松，明明衝進去只有幾分鐘的時間，但是此時卻低血糖到眼前發黑。

沒有見到傅陽曦，她現在還是提著一口恐懼的氣。

心裡還是亂跳，不敢鬆懈下來。

賀漾去樓下租輪椅了。

明溪出聲很艱難，嗓子宛如被火燒，只好抿著唇等著。

她見自己身上已經被換上了一身藍白條紋病人服，下意識低頭，摸了摸自己的脖子。

就發現自己一直戴在脖子上的那塊玉沒了。

奶奶的遺物丟失在了火災當中嗎？

「在這呢。」董慧一眼就看出她在找什麼，趕緊從她枕頭底下摸出一塊玉，遞給她。

明溪的手指有些發顫，她接過來，努力用顫抖的拇指擦拭了一下。

幸好，奶奶的遺物也沒出什麼問題，就只是沾了黑灰。

擦拭乾淨之後，又恢復如初。

就是一直掛在自己脖子上的那根紅繩子已經燒斷了。

見明溪水汪汪的眼睛看過來，董慧解釋道：「可能是消防員叔叔幫妳找到的，救護車送妳過來的時候，就直接塞在妳衣服口袋了。」

明溪慢慢點了點頭，突突直跳的心臟終於放緩，一點一點從火災的不真實感和恐懼感中清醒過來。

賀漾把輪椅推上來，明溪也稍微恢復了點力氣，扶著董慧能走幾步。

一出去就見到幾個穿黑色西裝的保鏢，應該是傅氏的人。

柯成文和姜修秋都在隔壁病房，見明溪被扶過來，他們問了賀漾幾句明溪的情況，得到沒事的回答，互相之間都鬆了一口氣。

也算是不幸中的萬幸了，火勢沒有大到無法遏制的程度，明溪抱著那小孩衝出來的速度也夠快，在即將脫力之前，又被衝進去的傅陽曦撈了一把。

沒有人受傷。

除了——

明溪擠開他們，終於看清楚了病床上的傅陽曦。

他雙眼緊闔，面容看起來沒什麼大恙，只是唇色有些蒼白，俊臉上很多髒汙，額前短髮也被燒焦了一撮。

明溪差點就要鬆了這一口氣，卻沒想到，忽然隱約見到他被單底下的枕頭有血跡。

明溪眼皮一跳，倒吸一口氣，上前輕輕將被子一拉，就見他上半身病人服鬆鬆垮垮，只穿了一半，右肩處已經被包紮過，雪白的繃帶下塗滿了藥。

即便是這樣，仍有殷紅的血跡從肩頭滲出來。

「……」

明溪心疼至極，簡直說不出話來，喉頭酸澀，滾燙的眼淚瞬間砸了下來。

這叫沒事？

柯成文過來解釋，道：「曦哥被打了麻醉藥，醒過來可能比妳慢點，但是醫生已經來做過檢查，說他也沒什麼大事，明天醒過來再休養休養就好了。」

明溪看了柯成文一眼，焦灼地指著傅陽曦肩膀。

柯成文安慰她道：「還好了，別擔心，就是肩膀上一小塊，醫生已經處理過了，會恢復的。」

明溪又氣又急，想比劃又比劃不出來。

電梯那邊忽然一陣騷動。幾個保鏢走過去攔住。

明溪心思全在傅陽曦身上，也顧不上去管那陣騷動是發生了什麼，聽見董慧過來說是趙家人想來看她，她也沒什麼心情去應付。最後幾個保鏢全過去了，騷動也就不了了之。

她去看了下高教授的孫子。他的小孫子也安然無恙，臉頰和手已經被高教授擦過了，此時高教授正疲憊地趴在床邊睡著了。

明溪輕手輕腳關上了病房的門，又回到了傅陽曦的病房裡。

傅家也來了人，張律師去配合警方調查火災起因。

一開始周圍的街坊鄰居都以為是高教授的小孫子在家裡玩電器，一不小心著火了，但警方調查一番後發現，院子裡殘留了一些易燃化學物。

這火災，似乎還有可能是人為的。

這一句話，讓柯成文和賀漾等人都驚起了雞皮疙瘩。

不管怎樣，這些事情交給警方和傅家去調查。

明溪留下來靜靜地等著傅陽曦醒過來。

晚上董慧煲了湯，她沒喝幾口。

十點左右，小李來幫傅陽曦換藥。

明亮的白熾燈下，明溪在旁邊看著護士和小李把傅陽曦右肩上纏著的繃帶解開。

少年的胸膛已足夠精悍結實，原本完美無缺，但此時白皙而寬闊的肩頭卻多出來了一塊從鎖骨一直蔓延到右肩的猙獰燒傷，血肉模糊，纏上了新的繃帶後，血漬很快又滲透了新的繃帶。

傅陽曦尚在昏迷當中，雙眼緊闔，擰起了眉頭。

明溪心裡猜到了自己失去意識之前，斷下來的那根房梁為什麼沒有對自己造成任何傷害了。

她看著傅陽曦肩頭的傷口，淚眼逐漸朦朧。

這場火災的影響很大，上了社會頭條。

因為有傅氏的人參與，警方那邊辦起案件更快了。

幾乎是當天晚上，就查到了趙媛和她的藝校男友、以及那群小混混身上。

柯成文和姜修秋一直等到這事有了一點頭緒，才離開醫院。

他們走之前沒有和剛剛醒來的明溪多說，怕刺激到她。

但是明溪聽見病房外一些保鏢驚詫的碎語，也猜出了一些事情。

所以說，這件事是人為的。

目標一開始很有可能是衝著她，只是誰也沒想到，最後她什麼事也沒有，災禍卻全轉嫁到高教授一家人和傅陽曦身上。

明溪視線落到病床上安靜沉睡的傅陽曦身上。

她探出有些顫抖的手，輕輕地撫了下他被燒焦翹起來顯得有些可笑的一撮頭髮，心裡宛如被一隻手狠狠捏了一下。

她感到憤怒，又自責。

晚上董慧勸明溪回病房睡覺，護士也不允許明溪一直留在其他病房。

明溪沒有辦法，只好回去。

她全身都很累，沉重疲憊，眼皮都撐不開，終於在病床上昏昏沉沉睡了過去。

第二十九章　汪汪汪

翌日明溪睜開眼時，在床邊見到了一張熟悉的睡顏。

傅陽曦趴在她的床邊，因為右肩纏著綳帶，他的頭枕在左邊手臂上，睡得蜷縮，長腿屈起，看起來極為不舒服。

清晨的陽光從半拉開的窗簾那裡透了進來，落在他的右邊側臉上，勾勒明亮了他一半的輪廓。

也落在他病人服上，右肩那裡滲出一點血跡。

他臉上還是髒兮兮的，還沒有人幫他擦臉。

這讓他顯得成熟又稚氣，溫柔又髒亂。

為什麼不幫他擦臉？？？

就沒有一個人記得幫他擦一下臉嗎？！

明溪感到又好笑又想哭，心中情緒鋪天蓋地壓過來。

她忍住酸澀的淚意，抬起手指頭，想觸碰一下他的臉，但是又怕把他弄醒，最後手指顫了顫，替他遮住了陽光。

傅陽曦在這時候眼睫動了動，醒了過來。

以這個姿勢睡了幾個小時，他脖子痠痛僵硬，下意識要扭動一下，結果一下子牽扯到了右肩的傷口，頓時「嘶」了一聲。

「你別亂碰！等下傷口發炎！」明溪嚇得趕緊坐起來，拉住他想去按揉右肩的手。

「這誰纏的，粗手粗腳的，纏得我脖子都動不了。」傅陽曦聲音也是啞的，他嫌棄地側頭看了眼自己肩膀到鎖骨纏繞一圈的厚厚繃帶。

明溪看著他，眼圈忽然紅了。

「……」

傅陽曦心頭一緊：「怎麼了？怎麼又哭？」

明溪：「要你管。」

傅陽曦伸長了手擦掉明溪臉上的淚水：「是小口罩妳纏的？好好好，纏得很細緻，一點都不粗手粗腳。」

明溪簡直想錘他一頓，怒道：「你有本事救人，有本事就別受傷！你看看你肩膀上血肉模糊的，看著都疼死了——還有，你不老實在你病房躺著，來我病房幹什麼？你能不能回去好好待著，等著換藥？」

傅陽曦道：「也還好吧，不就是一點小傷嗎——」

明溪生怕他又要說什麼「男人的勳章」之類的屁話，道：「……你清醒一點，那麼深的燒傷，會留疤的啊！」

「唉，留疤就留疤唄。」傅陽曦得意洋洋起來：「難道留了疤就不帥了嗎？世界上那麼多留疤的人，至少我是留疤中最帥的那個吧。」

明溪：「………………」

謝謝你了，忽然悲傷不起來了。

傅陽曦沒說出口的是，他剛醒過來的那一陣子，眼前什麼也看不見，彷彿陷入了一片黑暗當中，眼睛灼疼得厲害。

有那麼一刻，傅陽曦以為自己失明了。

傅陽曦第一個念頭是，小口罩一定會很傷心很傷心。

隨即，他想起了趙明溪看的那些電視劇——失明的男主角該怎麼做。

一定會把病情瞞下來，甚至裝作沒有失明，把女主推開，說分手，然後進行一場虐戀情深。

但是傅陽曦想了想，覺得他完全做不到。

哪怕以後都沒辦法看見了，他也會竭盡全力保護趙明溪，保護她不受欺負。

他憑本事擁有趙明溪，憑什麼輕易放開？

交給別人，難道比失明的他更可靠嗎？

這麼亂七八糟想了一通之後，傅陽曦心中一陣悲愴。

他摸索著想翻身下床去找趙明溪。

然後一打開門，他發現走廊外的什麼都能看清。

原來他剛才以為自己瞎了，結果是深更半夜病房裡沒開燈。

接下來幾天，明溪和傅陽曦待在醫院休養。

學校裡的老師同學一個一個來看他們，將病房擠得水泄不通。

到了下午，沈厲堯和李海洋都來了。

雖然做不成戀人，但是畢竟有過往的情誼在，沈厲堯買了花籃和水果，擺在了明溪的床頭邊，叮囑她好好休息，有需要補習的地方可以聯絡他。

傅陽曦臉色都臭了，吃晚飯時讓小李買了一個兩倍大的花籃過來，硬是替換掉了沈厲堯的那個，擺在了趙明溪床頭旁邊。

而高教授和孫子兩人這次完全是受了無妄之災。

高教授過來感謝趙明溪時，明溪心裡覺得愧疚，完全沒覺得自己救了他的孫子是多麼值得感激的事情。

高教授房屋被燒毀，傅陽曦提出幫他重新買一間，但是被高教授堅決拒絕了。

他一輩子清廉固執，從沒受過別人的幫助，即便此時遭此大難，也不例外。

於是傅陽曦只好讓張律師幫忙，讓高教授的保險公司多賠一筆錢給他。

這筆錢名義上是保險，但實際上是從傅陽曦私人帳戶出的，好讓高教授能接受得安心點。

高教授拿了這筆錢，可以換一個新的社區住。

至於那些同樣受到牽連的鄰居，傅氏也讓人撥了一些善意的賠款過去。

傅老爺子來看過傅陽曦後，對此並沒說什麼，反正這筆錢對於傅氏而言只是九牛一毛，便隨意傅陽曦揮霍了。

趙家人三天裡分批來了好幾次，但是都被保鏢拒之門外。

就只有趙宇寧趁人不注意，偷偷溜進來了。不過他溜進來時，明溪去天臺吹風了，於是他也沒能見到明溪，只失望地離開了，並留下了趙母燉的雞湯。

而這份雞湯後來被口渴得要命的柯成文喝掉了。

在醫院裡待了三天，明溪的聲音終於恢復。

傅陽曦的肩膀則還是那樣。

倒是不再滲血了，但是晚上會灼燙疼癢難忍。

明溪知道他肩膀上那麼大一塊面積的傷口，肯定會很疼，但是卻沒見過他在清醒的時候皺一下眉。

明溪完全恢復後，便由她來幫傅陽曦換藥。

每次揭開紗布，明溪心裡都很難受，像被燒傷得血肉模糊的是她一樣。

傅陽曦不太想讓她看到那猙獰的傷口，想讓小李換，但是明溪執拗無比，她覺得小李笨手笨腳，纏紗布纏得沒有她好。

警方和律師團還在搜索證據，聽說趙媛已經被扣押。

而她認識的藝校男友，還有那幾個小混混和這件事有沒有關係，還在調查當中。

明溪心裡的憤怒一直壓抑著。

每天幫傅陽曦換藥時，她都死死咬著牙，強忍著親手將趙媛送進監獄的衝動。

有些來的同學在議論這件事，都在私底下討論趙媛為什麼會幹出這種事。

是不是在外面受到了什麼欺負，瘋狂之下，走上了末路。

然而明溪卻完全不想知道趙媛犯罪的動機。

犯罪了，就是犯罪了。差點殺了人，還去探究犯罪者的動機幹什麼？

或許，如果這件事只有明溪自己受傷，明溪還會關心這些。然而現在傅陽曦和高教授的孫子都受此連累，她心裡便只剩下了憤怒。

這天傍晚，傅陽曦去復健室做肩膀肌肉拉傷的復健。

明溪站在走廊上，看著醫院樓下踢著足球的患者們。夕陽西下，五月中旬略帶炎熱的風吹來，將她長髮拂起，病人服吹得倒向一邊，裹出纖細的身形。

她重新換了條紅繩，將玉石重新繫上脖頸之間。

明溪心裡平靜地做了個決定。

她問系統：「前五百點能換我不再患上絕症，那麼，後四百九十九點是不是也能換一件事情？」

系統過了一下才回應，有些驚訝：『妳想換什麼？但是妳攢滿後四百九十九點，就擁有了女主光環，有了女主光環，妳就什麼都有了，還需要換什麼？』

明溪道：「我想換傅陽曦右肩上血肉模糊的那一塊恢復如初。」

系統：？

系統：？？

系統：？？？

『啊？』

明溪道：「你沒聽錯。」

系統驚愕道：『妳瘋了？？妳不知道女主光環意味著什麼嗎？意味著妳以後的人生順風順水！妳想想看，所有人都寵愛妳，所有人都是妳的墊腳石，這種人生，妳難道不嚮往嗎？』

奇異的是，系統所說的「趙媛的那種人生」，明溪一點也不嚮往。

她往上走，就必然有人要成為她的墊腳石。

明溪不希望有一天，傅陽曦成為被她的女主光環連累的存在。

「幫我兌換，行嗎？」明溪問。

系統雖然無法理解，但還是答應她了。

『妳非得一意孤行的話，那麼五百點之後，妳再攢的氣運就會落到他身上，他的傷口會像奇蹟般好得很快，和妳先前臉上的傷口一樣——老實說，男孩子身上留點傷疤沒什麼，妳真沒必要——』

明溪搖搖頭：「我已經決定好了。」

她不要她的人生順風順水，她只想傅陽曦和她一起平安順遂。

她希望傅陽曦所熱切渴望的、真誠追求的、夢想的、摯愛的，都能同樣落入他手中。

明溪轉身時，傅陽曦剛好從復健室出來。

他見明溪站在這裡，便快步朝明溪走來。

他短髮被風吹得凌亂，藍白病人服也被風吹得鼓起，大步流星的高挑身影被夕陽的光影勾勒成一道帥氣的剪影。

明溪對他招了招手：「這邊。」

因為烏髮白膚，過分漂亮，走廊上許多患者都朝她看過去。

傅陽曦得意挑眉，用一臉「我老婆好漂亮」的表情瞥了旁邊的小李一眼，結果見小李也忍不住盯著小口罩看，他：「……」

傅陽曦臉色說變就變，瞬間風雨欲來，涼颼颼地看著小李：「你看什麼？你趕緊下去買晚飯。」

小李：「……」

小李趕緊轉身溜了，傅陽曦又去惡狠狠地瞪周圍的人。

明溪：「……」

「回病房，別站在外面，等下著涼。」

「都五月份了，快熱死了，怎麼會著涼？」

兩人朝病房走去。

一路走，傅陽曦一路瞪跑一些男人的視線。

傅陽曦不知道明溪放棄了五百點之後的氣運，寧願失去女主光環，也要讓他健康如初。

正如明溪也並不知道，她昏迷之前，那橫梁砸下來時，其實傅陽曦已經護著她和那小孩躲開了。

傅陽曦肩膀上的傷，是在帶著她出來之後，又重新衝回了火裡。

他去撿那塊她最寶貴的玉石。

這些事情他們都不會對對方說。

他們只會牽著彼此的手，一起邁過一切，直到看見星光璀璨。

兩天後明溪就和傅陽曦一起出院了。

傅陽曦肩膀上的傷口癒合得特別快，醫生都非常震驚，原本這種程度的傷勢很容易反覆感染，可能得三週才能拆紗布，但是傅陽曦不到四天就可以拆了。

不過大家都只以為是傅陽曦年紀輕，恢復能力強。

出院這天，趙媛已經被拘留。

因為沒有對誰的性命造成重大傷害，僅造成了財產損失，最後只判了三年。

這是法庭公平公正的判決，傅氏並未插手，否則只會被判得更重。

而另外一個無意識協助了她的藝校混混朋友，也被判了七個月有期徒刑。

趙媛入獄時十八歲，出獄時將二十一歲，也還算年輕，一切都可以從頭再來。

但是問題在於，她自己是否想要從頭再來。

事情落得這種無法逆轉的結果，是趙家所有人都不想看到的。

趙家人既憤怒趙媛差點殺害了趙明溪，又痛心為何會是這樣慘澹收場。

趙湛懷很自然而然地就想到，可能是自己十幾次將趙媛拒之不理，刺激了趙媛。

最後一次在車庫中對她厭惡冷漠，更直接成了她縱火的導火線。

然而趙湛懷捫心自問，自己一家人有對不起趙媛嗎？

他認為並沒有。

且不說十幾年以來的悉心愛護，就算是找到了趙明溪，發現趙媛並非親生女兒以後，他們一家也仍待趙媛如初。

是直到發現趙媛的生母張玉芬正是當年調換兩個孩子的凶手後，他們一家才在心理狀態崩潰之下，將趙媛趕出趙家。

不僅是因為無法再面對作為凶手的孩子的趙媛，更是因為，在那種情況下，他們還將趙媛留在家裡，那多對不起流落在外多年、受盡苦楚的趙明溪？

甚至，因為顧念那最後一絲舊情，沒有讓她賠償，也沒有將她唆使張玉芬逃竄的事情報給警方。

然而事情還是走到了今天這一步。

或許，是他們一家的教育，從根本上就失敗了。

趙父趙母在幾個孩子很小的時候，教給幾個孩子的是，想要的就得不顧一切去得到。

在他們生活優越時，這樣的教育方式，無疑能讓他們更加上進。

然而趙父趙母卻忘了去教育他們，遭受挫折時應該怎麼做。以至於趙媛從海裡回到她原本應在的河泥的生活環境時，她所想到的還是不顧一切地去奪取，最終便走上了歧路。

某種程度而言，領養趙明溪的奶奶對趙明溪的教育，可能比趙父趙母還更成功一些。至少，趙明溪在她那裡學會了如何在逆境中堅強和成長。

這件事情引起趙家人很多反思。

只是，事已至此，一切都無可挽回了。

趙家人打聽到明溪出院的時間以後，就提前開車來到醫院附近，等了好幾個小時。明溪還待在病房時，電梯附近都有傅家的人，他們沒辦法靠近。現在明溪從醫院出來，上車之前，他們總算可以見到明溪一眼，就在明溪上車之前那麼一下子。

她穿著灰色的運動服套裝，頭髮紮成馬尾，修長的脖頸白皙，看起來很有精神，和身邊同樣接孫子出院的高教授說著話。

親眼見到趙明溪沒事，全身上下完好無損，就只是住了幾天院清瘦了一點，趙家人才總算稍稍鬆了口氣。

他們待在車內，看著傅家的車子揚長而去，其後跟著董家的車子，似乎打算幫趙明溪和傅陽曦還有高教授祖孫兩人接風洗塵，兩輛車子都朝著同一個方向開去。

這一次，他們沒有跟上去。

因為現在的明溪，看起來真的很滿足。

她有了戀人、朋友、親人，什麼也不缺。

他們對她而言，可能就只是記憶裡的一道痕跡，無需修補。

他們跟上去，反而好像會變成不速之客，打擾這一切。

趙宇寧先開口道：「明溪以後不會和傅陽曦結婚吧？」

趙湛懷想起傅陽曦揍在趙墨太陽穴上惡狠狠的那一拳，居然還有心情笑出來，道：「那趙墨恐怕得氣死了。」

趙父盯著遠去的車子，不悅擰眉道：「小小年紀，才十八歲，談什麼結婚？而且我很不看好傅家那小子，那小子完全沒有禮節觀念，和明溪在一起這麼久了，也沒想過來見一下老丈人。太有錢了也不見得會疼人，我認為還是找一個入贅的好。」

趙宇寧道：「爸您不看好有什麼用，反正她結婚也不會邀請我們。」

趙父：「……」

趙湛懷：「……」

趙母：「……」

坐在車子內的趙家人一下子陷入了死一樣的沉默。

是他們以前辜負了趙明溪的真心。

就像是被摔碎的玻璃杯一樣，有些東西碎了就是碎了，再也回不到最初。

先前他們以為能夠彌補，但倘若原本明溪就沒有在他們身上得到過足夠的溫情，那麼現在又談何彌補呢。

恐怕到了她結婚的那一天，他們一家還真的不會出現在受邀名單上。

「回吧。」趙父沉沉地道。

趙湛懷從後視鏡中看了眼紅著眼睛不說話的趙母，心中嘆了口氣，將車子掉了頭，朝家裡開去。

趙宇寧自覺失言，一下子把大家的氣氛都弄得死氣沉沉，連忙又道：「但是一輩子那麼長，誰又說得準呢？誰知道還會發生什麼，也許未來某一天明溪就和我們和解了呢？」

人嘛，總得抱點希望。

其他三人聽著他這話，多少得到了一點安慰。

趙湛懷看了趙宇寧一眼，心想，趙宇寧倒是肉眼可見地有了很多長進，沒以前那麼不懂事了。

這大概也是這大半年來一大堆糟糕的事情中，唯一一件令人覺得安慰的事情了。

明溪和傅陽曦處理完高教授搬家的問題，才回到學校。

剛一回校，就受到了班上的小弟們熱淚盈眶地迎接。

都快要升學考了，還發生這種事，真是令人糟心。

有兩個小弟甚至在走廊上燒起了火盆，讓他們跨一下。

明溪覺得這很傻，但耐不住一群人的熱情，還是硬著頭皮從上面跳了過去。

傅陽曦看她蹦蹦跳跳的姿勢，覺得可愛得要命，在對面接住了她。

柯成文和小弟們還要起鬨，教務主任雖遲但到，拿著教鞭匆匆趕來，吼道：「距離升學考還有幾天了你們班還在鬧騰！盧王偉呢？！！」

坐在辦公室的盧王偉老師打了個噴嚏。

很好，他五月份的績效獎金又沒了。

趙媛縱火，直接被捕這件事情，在學校引起了熱議。

學校裡的師生們震驚至極，只覺得彷彿看了部電視連續劇，還是毀三觀的那種。

因為在這之前，趙媛這學期就沒怎麼來上學，一旦上學也是那種長靴露大腿的打扮，常青班的人已經對她很陌生了。

因此聽說這件事時，常青班居然沒什麼人覺得匪夷所思——事實上，他們當時就有人感覺趙媛的精神狀態有點不太對勁。

不過不管怎麼說，大家心情還是挺複雜的，畢竟是同窗快三年的同學，居然幹出了這種扭曲的刑事案件。

其中心情最為複雜的莫過於蒲霜和鄂小夏，一個曾經是趙媛的朋友，一個是趙媛的仇人。兩人在教室的議論紛紛中對視了一眼，隨後移開了視線。

五月下旬，下了好幾場暴雨。

金牌班的人發現了一件很罕見的事情。

最近沈厲堯放學後，居然沒有直接回家，或者去學校撥給他的實驗室，而是留下來，幫即將參加升學考、離理想中的學校還差一些分數的同班同學補習，幫助他們在最後的時間衝一把，直接跨過升學考的門檻，考上理想中的學校。

葉柏等人覺得匪夷所思，感覺沈厲堯簡直都不是沈厲堯了。

班上其他人也懷疑沈厲堯是不是被魂穿了。

「看什麼看？我已經保送了，閒著也是閒著。」沈厲堯在白紙上幫圍過來的幾個人寫著題目分析，冷冷道，眼皮依舊掀也不掀。

這說話的淡漠語氣，還是沈厲堯沒錯了。

葉柏等人面面相覷，猶豫要不要留下來等沈厲堯。

以前的沈厲堯實在不會幹這些，不管誰來問他問題、尋求幫助，甚至是班導師姜老師來找他說無關緊要的問題，在他這裡都是四個字「浪費時間」。

堯神之所以被叫堯神，不僅僅是因為每年都必定會到手的各大競賽金牌，還是因為他近乎無情的冷漠。

老實說，有些男生覺得他挺欠打的，但是奈何女生們都喜歡他這種裝模作樣。

但可能是因為那次決賽輸給趙明溪的緣故吧，葉柏等人就感覺他身上隱隱約約發生了一些變化，具體哪裡變了也說不清，總之這種感覺就像是被拽下了高傲的神壇一樣。

沈厲堯垂著眸，緊抿著唇在紙上運算。

趙明溪那天說的話，他雖然全身心抗拒，但是他後來也想明白了一些事情。

他一出生就站在終點，自以為很優秀，自以為有資本傲視一切，自以為所有人仰著頭看他都是理所當然的。

但是那樣的話，他所能得到的只是崇拜。

假如他再遇到自己喜歡的人的時候，他如果依然一如既往，那麼對方脖子會痠，也遲早會離自己而去。

或許只有當他也學會如何喜歡別人、如何對別人好，他才有資格得到更加深刻的無關家境、長相、成績的喜歡。

沈厲堯沒想到有一天趙明溪也能教他事情。

——在他喜歡上她，而她再也不回頭之後。

當然，沈厲堯絕對不承認自己也從傅陽曦身上看見了從未見過的耀眼的品格。

他覺得這小子在籃球場上一見到自己就故意捲起袖子，露出趙明溪的髮圈的行為實在非常討厭。

接下來忙碌混亂，三件大事。

傅陽曦傷勢恢復後，在籃球場上不知道和沈厲堯發生了什麼衝突——倒是沒有打起來，但是劍拔弩張了好一陣子。

回家之後他就三天沒吃晚飯，體重降了兩公斤，他終於比沈厲堯輕，臉上才終於由陰轉晴。

明溪對此：「………」

然後就是全國賽和升學考。

全國賽沒有集訓，傅陽曦把明溪送過去考完，也就結束了。這一次是五百棵嫩芽之後的成績，完全是明溪自己的真實成績，不管考成什麼樣，明溪都算心滿意足了。

升學考這兩天很熱，大家都熱得渾身能擰出水來。

在快要中暑的情況下，所有人一氣呵成考完，終於鬆了口氣。

考完之後，國際班的人撕卷子的撕卷子，追逐打鬧的追逐打鬧，都彷彿瘋了一樣。白花花的試卷漫天飛舞，在烈日陽光下洋洋灑灑。

瘋狂和灼熱的氣氛當中，明溪一邊收拾東西，一邊問道：「我們班不是大部分人都要出國嗎？九月底已經在國外了，為什麼升學考完還這麼激動？」

傅陽曦穿了件黑色短袖，不知道從哪裡又找出那條細細的黑金骷髏鏈子掛在脖子上，自從上次明溪說他戴這個帥，讓她初次見面就小鹿亂撞，他就得意洋洋地沒摘下來過。

他靠在牆上，正經地撕著自己的書，對明溪挑眉道：「小口罩，儀式感，懂？」

明溪：「……」

什麼破儀式感，我看你就只是想撕書吧？！

「我桌子裡怎麼忽然有一本漢語字典？」傅陽曦將桌子抽屜裡的東西往外掏的途中，忽然翻出了一本厚厚的字典。

明溪道：「是我的，怎麼跑進你桌子裡了？」

傅陽曦遞給她：「妳還需要嗎？帶回去。」

明溪道：「不了吧，好重，先丟這，等等會有高二的過來借書，直接送學弟學妹好了。」

傅陽曦：「……」

傅陽曦怒道：「小口罩妳怎麼能這樣？還愛不愛念書了？這麼厚一本字典，要五十六塊錢！」

「……」明溪俯身過去摸了下他額頭：「你發燒了？」

傅陽曦忽然臉色漲紅，把字典重新塞回了桌子抽屜裡面。

明溪感覺他奇奇怪怪的，在他塞進去之前，猛然把他手裡的字典抽了出來。

「等等，別——」

傅陽曦話還沒說出口，明溪已經把那本厚厚的字典翻開了。

陽光從窗戶折射進來，夾在被鏤空的字典中間是一枚深藍色的精緻錦盒。

明溪猛然翻開字典時，錦盒也猛然被打開。

豎立其中的，是兩枚銀色的戒指。

「……」

明溪心跳頓時漏了一下。

傅陽曦站了起來，臉色紅欲滴血。

他本來是打算讓趙明溪把字典親手帶回家，然後看到他布置的滿天繁星時，再暗示小口罩翻開字典。但沒想到人算不如天算，這次和上次的點綴燈一樣，完全沒起到作用。姜修秋出的什麼主意，每次都沒用。

傅陽曦心裡的小鳥流淚了，是不是十八歲的愛情，注定手忙腳亂。

既然如此，多一分鐘，多一秒，他都等不了了。

「小口罩，手給我。」傅陽曦低眸看著趙明溪。

明溪呼吸一頓，抬起頭。

雖然這種套路很土、很俗，但是啊啊啊——她怎麼該死的好心動？！

暈黃暖橙的夕陽從他背後的窗戶照進來，將少年高挑的身影落在她身上。

傅陽曦微低著頭看她，他挑著眉，仍如初見，意氣風發，烈若朝陽。

明溪將字典抱在懷裡，對上他眼神時，心臟仍跳得非常快。

是傅陽曦了。

明溪確定，這輩子就是他了。

在班上一群人的起鬨聲當中，雪白的卷子碎紙片紛紛揚揚。

明溪臉頰發燙，抬手搭上傅陽曦的手。

傅陽曦神情羞赧卻認真，以一枚戒指，緩緩將她套牢。

升學考之後明溪其實見過趙母一面。

她考完最後一科從考場出來，其他學生都朝著家長奔跑而去時，她在教學大樓外面的樹蔭底下見到了撐著陽傘的趙母。

明溪心裡咯噔一下，以為趙母又要來自己面前哭鬧，但沒想到這次趙母卻沒有走上前，只是遠遠地看著自己。

那天趙母一直站在樹蔭底下，目送明溪和賀漾一群人漸行漸遠，她終於履行了一次為人母親的責任，陪伴孩子走完了高中最後一程。

七月，天氣炎熱。

幾件事情：幫助高教授在新的地方安頓下來，重建老房子。

傅陽曦去了一趟療養院，明溪和他一起去老爺子那裡吃了頓飯。

回來後國際班上所有人一起吃了頓飯，小弟們淚流滿面，以後再也不能和常青班幹架了嗚嗚嗚。他們爭先恐後地過來擁抱傅陽曦和趙明溪，被傅陽曦嫌棄地拽開。

結束掉一切事情的明溪和傅陽曦打算出去旅遊，順便等待升學考和全國賽的成績。

而柯成文一放暑假就閒得沒事幹，在電話裡鬼哭狼嚎求兩個人把他帶上。

柯成文：『帶上我吧啊啊啊，曦哥，我真的好無聊啊，薩爾達都已經通關了兩遍！遊戲不好玩，電視不好看，天氣好熱，也不想打籃球！』

傅陽曦蹲在地上將鞋子塞進行李箱，涼涼道：「你在想屁吃，我們出去玩帶上你這個大燈泡是嫌太陽不夠亮？你都已經十八歲的人了能不能獨立行走？」

柯成文：『我可以不做大燈泡！我會烤肉會看地圖還能扛行李，帶上我絕對不虧本。』

「你當誰不會烤肉似的，這也值得拿出來說？」傅陽曦嗤笑一聲：「上次在烤肉店趙明溪吃的烤肉全是我烤的。用得著你？」

柯成文：『曦哥你要不要臉，你烤的那幾塊趙明溪吃了嗎，後來不是全倒了？』

傅陽曦陰惻惻道：「你膽肥了是吧？就你記性好？」

柯成文見求傅陽曦無果，轉而求在旁邊看電視劇的明溪：『求求妳了，趙明溪，看在我們同窗一年的分上——嘟嘟嘟。』

話沒說完就被傅陽曦鐵血無情地掛斷了電話。

電話那邊的柯成文：「……」

明溪莞爾道：「其實人多一點也挺熱鬧的嘛，要不然帶他一起去？」

傅陽曦哼哼道：「平時在班上說個悄悄話都要被圍觀，現在好不容易可以兩個人心無旁騖地出去玩，多難得的機會？小口罩，妳怎麼看起來一點也不期待？」

「我期待啊。」趙明溪道：「但我們上次已經單獨出去玩過了嘛，這次人多一點熱鬧一點也是可以的。」

傅陽曦：「？」

傅陽曦：「妳是不是不愛我了？」

明溪：「你好好說話！快收你的鞋子，別拖拖拉拉，還有，我們頂多去半個月，你帶三十幾雙鞋子幹嘛？」

傅陽曦：「妳果然不愛我了，鞋子都不准我多帶。」

明溪快笑死：「嘿嘿嘿是啊，你昨天是不是沒健身？紅顏易老，韶華易逝，這種事真的沒辦法——」

？？？

傅陽曦快氣死，踹開行李箱就過來捏趙明溪的臉：「小口罩妳太渣了！」

「哈哈哈哈。」趙明溪笑得上氣不接下氣，零食灑了一地：「誰讓你到現在躺在同一張床上還會臉紅，你還行不行？」

傅陽曦一臉悲愴：「我現在就讓妳看看我行不行」

出發之前，明溪的嫩苗已經攢到了六白九十八，傅陽曦的傷勢完全恢復如初。

系統以為明溪多少會有點後悔，但是明溪覺得沒什麼好後悔的。

女主光環未必是什麼好東西。

要是以踩著旁人往上爬、連累和犧牲在乎的人為代價的女主光環，倒不如就做個普通人，靠自己的努力過好這一生。

本來是打算出國玩，但是在兩人即將出國之前，明溪的簽證出了點問題，於是出去玩的時間不得不往後推遲。

柯成文就高興了，在電話裡道：『這叫什麼？人算不如天算！曦哥，要不要我們幾個先出去玩一趟，回來後你們再單獨旅行嘛。』

傅陽曦：「你這什麼烏鴉嘴？」

明溪則完全無異議，她覺得人多熱鬧，趕緊舉起了手：「我同意！」

傅陽曦用那種「妳就是不愛我了」的眼神看了她一眼，被她湊過來黏黏糊糊地在臉上親了一口，才勉強同意了柯成文的集體旅行的提議。

好不容易獲得允許，柯成文興奮得原地一跳三丈高，迅速拖上了他的旅行背包，借了三輛摩托車，與沖沖地帶著姜修秋一起來找傅陽曦和明溪兩人。

樓下，三輛摩托車並排，威風凜凜。

傅陽曦拿起安全帽幫明溪戴上，低眸幫明溪認真繫好下巴上的帶子。

姜修秋這人是個無差別撩妹的，也順手幫賀漾戴上。

落單的柯成文：「……………」

有沒有搞錯？？？

傅陽曦又俯身抱起明溪的膝蓋彎，將她抱上摩托車放下。

明溪把礦泉水放進小背包，對他道：「東西我來保管，等等累了和我說。」

傅陽曦挑眉：「還有呢？」

明溪把他脖子勾下來，在他唇角啄了一下。

傅陽曦臉色一紅，得意洋洋一扭頭，看了柯成文一眼。

柯成文：「……………………」

操他媽的！好想談戀愛啊啊啊！是不是夏天到了！他怎麼這麼欲求不滿呢？！

摩托車朝市外駛去，一路行駛過高樓大廈、翻滾江面，一路行駛過種植園、樹林河水。

夏季的空氣新鮮清爽，黃昏時分，他們來到郊外一片廣闊的田野，雲層如繁花在天際疏朗散開。

明溪抱著傅陽曦的腰，長髮被風拂動，她感受著風從鬢邊和眼角眉梢吹過，深深吸了一口郊外美好的空氣。

傅陽曦側眸看了她一眼，他面容帥氣俊朗，年輕肆意。

他眼神張揚得意，不言而喻：妳又在吸我。

明溪忍不住笑出聲，將下巴抵在傅陽曦肩膀上：「是是是，我又在吸你。」

賀漾被姜修秋載著，回頭看了眼，指著柯成文差點沒笑死：「你髮際線怎麼回事？？？」

柯成文頓時騰出一隻手捂住額頭：「別看啊靠！風這麼大髮際線能不被吹上去嗎？」

「哈哈哈哈。」明溪也笑出聲。

傅陽曦和姜修秋看了柯成文一眼，勾起唇角。

在一片笑聲當中，他們駛向綠色翻湧的麥浪，駛向純淨明朗的未來。

明溪在十八歲的這一年，身上所發生的最美好的事情就是遇見了她唯一的摯愛。他將他身邊的朋友、他的小弟帶來給她，將歡聲笑語帶給她，將一切她想都沒想像過的事物和勇氣帶來給她。

她和傅陽曦不是僅僅只過十八歲，她和他還有二十八歲，還有三十八歲。

還有很久很久以後，直到白髮蒼蒼，老得走不動路。

他們會在清晨相擁，會在黃昏接吻，會在每一盞路燈下踩對方的影子。

未來當然無法預計，也並不可能完全一切順心，但是未來的命運裡，無論發生什麼，他們會攜手跨過沉淪的一切，成為彼此的軍旗。

十八歲的愛情不是限定，是一輩子的永恆！

國際班眾小弟都知道，多厲害的老師都沒能讓傅陽曦寫檢討書。

這一天，又是一年除夕，大雪紛飛，風吹進趙明溪和傅陽曦的公寓。陽臺上的落地窗未關。

風便一路前行，吹動了牆壁上的便利貼。

便利貼上龍飛鳳舞好多行字。

八月十二日檢討：我不該看到老婆和前臺帥哥多說幾句話，就詆毀前臺長得醜。

九月二十四日，我不該在同學聚會上重提舊事，酸溜溜地說姓沈的髮際線看起來有點後退。

十月三十日，我不該看到老婆盯著電視裡的韓國男演員看，就去強吻老婆。

保證書：我傅陽曦，堅決拒絕成為妒夫！堅持大方大度大氣！如若再犯，我就是狗！！！

十二月二十六日：汪汪，汪汪汪。

——傅陽曦。

——《我就想蹭你的氣運》正文完——

番外一 過往

01 傅陽曦生日

時間線倒回十一月五日，傅陽曦生日，兩人還沒有互相表白，還在曖昧期。

傅陽曦從好幾天前開始，白天覺也不睡了，假裝漫不經心豎起書，實則支稜起耳朵，聽趙明溪和教室裡各種人的對話。

試圖從中聽到「生日」、「曦哥」、「禮物」幾個詞。

然而盯梢好幾天，卻連一個相關的聯想詞都沒聽到。

趙明溪每天雷打不動清晨六點五十分到教室，晚上六點五十分去圖書館，專心致志一心念書，再不然就是上論壇刷刷張玉芬事件的最新進展，和賀漾出去吃吃飯，快樂得像一個無憂無慮的小口罩。

無憂無慮到看起來就像是完全忘記了他的生日。

傅陽曦整個人身上彌散著一種頹喪的氣息，往群裡分享的都是一些《我很快樂》、《不過生日也不會怎樣》、《男人流血不流淚》的歌單。

柯成文在群裡道：『曦哥，你說不出口我幫你說！』

傅陽曦分享了一首《說什麼》。

柯成文：『就直接問嘛！扭扭捏捏什麼？『妳來不來曦哥的生日Party』、『妳打算送曦哥什麼禮物』、『妳還記得明天是曦哥的生日嗎』，這幾句你挑一句！我現在就幫你問趙明溪！』

傅陽曦分享了一首《閉嘴，別去問》。

柯成文分享：《為什麼》？

傅陽曦分享：《主動開口豈不是很沒面子》。

柯成文：《我已提醒過她》、《她卻還是不記得》。

傅陽曦：《不重要的人的生日當然不值得記得》。

傅陽曦繼續分享了一首：《我就是那個不重要的人》。

姜修秋：「……」

明溪之前就攢了一些打算送給傅陽曦的禮物，但是她準備的都是些什麼運動襪、牛奶，雖然別出心裁地都選擇了十一月五日的生產日期，但看起來就挺寒酸，沒什麼誠意。

然而明溪以前也沒送過男孩子禮物，也不知道要送什麼。

鞋子吧，傅陽曦名牌鞋子一大堆；報名駕訓班吧，傅陽曦早就拿到駕照了——就連送一輛車子他可能都不稀罕，因為人家連飛機都有，還在意一輛車？

明溪感到很苦惱，正因如此，這幾天她都把「禮物」二字捂得很嚴實。

她要送出手的禮物已經沒了特殊性，總不能連驚喜感也失去了。

要不然，一套升學考的講義？？

不行，感覺傅陽曦會暴跳如雷。

和錢有關的送給傅陽曦，感覺都有班門弄斧的嫌疑。

明溪這幾天在網路上搜來搜去，沒搜到任何有用的資訊，最後她琢磨著要不然乾脆織一條圍巾好了，好歹和心意沾點邊。

於是說幹就幹。

明溪從網路上買了織毛衣的工具和影片教程，正式動手ＤＩＹ。

她從零開始，非常費勁。

花了三天晚上的時間，最後終於織就了一條明溪本人覺得還算能看的。就是短了點，但是看起來好歹有一條圍巾的雛形。

明溪把圍巾放在一個扁盒子裡，和其他之前準備好的一些小禮物一起放進一個大盒子裡，等著生日當天再交給傅陽曦。

準備好了這份禮物之後，明溪心中又有些糾結。

送自己手織的圍巾——會不會被傅陽曦或者其他人看出來自己喜歡他？？？

會不會太明顯了？

先送了髮圈，再送針織圍巾，這太明顯了！

到時候萬一被問，還得想好說辭。

明溪糾結得要命，將那條織得非常難看的圍巾拿進拿出，最後還是心一橫，眼一閉，把圍巾塞進了禮物盒，將被子一拉，蒙頭睡覺。

就這樣，明溪和傅陽曦兩人可以說都心懷鬼胎。

傅陽曦等著趙明溪主動記起他的生日。

趙明溪等著傅陽曦主動提起他的生日，她再順水推舟把親手織的圍巾拿出來。

要不然自己主動說生日，還主動拿出一條親手織的圍巾，會不會顯得太刻意了點？

——和別的女孩子送情書有什麼區別？

就差把「我喜歡你」寫在臉上了。

最後，週五，十一月四號。

直到快放學了，明溪都沒聽見傅陽曦提起半個「生日」有關的字眼。

放學鈴聲響了足足一分鐘。

教室裡的人陸陸續續地離開。因為身分較為特殊的緣故，班上沒多少人知道傅陽曦的生日，否則一大堆小弟大概又要來起鬨。

柯成文也收拾書包走了，說了聲「明天見」。

傅陽曦應了一聲，慵懶地靠在牆上，戴著降噪耳機，假裝漫不經心地翻著漫畫，實際上注意力都在趙明溪身上。

明溪繼續認認真真地做題，時不時咬一下筆頭，但實際上餘光也都在傅陽曦身上。

她覺得傅陽曦應該快要開口了。

像他這種家境，應該會開生日宴的吧，自己不一定能參加那種場合，但是應該可以在生日宴結束後和柯成文他們一起幫他慶祝一下？

但誰知傅陽曦把漫畫翻得越來越生無可戀，嘩啦啦地響，硬是一直沒開口。

兩人就這麼氣氛微妙，相顧無言了整整十五分鐘。

傅陽曦心裡已經篤定趙明溪又不記得他生日了，他總不可能自己沒面子地開口「喂，明天是我生日，小口罩妳不來我就原地爆炸」。

他心中焦灼又失望，但面上卻分毫不顯。

又待了一下，沒等到趙明溪開口，他垂下眼，把漫畫一闔，十分丟人地站起來，拎起自己的書包。

見傅陽曦打算走了，明溪實在坐不住了，在他即將經過自己時把他袖子一拉，仰起頭：「你這就走了？明天不是你生日嗎？你們家怎麼安排的？」

傅陽曦猛地回過頭。

明溪：？

傅陽曦低頭盯著她：「妳記得，妳不早說。」

「我記得啊。」明溪道：「我當然記得，我怎麼可能不記得，我這不是一直在琢磨送你什麼好。」

傅陽曦心裡本來已經失落到極點，差點就要猛虎落淚，但是因為她這麼一句話，卻又頓時原地復活，整個心情簡直猶如雲霄飛車一般。

他吸了口氣，定了定神。

明溪：「怎麼？」

傅陽曦臉上仍有些幽怨，但陰雨了好幾天的心情總算稍微轉晴了一點。他瞥了趙明溪一眼：「也不用送什麼，反正——」

明溪：「禮輕情意重？」

傅陽曦：「反正無論送什麼，都是我不缺的。」

明溪：「……………」

我就知道，不愧是你。

這樣一插科打諢，傅陽曦心情立刻好了起來。有時候人的心理就是很微妙，明明只是一件小事——假如她不記得，直接把她拎去幫他過生日就行。

如果是別人，傅陽曦根本無所謂，管他記不記得呢。

可偏偏到了趙明溪身上就非常介意。

希望她記得。

希望她把自己看得重要。

希望她把自己放在心上。

比起上次明溪的生日，傅陽曦的這個生日過得有些寡淡無味。主要是——柯成文和姜修秋他們都不在。

明溪這時候才知道傅家並不辦生日宴，怪不得新聞上連老爺子的生日宴都沒出現過。不過這也是件好事，如果傅家要舉辦生日宴的話，那種場合明溪未必進得去，即便因為傅陽曦的緣故進去了，她也會覺得不自在。

但是柯成文和姜修秋等人，明溪就不知道他們為什麼也沒來了。

明溪傳訊息給他們，問他們打算怎麼幫傅陽曦過生日。

與此同時，三人群裡。

傅陽曦分享了一首：《誰要說自己有空明天就墳場見》。

於是明溪得到的回覆是——

姜修秋：『抱歉，家裡有點事，暫時走不開。』

柯成文：『小口罩妳幫曦哥過吧，我腳扭了一下，恐怕扭得有點厲害，趕不過去了。』

「他們怎麼都沒空？？」明溪側過頭問傅陽曦。

傅陽曦拎著兩人的書包，帶著明溪往校門口走。他湊過頭來看了眼，見到柯成文和趙明溪的對話方塊上「小口罩」三個字，他臉色頓時一黑，掏出自己的手機傳訊息給柯成文：『。』

柯成文：『？』

傅陽曦：『。』

下一秒。

明溪見到柯成文把上句話收回。

又傳了一則過來：『XKZ妳幫曦哥過吧，我腳扭了一下，恐怕扭得有點厲害，趕不過去了。』

明溪：？？？

小口罩是什麼流量明星嗎？還要收回去特意換成縮寫？

她真是搞不懂這幫男孩子。

在明溪的記憶裡，她幫傅陽曦過的這個生日的確是寡淡無味的。

她本來以為傅陽曦那邊會有生日宴。但沒想到並沒有。就算沒有生日宴，她也以為柯成文等人會和她一起出謀劃策，像是上次幫自己過生日那樣，把一整個房間弄上五顏六色的氣球，再加上煙火和禮炮，過得浪漫十足——但沒想到，和預計的完全不一樣。

所有人集體有事，都沒來，就只有自己被傅陽曦拎到了家裡。

明溪心裡感到很愧疚，早知道只有自己一個人幫傅陽曦過生日，她就早早開始準備了。這樣，即便只有一個人，也能準備出像樣的布置。

然而她不知道，這一年的生日對於傅陽曦而言，是十三歲以後的人生中，第一個意義上的生日。

他刻骨銘心還差不多。

怎麼會寡淡無味。

兩人平平靜靜地吃完飯，到了十二點，把燈全關掉，開始吹蠟燭。

這個時候全世界都漆黑下來，兩個人坐在茶几前的地板上，在傅陽曦漆黑的眸裡倒映出的只有燭光和趙明溪。

趙明溪眼睛亮亮的，白皙的皮膚因為吃過晚飯有些發紅，嘴角沾著一些剛才傅陽曦抹上去的奶油，還沒有舔掉，隔著朦朧的燭光，有種動人心魄的美。

安靜地呼吸之間，她勾著傅陽曦的心跳。

「你許了什麼願？」明溪問。

——希望眼前這個小口罩能喜歡上我。

——希望可以不要等太久。

——但如果還得等很久很久，那也沒辦法。

——那就再等等。

傅陽曦喉結動了一下，避開明溪的視線，低眸看著蠟燭：「說出來就不靈了。」

「說嘛，到底許了什麼願啊？」明溪第一次見傅陽曦這麼認真，頓時就被勾起了好奇心。

她湊過去，看著燭光下他漆黑的眼睫，輪廓分明的側臉，心裡無意識被勾得癢癢的。

然而她忘了她本來就和傅陽曦靠得很近，兩人幾乎是肩並肩坐在一起，她一湊過去，校服拉鍊沒拉，毛衣又寬大，這麼晃蕩一下，燭光下，鼓鼓的胸部和淺粉色的少女內衣便在傅陽曦眼下一晃而過。

「……」

傅陽曦呼吸一窒，身子條件反射似地往後一仰。

他整個人靠到了沙發上。

明溪還一無所覺，追著傅陽曦逼問。

傅陽曦面紅耳赤，怒道：「小口罩，妳坐好！衣服下擺不要燒到蠟燭了。」

「小氣鬼。」明溪只能坐回原先的位置，看了他一眼。

傅陽曦伸長手繞到明溪後脖頸，把明溪的衣服往後一扯，把她過分鬆垮的領口往後一拽，隨即和明溪拉開了一點距離，道：「馬上快冬天了，妳要麼戴上圍巾，要麼換緊身一點的毛衣，這個太鬆垮了。」

說著這話，傅陽曦心中悲愴：她果然沒把他當男人！在他面前隨隨便便的也無所謂。

「……」

明溪這才反應過來他忽然把自己衣服往後拽是在做什麼。

明溪心裡同樣咯噔一下：他怎麼是這個反應？這是正常男的應該有的反應嗎？難道自己對他一點性吸引力都沒有？

明溪簡直懷疑人生，下意識低頭看了眼自己的胸，不算大，但是也發育正常啊。

兩人各懷心事地停頓了一下，明溪掏出自己準備的生日禮物。

「給你的。」

「怎麼還送禮物？」傅陽曦一臉「說了別送我禮物」，但手還是非常誠實地趕緊接過去了。

「你現在就拆？？？」看見傅陽曦立刻就拆開的動作，明溪有點忐忑。

傅陽曦：「不然呢，早死晚死不都是得死，小口罩妳別緊張，我不會嫌棄妳的。」

話音剛落，傅陽曦就把盒子上的絲帶解開了。

首先映入眼簾的是一條灰色的針織物。

明溪既緊張又期待地看著傅陽曦。

傅陽曦心裡興奮，但是盯著那條針織物看了半晌，實在看不出是什麼。猶豫了下，他問道：「妳織的襪子？怎麼只有一隻？」

明溪：「……………」

「滾啊！」明溪氣急敗壞，從他手中搶過襪子——呸，不是，圍巾，站起來就往他脖子上狠狠纏了一圈。差點沒把傅陽曦勒死。

傅陽曦朝沙發倒去，忍不住笑。明溪快氣死了，氣急當中被他絆了一下，一下子往他身上撲去，雙手觸碰到少年人結實的胸肌。

傅陽曦：「……」

明溪：「……」

前一秒還雞飛狗跳，這一秒畫面突然靜止。

「撲通撲通」的也分辨不出是誰的心跳。

燭光下，心照不宣而又隱祕難言的愉悅在空氣中流淌，那是一種心裡宛如被螞蟻爬過，癢而快樂的感覺。

兩人耳根默默紅了起來。

02 前世（一）

上輩子明溪去世前後發生的事情。

彼時明溪升學考成績考得一般，讀了一所普通大學。

趙家所在的這個圈子雖然並沒有那麼重視學歷，畢竟大多數圈內人的孩子讀完大學就出國鍍金，或是從大學開始就在國外讀。但趙家仍有些覺得趙明溪拿不出手。

她雖然漂亮，但是從她的成績來看，她並沒有那麼聰慧。且不提趙湛懷和趙墨都有自己的事業，光說趙媛，趙媛高中後便申請上了美國一所著名大學的全額獎學金，而後漂洋過海去讀書，如今回到趙父的公司幫忙，在圈內逐漸嶄露頭角。比她強得多。

比起趙家另外幾個孩子，趙明溪身上的長處實在是乏善可陳。

趙家人不知道明溪每次考試都會出各種各樣的狀況，他們只覺得，是之前十五年生長在貧窮落後的小城鎮，限制了明溪的生長。

她所受到的教育實在太過淺薄，她所待過的環境實在過於貧瘠，以至於她成為了一個才華很平庸、性格也非常尖銳的女孩。

她與趙媛之間那些針鋒相對，可能就是影響她課業的很大一部分原因。

而明溪也沒辦法反駁，她自己都不太清楚自己是怎麼回事。

有時候明明腦子裡隱隱約約有了想法，但下一秒就像是被一團烏雲鋪天蓋地的壓下來，腦子裡成了一團漿糊，一些想法和思緒在見到天光之前，就被一隻無形的手扼殺，重新歸於渾渾噩噩的混沌。

明溪只以為真的是自己不如人，自己不夠優秀。

十五歲之前之所以在遠方小鎮次次第一名，只是因為小鎮人少，自己才能成為鳳頭。現在來到了人海茫茫的大城市，自己當然就重重地摔了下來，連雞尾也不是。

她只能努力克服。

將自己的起點放進泥裡，承認自己很差勁，然後投入比別人更多的時間、更多的精力。

這時候的明溪當然沒辦法喜歡趙媛，也沒辦法接受趙媛的存在。

但是有些事情她也的確沒幹過——比如說十七歲那年害趙媛過敏。

這件事她就是啞巴吃黃連，有苦說不清。

她一開始還試圖得到家人的關心，做了很多事情去討好他們，但是大三之後，這樣的事情明溪也很少幹了。

面對日復一日的冷臉和在她和趙媛中間選擇趙媛的尷尬神情，她哪怕是一團火，一次又一次被澆滅，也會有燃燒不起來的時候。

她漸漸感到有些累了。

而且，主要也是因為大三開始，明溪的身體忽然開始走下坡路。

那段時間她經常感冒，隔三岔五的便感覺頭暈。

明溪也沒多想，她年紀輕輕能有什麼事。她還以為是自己熬夜太多的緣故。

但是就在明溪有意調整好作息，一日三餐按時吃飯之後，卻還是精神不濟。

大四的六月明溪高燒不起，缺席畢業口試，差點被退學。

好在導師人好，沒有真的讓明溪不過。

當時明溪回家次數已經很少了，她離趙媛遠遠的，衝刺了一把，考上了一所還算不錯的國內研究所。

開始讀研之後明溪更加的繁忙，一時之間也忘了去醫院做全身檢查。

身體又這麼時好時壞了一段時間，明溪終於去了醫院。

做檢查之前，明溪還對實驗室的同學信誓旦旦自己絕對沒事，頂多就是低血糖。

但是很多事情都是她哪怕想破腦袋也想不到的。

比如說十五歲那年被趙家找到，從此整個人生被改變了，又比如說，她走出醫院時，蒼白的指尖捏著的那一張診療單。

生活的殘忍不在於一道道坎等著你過，而在於前方未知的迷霧裡，你不會知道什麼時候會有跳出來撕咬的獠牙。

明溪消失一個月後，趙家人才後知後覺地發現事情有點不對勁。

因為她在讀研，不怎麼回來，一學期也就節假日回來兩三次。平時也不太愛和家裡打電話聯絡，有時候一個多月不打電話也是正常的事。

所以全家人一個月沒收到明溪的電話和訊息，也沒有人多想。

直到趙父從南非出差回來，幫趙母、趙媛、明溪三個人都帶了禮物，趙湛懷打電話給明溪，她的手機居然已停機，趙湛懷才感覺不對勁。

趙湛懷又立刻打電話給明溪的學校，然而她學校裡的朋友說她早就請假休學了，已經離開學校一個月了。

朋友還在電話那邊詫異地問：『您是趙明溪家裡人？這麼大的事，您居然不知道？』

「這麼大的事？什麼事？」趙湛懷蹙眉，心裡忽然升騰起一種非常不妙的預感。

那學生彷彿在電話那邊相當無語。

片刻後加了趙湛懷的通訊軟體好友，傳過來一張診療單。

趙家客廳一片歡聲笑語。

趙父許久未回來，趙母和趙媛都很開心，趙媛跪坐在地毯上，打開自己的禮物，露出了驚喜的神情：「爸，好漂亮！」

她扭頭便對趙湛懷撒嬌：「哥，幫我戴上。」

見趙湛懷一直盯著他自己的手機，靠坐在沙發背上的姿勢也變得異常僵硬，他僵在那裡，站直了身體，對自己的聲音罔若未聞。趙媛也沒怎麼在意，以為是他公司有什麼事，助理傳來了什麼報表之類的給他看，於是趙媛又轉頭讓趙母幫她。

趙母和趙媛互相把項鍊戴上，都興沖沖去廁所照鏡子了。

趙宇寧現在正在讀大學，即將畢業。他穿白色運動服，短髮剛剃了一道閃電形狀，怕被趙父罵，他這幾天一直戴著一頂藏青色棒球帽，看起來是十足的酷哥。

他在禮物堆裡找了一圈，見趙父幫自己帶的禮物又是幾本商業管理的書，而非自己想要的悍馬車的鑰匙之類的，他頓時面露不滿：「老爸，這不公平，您給她們三個女的帶的禮物平均幾十萬，老媽的那條項鍊還得一百多萬，怎麼到了我這裡就是幾十塊錢的破書？」

趙宇寧最近談了個女朋友，不務正業，上個月花銷幾十萬。

趙父懶得理他。

趙父喝了口茶，扭頭看向趙湛懷：「明溪呢？這幾天不是中秋節嗎？她還沒回來？」

卻見趙湛懷臉色不太對勁。

他拿著手機，指骨發白用力，看向趙父。

「怎麼了？」趙父蹙眉。

趙湛懷腦子嗡嗡響，擠出幾個字：「她在學校那邊請了長假，休學了。」

從廁所裡出來的趙母聽到這句話，臉色頓時一變，怒道：「她是不是又闖禍了？休學？家裡怎麼完全不知道？她高中時候就無理取鬧，讀了大學好一點了，怎麼現在又——又闖什麼禍了，你把手機給我，讓她趕緊回來——」

話還沒說完，被趙湛懷打斷：「不是，這次不是。」

「那到底發生什麼了，怎麼好端端的忽然休學？！」趙母急道。

趙湛懷把手機遞到趙母面前。

趙母的聲音像是憑空被人捏住喉管一般，戛然而止。

趙家一片死寂，壓抑得像墳墓一般。

這幾天他們過得兵荒馬亂。

一開始，因為僅僅只看見了趙明溪的同學傳過來的一張診斷書，趙家人還不相信，明溪平時回來明明看起來健康且朝氣蓬勃，身體毫無問題，怎麼會突然癌症晚期？

這簡直就是天方夜譚的事情。

他們懷疑是不是又是明溪千方百計地想出招數來吸引他們的注意力。

但是趙明溪的電話打不通，通訊軟體和各種帳號能註銷的也都已經註銷了，沒註銷的也都沒有了使用的痕跡，從一個月之前就已經停止了更新動態——而他們時至今日才發覺。

趙家人仍不信，趙母還在兀自嘀咕是不是趙明溪做戲做全套。

趙湛懷則察覺到事情有點不太對勁，主要是接他電話的那位明溪的朋友，說話的口吻完全不像是配合明溪演出來的。

趙湛懷心裡放心不下。而趙宇寧覺得趙明溪不是會做出這種事情的人——苦肉計，她從十五歲起就沒用過，現在全家人和她的關係早就已經比較融洽了，她冷不丁製造出這一齣是幹什麼。毫無意義啊。趙宇寧也有點擔心。

於是兩人當天下午便飛去了趙明溪所在的學校的城市。

趙明溪的導師提起趙明溪的語氣很難過：「她幾個月前就頭暈過幾次，但是當時誰也沒想到，畢竟她年紀還這麼輕……我也沒盡到做導師的責任，也實在不知道能提供什麼幫助給她，這孩子，可惜了，我們勸她先住院治療，但是這種癌症治癒率非常低，還得經歷痛苦的化療，她拒絕了，說想拿最後一點時間去幹一些想幹的事情……不過你們是她的家人，怎麼會直到現在才知道？」

聽著這些話，趙湛懷和趙宇寧不知道最後是怎麼走出大學的。

正中午，烈日當空，兩人神情恍惚，眼前一陣發黑。

化療。

癌症。

這些可怖的字眼宛如重錘，一下一下地錘擊著他們的心臟，讓他們根本喘不過氣。

兩人根本沒想過會在趙明溪身上發生這樣的事情，她還那麼年輕！這樣鮮活的一條生命就要面臨病痛的折磨！

而且，為什麼發生這樣的事情，她卻完全沒有和家裡任何人說？是不信任家裡人嗎，還是說最後一段時光不想見到他們？

但是隨即兩人就反應過來——當家裡人得知趙明溪可能生病之後，第一反應是什麼？他們第一反應居然是不相信！覺得趙明溪是在演戲！

兩人快要窒息了。

可想而知，假如趙明溪在醫院裡拿到結果後，第一時間回家和家裡人說，可能還得面臨家裡人「妳是不是演戲」、「妳別鬧了」這樣質疑的話語。已經心力交瘁、痛苦不堪的趙明溪會是什麼反應？會不會像是快被壓死的駱駝又被壓上了最後一根稻草？

光是想想，兩人心中就像是被一隻大手攥住，狠狠痛了下。

「怎、怎麼辦？現在去哪裡找趙明溪？」趙宇寧察覺到說這話的自己整個人都在抖。

趙湛懷勉強鎮定下來：「明溪所剩的時間不多，不能任由她放棄治療，不管怎樣得盡快找到。我先去聯絡國外最好的外科醫生，你回家和家裡人說一聲現在的情況。」

趙宇寧雖然幾年前就成年了，但在趙湛懷面前畢竟還是個年輕的大學生，遇到這種事也手足無措。

他按照趙湛懷所說的，回家了。

接下來便是全家人的不敢置信，一片混亂，到最後趙母的嚎啕大哭。

趙母驚恐之後，傷心欲絕，她痛苦得淚流滿面。

沒有人能夠接受自己十月懷胎的女兒從小丟失，好不容易找回來，養了八年，培養出了親情之後，卻又得知女兒身患絕症的消息。

她根本沒想過會發生這種事情。

換句話說，她還以為有一輩子的時間慢慢和這個後來的陌生孩子相處。一次兩次爭吵也不是什麼大事，她以為自己已經將明溪接回來了，明溪就是她的女兒，總不可能再次丟失對吧？

——但沒想到，她和趙明溪根本沒有那麼多時間去化解所有的尷尬和隔閡。

她上次和明溪通電話還是一個多月以前，因為趙宇寧也不經常打電話回來，趙母也習慣了，而且正在氣頭上，所以也根本沒想過主動打電話給明溪——誰知道，就在這一個多月裡，明溪身上發生了這麼大的事情。

明溪拿到診斷結果的那一剎那該有多絕望？

自己都說了些什麼，第一反應居然是以為她又在自導自演。

趙母開始回想上次自己和明溪通話，說的最後一句話是什麼。

她當時沒有給明溪好臉色，明溪說有點事情不回家，她直接甩了一句：「愛回不回，媛媛比妳聽話懂事多了。」

在明溪失去生的希望之前，她對明溪說的竟是這樣一句惡狠狠的話語。

趙母心裡一陣陣的錐心之痛，不顧一切地央求趙父和趙湛懷盡快找到趙明溪。

想要找到一個人，談何容易。

家裡給明溪的卡，最後一筆消費停留在了一個半月、她辦理休學手續之前。

她的電話卡再沒有任何訊號，應該是將電話卡扔掉了。她的通訊軟體、社群軟體等社交帳號，也沒有登錄過。

因為學生時代發生的一些事情，賀漾罵過趙媛，所以趙家與賀家關係一直較為陌生。至於董家，則更是公然想將明溪帶走過，也與趙家有一些齟齬。

但是現在事情到了這個地步，也顧不上那麼多。

早在開始尋找趙明溪的第一天，趙湛懷就親自上門去賀家和董家找過人。

但是，沒有下落。

明溪從少女時期開始的好友賀漾也不知道明溪去了哪裡。

董家更加不知道，甚至因為才得知明溪身患絕症，差點與趙家再吵一波。

整整找了半個月，明溪完全消失了蹤跡。

她彷彿人間蒸發了。

03 前世（二）

這個時候的明溪也不知道自己能去哪裡。

她用現金買了機票，買了杯咖啡，抱著外套坐下來，看著外面劈裡啪啦的雨幕發呆。

她目送落地窗外停機坪上一架又一架的飛機起飛，卻沒有登機。

別人都有他們的目的地，而她卻不知道自己的目的地是哪裡。

最後，她帶著行李箱在機場枯坐了一整天，撕掉了買好的機票，漫無目的地拖著行李箱，打算離開。

離開時明溪的護照不經意掉在了地上。

一分鐘後。

護照被一隻骨節分明修長的手撿起來。

手的主人是一個年輕的男人。

男人拿著一把黑色長柄傘，他有著一頭耀眼的紅色短髮，站在人群中鶴立雞群。

他轉機時淋了點雨，風衣袖口和黑色行李箱看起來都有些潮意，紅髮微溼，眉眼顯得更加深邃。

他轉身，手裡拿著護照，朝剛剛與自己擦肩而過的背影看了眼。

「先生，有什麼事嗎？」

「是她的。」

年輕男人將護照遞給了登機口的工作人員，讓工作人員追上去送給她。

頓了頓，他又感覺哪裡不太對勁。

人潮洶湧。

在彷彿被按了快動作的背景當中，鬼使神差地，他又回了一次頭。

明溪快走出安檢口時，被工作人員追上，拿到了自己不慎丟失的護照。

「謝謝。」

工作人員遞過來的還有一把傘。

男士的，黑色長柄傘，邊角處用金色的線繡了一個字母。

明溪愣了愣，下意識回頭看了眼。

但撿到自己護照的人早就已經登機了。

明溪拉著行李箱，離開了機場。

外面果然還在下雨，鋪天蓋地的雨幕當中，明溪裙角被風吹得裹住了修長白皙的小腿。

她臉色和唇色都有些白，不過不是被冷的，而是到了這個時候，她能感覺到生命在自己體內急速流逝。

她抱住自己的手臂，撐開了自己手中的傘。

明溪仰起頭，將手中的傘轉了一圈，看著旋轉的雨水，和黑色傘面底下的字母。

她覺得，這是自己這段時間以來，老天唯一對自己好的一次了。

找了明溪三個月。

沒有找到。

趙湛懷去過桐城，但是他去的時候，那邊的人都說趙明溪沒有回來過。隨後趙父查到了趙明溪買過的機票，然而卻又被告知，趙明溪沒有登機。

人海茫茫，趙家人才發現，想要找到一個不再主動與他們聯絡的人，有多難。

以前隨時都可以聯絡到趙明溪——趙宇寧和同學鬧事，不敢請家長，打一通電話，趙明溪便焦急地跑過去。趙母提一句回家吃飯，趙明溪便開心地拎一大包禮物回家——是因為趙明溪想待在他們身邊，渴盼和他們團圓。

但是一旦趙明溪不想再這麼做了，他們忽然發現，從來都是趙明溪來靠近他們，而他們卻極少主動摻入趙明溪的生活。

最終，趙家人沒有見到明溪最後一面。

在最後那段時間裡，明溪沒有和任何人聯絡，也沒有打擾任何人。當時賀漾家裡出了事，幾近破產，她不好再麻煩她。而董家人似乎也因為認識她，而沾染了霉運，明溪不想在最後的生命裡，還繼續把厄運帶給董家。

她回到桐城，聯絡了當地的村委會和負責火化的民政局，填寫了資訊，辦理了登記手續。因為小時候在這片土地上長大，在小鎮上還有幾個熟識的人，她與李嬸說了情況之後，最後的那段時間李嬸幫了她許多忙。

趙家人匆匆趕來時，明溪頭七已過。

那是趙家第一次見到農村的靈堂，一兩個白色的花圈，煙塵從冷空氣中升起，簡陋而蕭條。

雖然明溪叮囑過，她什麼後事都不想有，只需要火化一下就好，但是李嬸淚流滿面，依然沒有聽她的叮囑。

街道門口掛著白花，在冬日的寒霜裡，零零散散有一些過去認識明溪與她的奶奶的人前來祭奠。

門口的人遞上黑紗給趙家幾個人。

趙家人愕然地望著眼前這一切，手指像是灌了鉛一樣，沉重到每一個毛孔都在冒冷汗，無法抬起手去接那黑紗。

他們定在那裡，一絲聲音都發不出來，他們眼前發黑，所有的事物都天旋地轉。

那是一種什麼感覺呢。

鮮活的生命在眼前殘忍地凋零，而他們匆匆趕到時，甚至連最後一片枯萎的花瓣也撿不到。

所有他們以為還可以在餘生中慢慢去改變、去接納、去補償的事情，趙明溪再也不給他們機會了。

總以為時間還很多，但沒想到這麼短暫。

趙明溪去世了。

生命永遠停在了二十三歲。

趙母呆呆地盯著靈堂中間被風吹得不斷搖曳的燃燒火盆，呼吸急促，淚眼朦朧，她撕心裂肺地慘叫一聲，暈了過去。

趙明溪去世半個月後，趙家所有人的靈魂仍宛如被抽離。

這一切都突如其來，而趙明溪又走得乾乾淨淨，沒有留下任何東西或是隻言片語。

他們連緬懷她都無所寄託。

她沒有與他們好好地告別，不知道是不是在懲罰十五歲那年，他們將她帶回家後，沒有與她有一個好的開場白。

他們有的時候感覺像是做了一場夢一樣。

恍惚之間覺得，其實趙明溪還沒走，還在學校實驗室東奔西跑，只是不怎麼打電話回家。

然而等他們清醒過來後，才猛然記起來，趙明溪已經走了。

趙母不只一次地回想起，明溪去世之前，她對明溪說的最後一句話，她對明溪投去的最後一個眼神。

她對她說的最後一句話是責罵，她對她的最後一個眼神也帶著爭吵時的嚴厲。

她甚至在她去世之前，都沒有好好抱過她，更沒有給過她獨一無二的偏愛的瞬間。還在得知她身患絕症之後，第一反應是質疑！

她為人母親，到底都幹了些什麼？！

趙母痛不欲生。

明溪是帶著這些不好的、被挑刺的、被嫌棄的記憶去世的，所以她去世之前，才沒有聯絡他們家任何人。

想必她已經失望透頂，再也不想見到他們。

趙母心中每日每夜想著這一切，靈魂都在煎熬，她沒有辦法睡著，一閉上眼睛便是自己對趙明溪責罵的那些瞬間，對明溪的心疼與悔恨鋪天蓋地湧過來，將她淹得快要窒息。

人生有沒有第二次機會？

假如時間可以倒流，趙母想要在趙明溪十五歲那年怯生生踏進趙家的門時，便撲過去擁住她。

假如時間可以倒流，趙宇寧不會再去偷那張化學競賽報名表，也不會虛張聲勢地和趙明溪對著幹，他會成為一個好弟弟，將她拉到身後護著她。

假如時間可以倒流，趙湛懷會在開學第一天，帶趙明溪去學校登記報名時，察覺到明溪的膽怯與慌張，耐心而溫柔地安慰她，幫助她快速融入這座城市。

假如時間可以倒流，趙父也想要分出更多時間和這流落在外多年的女兒相處。

然而，時間不可以倒流。

一切都一去不復返。

就這樣一天天的，時間在悲戚、沉痛、悔恨和哀悼中過去。

趙明溪去世一年後，趙家人勉強能繼續往前生活，然而被重重撕裂的傷疤卻留下了永恆的烙印，刻在每一個人心口上。

趙明溪在世時，家裡沒有人好好看過她。

諷刺的是，趙明溪死後，卻人人都愛她。

趙母不准傭人進她的房間，也不准人動她的東西，經常坐在她床上發呆，偶爾還會翻一翻她少女時期的那些筆記和試卷。

趙湛懷和趙墨提到自己曾經有個妹妹時，會緘默不語，隨後對別人道自己的那個妹妹很優秀。

趙父以趙明溪的名義做了一些慈善。

趙宇寧搬出去後，也將他和趙明溪一起養的那隻貓帶回了身邊。

然而趙明溪卻永遠不會再回來。

她永遠不會再對他們笑。

她永遠不會再出現在餐桌上。

她永遠不會再給他們一個補償的機會。

這一世，趙媛如願以償地得到了自己所有想要的，命運順風順水。

但是在她看不見的地方，趙家人心裡都有「趙明溪」這一個白月光，觸及即疼。

甚至，因為趙明溪的去世，趙家人沒有辦法再對趙媛有多好。

因為死去的趙明溪，是他們永遠都跨不過去的一道坎。

然而，對於死後的明溪而言，這一切都沒有意義。

再多的緬懷和惦記，她都無法看到。

明溪去世後，記憶是一個渾渾噩噩逐漸變淺的過程，她腦海中所有場景都淡化，最後只停留在那個雨天，旋轉的傘面上。

再一睜開眼，她回到了十七歲。

她的記憶不再那麼細節化。

她記得上輩子一些時間點大致發生過的事情，但不記得這把傘了。

像是一隻蜻蜓在心尖上輕輕停留過，最後了無痕跡。

不過，卻帶來了好運。

番外二 未來

01 婚後日常（一）

大學開學之後。

兩人在大學附近的植物園旁邊租了一套公寓，從大學側門進出，也就八九百公尺的距離，十分方便。

按照傅陽曦的習慣，一向是不可能住六十坪以下的，倒也不是故意炫富——當然這話從他嘴裡說出來，明溪還是覺得他十分欠打就是了——而是因為他個子高挑，如果住的地方不夠大，便會感覺逼仄。

但是因為他們所就讀的名校在老校區，附近空氣新鮮，並無太多高樓大廈，因此最好的公寓也就三十幾坪，要再租更好的地方，就離學校太遠了，反而很麻煩，每天在路上塞車會受不了。

再加上明溪一眼看中那套小公寓。

那是一幢樓中樓，一層有兩間臥室，帶大陽臺，從陽臺上眺望，可以看到遠處的萬家燈火，再遠一點，就是一片海。

客廳依然沒有電視機，房主是位設計師，在一片白牆上安裝了投影機，夜間拉上窗簾關上燈，看電影會非常清晰。

二樓沒有房間，是一個陽光房茶室，擺放著木頭雕刻的長形茶几和樹木墩子椅子，放著抱枕。另一邊是一個儲物間，放一些雜物。

茶室旁有一條落地玻璃窗走道，走道開了一扇玻璃門，推開出去，是一個三坪大的露臺。他們去看房時正是夏季，露臺上吹過微風，夏夜，路燈，靜謐一片。

他們可以在這裡接吻，擁抱，在昏黃的燈光下看清楚對方輕顫的眼睫。

明溪立刻喜歡上了這個地方。

難得明溪喜歡，傅陽曦完全沒有異議，付了錢，簽了租房協議。

單獨出來住無疑是快樂的，可能是因為從小沒有家，趙明溪對家有一種執念，她買新的窗簾，買新的沙發布，買花瓶和盆栽裝飾家裡每一個地方，這些都令她感到快樂和滿足。

學校不准騎摩托車或是開車，避免造成學生的攀比心理，於是傅陽曦買了一輛銀灰色的山地自行車，每天接送趙明溪上課，平時週末則騎著自行車帶趙明溪晃悠去隔壁植物園兜兜風。

傅陽曦沒有富三代的脾氣，他可可愛愛，沒有腦袋，願意陪著趙明溪吃各種小吃攤。

兩人的戀愛就像世界上最普通的年輕男孩女孩那樣，乾淨熱忱。不顧一切向對方奔赴，每時每刻都想黏在一起，以及，傳很多訊息。

開學兩個月軍訓後，趙明溪和傅陽曦就因為相貌氣質出眾，上了校內風雲人物排行榜。明溪對此不太在意。

她每天忙得要命，課程節奏很快，她導師要求又高，安排了一堆任務給她。她這輩子念了和上輩子相同的化學系，每天泡在實驗室裡做各種計算，因為她做事細心又專注，幾乎從不出錯，有時候還會被物理系的教授借過去幫忙。

除此之外，她還得談戀愛。

傅陽曦這個年紀的男生血氣方剛，炙熱又黏人，像隻委委屈屈的人型布熊，時不時就從背後抱上來。

趙明溪明明前一秒還在看電影——她抱著抱枕坐在沙發前的地毯上，傅陽曦擦著頭髮坐過來，一顆水珠落在她臉上，冰冰涼涼，她下意識仰起頭看了傅陽曦一眼。

傅陽曦看著她那略呆的模樣，他頭髮也沒擦乾，便捏起她的下巴。

他注視著她，漂亮的眼睛全是她。

「……」

「……」

「急色鬼。」明溪嘟囔道。

傅陽曦耳根生理性地發紅。

他低頭親了一下明溪的額頭，理直氣壯道：「我急我老婆的色，有什麼關係。」

「老婆」不是叫叫而已，而是已成既定事實。

升學考之後，兩人飛往法國登記結婚，拿到了結婚證書，隨後去國家駐法國大使館得到了認證。否則不知道到結婚法定年齡還需要多久。

傅陽曦光是想到要等整整四年，而這四年裡不知道還有多少個沈厲堯、白厲堯、顧厲堯對趙明溪虎視眈眈，他心情就不大愉悅。直到這一紙證書落到手中之後，他才有了點安全感。

而且除此之外，傅氏財產變動也是一部分原因。傅陽曦希望可以早日將財產的一半放進趙明溪手裡，這樣相當於為趙明溪上了一份巨額保險，以後即便是十個趙家，身價也不如她。

明溪雖然對結婚這件事沒有傅陽曦那麼急，但是傅陽曦想做的事情，她都積極配合，於是就這樣，升學考之後的旅行也是兩人的蜜月旅行。

兩人去了很多地方，在一起的每一天都是快樂的。去冰天雪地的地方泡溫泉，分享同一支冰淇淋，去炎熱如夏的地方，跟著傅陽曦學習衝浪。即便是在國外的地下車站繞來繞去，去各種博物館差點迷路，沒預計好天氣，被淋成落湯雞，也是開心的。

明溪從沒得到過這麼多的笑容，她這才發現，所謂「幸福的時光都是短暫的」這話根本不存在，假如對於未來足夠有安全感，那麼在幸福的時候，就不會去擔憂未來這一切會突然消失，只會好好享受當下，於是當下也就變得漫長而永恆。

毫無疑問，傅陽曦永遠會付出足夠多的愛，足夠熱烈的真誠，是給她這份安全感的人。

趙明溪未來的人生很長很長，一個傅陽曦，足以治癒她以前所有不好的記憶。

日子就這樣過去。

有段時間，趙明溪開始追星。

追星當中的女人什麼也看不見，往家裡買了大堆偶像代言的洗衣粉和化妝品。

傅陽曦的醋罈子又打翻了，他的醋罈子總是很容易翻。

趙明溪看綜藝，他穿著睡衣在她身邊晃來晃去，試圖引起她的注意。然而明溪目不斜視，手肘放在茶几上，支著腦袋，視線牢牢黏在螢幕上。

傅陽曦探過頭來，看了眼螢幕，酸溜溜地道：「這種男人有什麼好看的，塊頭那麼小，五官不協調。」

「走開。」明溪差點把他推個趔趄，「很好，你明天早餐沒了。」

傅陽曦：「……」

傅陽曦強行將還不睡覺的明溪打橫抱起：「不准看了，去洗漱睡覺。」

「放我下來。」明溪直蹬腿，視線不忘牢牢黏在螢幕上，「讓我看一下怎麼了？傅陽曦，你好小氣。」

02 婚後日常（二）

「不許熬夜。」傅陽曦將明溪抱進浴室，將她放在鏡子前，將牙刷牙膏塞在她手上：「妳上次熬夜，第二天就感冒了，自己的身體自己沒數？」

明溪拿過牙膏和牙刷，擠了一條白色的泡沫出來，從鏡子裡看了他一眼：「什麼熬夜不熬夜的，你是又吃醋了吧。這你也吃醋？」

傅陽曦臉色通紅：「我說了我沒吃醋。」

「行行行。」明溪將電動牙刷塞進嘴裡，含糊不清道：「你沒吃醋，你是全世界最大方的男人。」

傅陽曦：「……」

過了一下，傅陽曦盯著趙明溪，忍不住問：「妳偶像帥還是妳老公帥？」

「當然是偶像帥。」明溪哈哈哈笑道。

宛如渣女。

傅陽曦心好痛。

「婚前妳怎麼說的，妳說我是全世界最帥的人。」傅陽曦義憤填膺。

明溪將渣貫徹到底，嘿嘿一笑：「婚前為了將你騙到手，當然這麼說啦。唉，單純又可愛的少年。」

傅陽曦對著趙明溪幽怨道：「那妳昨晚說的『我愛你』也不能當真？」

明溪刷好牙了，將嘴角抹乾淨，從鏡子裡見他額前頭髮翹起，可愛得要命，生出了想摸他頭髮的衝動。

她扭過頭，踮起腳猝不及防地在他下巴上親了一下，甜甜地道：「這個是真的啦。」親了一下明溪就跑。

趁著傅陽曦還在刷牙她腳底開溜。

傅陽曦卻一把把她撈回來。

他惡狠狠地扔了牙刷，一把掐住她的腰，將她按在水池和鏡子前，加深了這個吻。

「小口罩，妳又勾引我。」

「唔唔唔別親了別親了，滿嘴都是泡沫。」

「妳天天撩了就跑，撩了就跑！看我不親死妳！」

「唔唔唔唔唔！」

追星這件事，讓傅陽曦在醋罈子裡泡了很久，不過，大約三個月後，趙明溪的偶像塌房[3]了，她粉上的明星傳出了不好的緋聞，社群軟體上所有粉絲都哀悼一片，紛紛脫粉。趙明溪也不例外，她火速脫了粉。

傅陽曦簡直喜聞樂見，恨不得大擺筵席，慶祝老婆脫粉。

但都說追星是個深坑，過了兩個月，他又見趙明溪開始往家裡買各種洗手液回來。家門口的快遞一箱一箱，快遞員絡繹不絕。

洗手液上一張新的藝人的面孔。

傅陽曦心裡頓時有種不好的預感，老婆被偶像支配的恐懼又來了。

果然，一打開房門，就見明溪看古裝偶像愛情劇，眼淚掉得稀裡嘩啦。

他：「……」

這一次，洗手液是另一個演了偶像劇的男演員代言的。明溪火速脫粉後，又爬了另一道牆。

傅陽曦：「……」

傅陽曦陷入了人生問題：老婆什麼時候才能粉我一次？

當然，吃吃醋是情趣，無一例外，傅陽曦每次都會被明溪哄得心花怒放。

3 塌房，表面意思為「房子塌了」，引申為追星用語。意指偶像在粉絲們心目中就是一座神聖而美麗的房，如果偶像出現一些負面新聞，意味著偶像這所「房子」倒塌了。

總之，課業和談戀愛占用明溪太多時間，於是即便知道有這個風雲人物榜單，明溪也沒有登錄校園論壇去看過。

登錄還得註冊一個帳號，有這時間還不如和傅陽曦去逛街。

因此她也不知道，她在「全校各大系花中最想追哪個女生」的話題中熱度直線飆升。

原因之一是趙明溪漂亮又性感。

大學後不再穿校服，她偶爾穿一些小背心，將自己的窈窕身材展露無遺。

她偶爾會化淡妝，本就漂亮的面孔更加嬌豔。

纖細伶仃的腳踝、手腕，鎖骨，各種細節能輕而易舉地勾起男生們內心的瘋狂。

原因之二則是，大家都知道趙明溪是富三代傅陽曦的女朋友，但是，這不是更有挑戰性嘛。

成年人的愛情哪有那麼多三觀正？又沒結婚，大家公平競爭不行嗎？

能撬到傅陽曦的牆角，是多麼刺激的一件事情。

而明溪也不知道，和她恰恰相反，傅陽曦以一己之力成了「全校各大系草中最想追哪個男生」的話題的倒數，排名非常慘澹。

事情源自於，軍訓某天晚上，傅陽曦送明溪先回家後，去宿舍拿忘記拿的電腦。

結果發現宿舍多了個女生。

既不是室友的女朋友，也不認識，上來就纏著他，讓他送她回去。

好傢伙，翌日這女生就因騷擾罪名收到了來自傅氏必勝客的律師函。

事情一傳出去，傅陽曦直接斷送了他未來三年的任何桃花運（老爺子為兩人計畫好大三出國）。

雖然他又高又帥，身上的校霸脾氣到了大學也收斂很多，還會買早餐、脫外套給女朋友，看起來挺正常。但是從這件事以後，他身邊的女生見到他就跑，恨不得離他三丈遠。

明溪在視訊時和柯成文說了這事，在同一所城市讀另一所大學的柯成文快笑死，可樂噴滿了電腦螢幕。

『簡直歷史重演。』柯成文道：『曦哥高中時就幹過這事。』

如果不是趙明溪，傅陽曦真是活該單身。說是趙明溪解救了傅陽曦的人生也不為過。

『小口罩，是妳解救了曦哥。』柯成文笑道。

傅陽曦拿著遙控器從後面走過去，瞪了柯成文一眼。

柯成文立刻從善如流地改口：『ＸＫＺ，是妳解救了曦哥，你們什麼時候放暑假啊，出來玩啊。』

明溪：「……」

怎麼，「小口罩」是什麼禁詞嗎？

想要撬傅陽曦牆角的人很多，傅陽曦有時候簡直防不勝防。

他和小口罩一起在階梯教室上課，他出去打個電話的時間，回來就能看見有男生舔著臉和趙明溪搭訕，小口罩當然置之不理，但是這也按捺不住傅陽曦心裡的怒火。

他有時候甚至想，要是把小口罩團起來揉進懷裡，只有他一個人能看到就好了。

對此，柯成文註冊了一個小號，為老大兩肋插刀，幹起了和高中一樣的事情。

在校園論壇上每一個叫囂著想追趙明溪的ＩＤ下面回覆：『就你？癩蛤蟆想吃天鵝肉，你有傅陽曦帥嗎，有傅陽曦有錢嗎？』

明溪還挺喜歡看傅陽曦吃吃小醋的，但是也知道，讓他吃醋吃多了，他真的會很委屈。

但是起訴追求者的事情，明溪又實在是幹不出來。

於是第一學期快結束時，在一個電腦系的男生瘋狂追求自己，在傅陽曦吃醋吃到垂著腦袋三天不說話時，明溪忍不住為愛註冊了一個ＩＤ，非常橫衝直撞地把兩人在法國領的結婚證貼了上去。

學校眾人簡直驚呆。

論壇下面開始排隊，最後只剩下一串串——

『囍。』

『囍囍囍。』

『囍囍囍囍囍。』

『囍囍囍囍囍囍囍囍。』

追求者終於一窩蜂地散了。

別人都已經在國外領了結婚證，再去追求，那就不是為了真愛了，而是小三了。

這點道德底線大家還是有的。

一開始傅陽曦還懷疑是不是自己夢遊幹的事。

怎麼會有這等好事？

自己早就想貼結婚證了，要不是小口罩說不想太大張旗鼓，怕被教授覺得太輕浮，他怎麼可能忍到現在？但現在這是——誰幫他貼了？

很快傅陽曦就知道是趙明溪自己貼的。

明溪買完菜回來時，傅陽曦正坐在沙發上朝門邊看。

她一進來，傅陽曦立刻朝她大步走過來，一把將她抱起，轉了一圈：「老婆，我愛妳！」

明溪一邊要控制著菜不要飛出去，一邊摟著傅陽曦的脖子怕自己飛出去，忍不住笑：

「老公老公老公！我也愛你！」

又土又膩歪。

一切盡在不言中。

轉了好幾圈，明溪還沒被傅陽曦放下，她有點頭暈。

傅陽曦忽然委屈地抬起英俊的眉眼：「老婆，所以，今晚可以硬嗎？」

明溪：「……」

想起被渾身痠軟下不了床支配的恐懼，明溪笑容緩緩凝固。

很久以後。

傅崽崽正在讀幼稚園。

他皮膚白皙，兩隻眼睛像是漆黑的珠子，作為一個小男孩，卻漂亮得不像話，穿著也被明溪打扮得很酷。幼稚園裡老師喜歡他，很多小女孩也喜歡他。

他最喜歡的那個小女孩長得很好看，還經常帶糖給他吃。

傅崽崽在心裡琢磨——小糖心是不是喜歡他啊？

爸爸幫他穿鞋時，傅崽崽問出了這個問題：「爸，昨天老師問問題，我睡著了，答不出來，她把圖畫書悄悄推到我面前，小聲告訴我答案，下課後還給了我一顆糖。」

他展開攥緊的手心，奶聲奶氣地說：「看，是我最喜歡的檸檬味的。」

傅陽曦挑眉：「昨天逛超市時你還說你最喜歡的是水蜜桃味的。」

傅崽崽：「男人的喜好是會變的嘛，爸，你好老土哦。」

傅陽曦抬頭看著小兔崽子，氣笑了，問：「所以，你說了一大堆，到底想問什麼？」

傅崽崽臉色發紅，小手指揪著自己的衣擺，低下頭：「我想問，她是不是喜歡我哦？」

這一天，來自老爸的教導，傅崽崽永生難忘。

「別自戀。」

「她把圖畫書推到你面前，可能是圖你在幼稚園大班當老大，想抱你大腿。」

「她給你糖吃，可能是因為她不想吃，懶得去垃圾桶，沒地方扔。」

「千萬別自戀，不然以後你得知真相會哭出來。」

傅崽崽：「…………」

兒子真的「哇」地一聲嚎啕大哭。

明溪正在打遊戲，急急忙忙地衝出來：「傅陽曦，讓你幫他穿個鞋怎麼又把他欺負哭了？？？」

傅陽曦：「……」

一月十二日，家裡牆上的便利貼又多了一條：我保證，不和兒子爭風吃醋。

——《我就想蹭你的氣運》番外完——

——《我就想蹭你的氣運》全文完——

高寶書版集團
gobooks.com.tw

YH 167
我就想蹭你的氣運（下）

作　　者　明桂載酒
封面繪圖　單　宇
封面設計　單　宇
責任編輯　楊宜臻
內頁排版　賴姵均
企　　劃　何嘉雯

發 行 人　朱凱蕾
出　　版　英屬維京群島商高寶國際有限公司台灣分公司
　　　　　Global Group Holdings, Ltd.
地　　址　台北市內湖區洲子街88號3樓
網　　址　gobooks.com.tw
電　　話　(02) 27992788
電　　郵　readers@gobooks.com.tw（讀者服務部）
傳　　真　出版部(02) 27990909　行銷部 (02) 27993088
郵政劃撥　19394552
戶　　名　英屬維京群島商高寶國際有限公司台灣分公司
發　　行　英屬維京群島商高寶國際有限公司台灣分公司
法律顧問　永然聯合法律事務所
初版日期　2024年06月

原著書名：《我就想蹭你的氣運》由北京晉江原創網絡科技有限公司授權出版。

國家圖書館出版品預行編目(CIP)資料

我就想蹭你的氣運/明桂載酒著. -- 初版. -- 臺北市：英屬維京群島商高寶國際有限公司臺灣分公司, 2024.06
　冊；　公分. --

ISBN 978-626-402-013-8(上冊：平裝). --
ISBN 978-626-402-014-5(中冊：平裝). --
ISBN 978-626-402-015-2(下冊：平裝). --
ISBN 978-626-402-016-9(全套：平裝)

857.7　　113008714